부부단팥죽

김영철 역

역자소개

김영철(金榮哲)
kimyc@hanyang.ac.kr

현 한양대학교 국제문화대학 일본언어문화학부 교수.
일본 츠쿠바(筑波)대학에서 사이카쿠(西鶴)연구로 박사학위 받음.
츠쿠바(筑波)대학, 와세다(早稲田)대학, 간사이(関西)대학에서 연구.
저서: 『일본문학의 흐름Ⅰ』(공저, 방송대 출판부)
　　　『일본어문학의 세계』(공저, 도서출판 박이정) 등.
역서: 『바쇼(芭蕉)의 두 얼굴』(제이앤씨)
논문: 「『好色五人女』論　-移り気な人間模様-」
　　　「『武道伝来記』の二重構造 -「平家」素材の利用方法から -」등 다수.

부부단팥죽

초판인쇄 · 2005년 11월 3일
초판발행 · 2005년 11월 10일
역자 · 김영철
발행처 · 제이앤씨
등록번호 · 제7-220호
주소 · 서울시 도봉구 쌍문동 358-4
전화 · (02) 992-3253
팩스 · (02) 991-1285
e-mail, jncbook@hanmail.net
URL http://www.jncbook.co.kr

ISBN 89-5668-291-7 93830　　정가 9,000원

* 잘못된 책은 구입하신 서점이나 본사에서 교환해 드립니다.

＜목차＞

부부단팥죽

부부단팥죽(夫婦善哉)

오다 사쿠노스케(織田作之助) 作

일 년 내내 빚쟁이가 드나들었다. 명절 때는 물론이고 거의 매일같이 간장장수, 기름장수, 채소장수, 건어물장수, 숯장수, 쌀장수, 집주인 등등, 누구하나 다를 것 없이 빚 독촉을 해댔다. 골목 입구에서 우엉, 연근, 마, 파드득나물, 곤냐쿠(일종의 묵), 붉은 생강, 건오징어, 정어리 등을 일전짜리 덴푸라로 튀겨 팔고 있던 슈키치(種吉)는 빚쟁이의 모습이 보였다 하면, 갑자기 고개를 아래로 떨구고는 못 본 척 밀가루 반죽을 하는 시늉을 냈다. 동네 아이들이

"아재요, 퍼뜩 우엉 튀기주이소"

하고 기다릴라치면,

"온야! 튀기주꾸마"

하고 대답은 하면서도 반죽그릇 속의 밀가루 반죽을 꾹꾹 주물러 댈 뿐, 거기에 콧물이 떨어지는 것도 모르고 있었다.

빚쟁이들은 슈키치를 상대로 해서는 일이 해결되지 않자, 이젠 그 앞을 그냥 지나쳐서 골목 안으로 들어가 슈키치의 아내와 담판을 지으려 하는데, 아내 오다츠(お辰)는 슈키치와는 다르게 빚쟁이의 거동을 주의 깊게 살피는 것이었다. 그리고 독촉을 하던 빚쟁이의 감정이 거칠어져 앉아 있던 마루바닥을 조금이라도 두드렸다 하면, 오타츠는 곧바로

"보이소, 나므 집 마루바닥을 함부루 두들기믐 되겠능교? 그기는요, 이 집 지키주는 신이 머물고 기시는 자리라예"

하고 안색을 바꾸고 꾸짖는 것이었다.

일부러 연극을 하는 것이긴 하지만 그래도 감정은 격해지는 것인지 목소리에 울음이 섞여 있을 정도인지라, 빚쟁이도 놀라서

"무신 말씀을 하십니꺼. 내는 안뚜둘기써예"

라고 하며 오히려 시치미를 뗄 정도였다. 하지만 두어 번 옥신각신한 끝에, 결국 오타츠는 빚쟁이의 기세에 눌려 빈손으로는 돌려보내지 못하는 지경에 이르고, 오십 전이든 일엔(円)이든 뼈아픈 돈을 쥐어주며 돌려보내게 되는 것이었다. 그래도 딱 한 번뿐이긴 했지만, 마루바닥 두드린 것을 바로 지적당하자 딱히 뭐라 변명할 수 없는 곤경에 빠져 마루바닥에 넙죽 엎드려 사죄하고 허둥지둥 달아난 빚쟁이가 있었다는 둥, 오타츠는 빚쟁이가 돌아간 뒤엔 늘 딸 쵸코(蝶子)를 상대로 푸념을 늘어놓는 것이었다.

그런 어머니를 보며 쵸코는 한심스럽고도 딱하다고 생각했다. 그래서 그런 어머니를 속이고 감쪽같이 군것질할 돈을 챙기거나, 덴푸라 판 돈을 넣어두는 돈통에서 동전을 훔쳐왔던 일이 조금 후회스러웠다. 슈키치가 만드는 덴푸라는 맛있기로 꽤 소문나 있었으나, 그 때문에 조금 손해를 보고 있는 것 같았다. 연근이건 곤냐쿠건 간에 듬뿍 넣어서 두껍게 튀기기 때문에, 오타츠의 눈으로 보아도 수지가 맞지 않게 보였는데, 슈키치는 주판을 튕겨가며 "본전이 칠 리인 것을 일전에 파는 것이니 소해볼 리가 없"는 집에서 돈이 남지 않는 이유는, 전전번의 빚으로 매일 매일의 매상고가 깎여 나가기 때문이라는 변명이 그럴 듯 하긴 했지만, 열 두 살짜리 쵸코의 계산으로도 아버지의 계산에는 숯과 간장 값이 들어가 있지 않았다는 걸 알 수 있었다.

덴푸라를 파는 수입만으로는 생계를 꾸려나갈 수 없어서, 아버지는 이웃에 초상이 날 때마다 상여꾼으로 일을 했다. 씨족 신을

모시는 여름축제에는 스이칸(비단으로 지은 상류층의 사복)을 입고 신궁에 걸 큰 제등을 짊어지고 행진을 하면 구십 전의 일당을 받았다. 갑옷을 입으면 삼십 전을 더 받을 수 있었다. 슈키치가 없을 때는 어머니 오다츠가 덴푸라를 튀겼다. 오다츠는 마음껏 절약을 해서 튀겼기 때문에, 축제날에 거리 행진을 하다가 그것을 본 슈키치는 송구스러워 몸 둘 바를 몰라 했고 진땀으로 인해 갑옷 속이 홍건히 젖었다.

궁핍한 상황이 나아지지는 않았으므로 쵸코가 초등학교를 졸업하자마자 서둘러 남의 집 식모로 보냈다. 흔히 그렇듯이 가타로 (河童) 골목의 목재상 주인으로부터 상당히 좋은 조건의 제의가 들어와 오다츠도 만면에 희색이 돌았으나, 결국 훗날에는 첩살이를 시키려는 속셈이 보였기 때문에 아버지 슈키치는 그 제의에는 응하지 않고, 오히려 니혼바시(日本橋) 3가(三町目)에 사는 헌옷장수에게 지나치게 나쁜 조건으로 식모살이를 보냈다. 가타로 골목은 예전부터 갓빠(河童:물에 산다는 상상의 동물)가 살던 곳이라고 알려져 있어 사람들이 살기를 꺼리던 곳이라, 헐값으로 이 땅을 목재상의 선조가 사들였는데, 지금은 그 땅에 셋집을 짓고 비싼 집세를 받아 돈을 벌어들이고 있기 때문에, 못된 갓빠는 바로 그 목재상이라고 수군거리고 있었다. 여러 명의 첩을 두고 젊은 여자의 기운을 빨아들이기 때문이라는 의미도 있는 듯했다. 쵸코가 점점 처녀티가 나면서 얼굴도 갸름하게 틀이 잡혀가고 있었던 것을 보면 목재상은 그야말로 형안을 가졌다 말할 수 있었다.

니혼바시의 헌옷가게에서 반년 가까운 인내의 시간이 흘렀다. 어느 겨울 아침, 구로몬(黑門)시장에 장보러 가기 위해 헌옷가게 앞으로 돌아가던 슈키치는 가게 앞에서 청소를 하고 있던 쵸코의 손등이 터져 피가 번져있는 것을 보고, 그대로 가게 안으로 들어가 담판을 짓고는 쵸코를 다시 데려왔다. 그리곤 달라는 대로 소네자키신치(曾根崎新地:현재의 오사카역 우메다梅田 주변)에 있는 유흥업소에 오쵸보(장래 게이샤가 될 소녀)로 주어버렸다.

슈키치의 손에 50엔의 돈이 쥐어졌으나, 그 돈은 빚잔치로 순식간에 사라져 버렸고, 그 일을 전후로 하여 슈키치는 단 한 번도 더 이상의 목돈을 받은 적이 없었다. 처음부터 딸 덕에 팔자를 고쳐보려는 심사가 있었던 것은 아니었기 때문에, 막상 쵸코가 열일곱이 되어 게이샤가 된다는 말을 들었을 때, 아버지 슈키치는 적잖이 낭패스러웠다. 게이샤로 입문하는 의식이 있는 날에 그야말로 덴푸라를 돌려주며 인사를 할 수도 없는 노릇이었고, 축의금, 의상비, 사례비까지 돈이 한두 푼 드는 것이 아니었다. 상황을 잘 아는 업소의 포주가 대신 돈을 내주겠노라 했지만, 그것은 일종의 가불인 탓에, 쵸코가 그 곳에 완전히 발목이 잡힐 구실이 될 것이어서 반대를 했다. 하지만 천성이 낙천적인 쵸코의 성격은 이미 그 환경에 쉽사리 적응하였고, 스스로 꼭 게이샤가 되겠다며 고집을 부리는 것이었다. 결국 그 고집에 눌려 게이샤가 되는 것을 허락할 수밖에 없었던 슈키치의 심정은 이루 말로 표현할 수 없을 정도였다. 따라서 고달픈 게이샤 짓도 모두 부모를 위해서 한다고 흔히들 하는 말은 쵸코에게는 해당되지 않았다. 어설픈 손님이

"니 게이샤가 된 데는 피치 못할 사연이 있는 기제. 대체 니 아브지는 뭐 하는 양반이고"라고 물으면 아버지가 노름꾼이었다던가, 사기를 당해 전답을 전부 날린 탓이라던가 하며 가련해 보일 만한 발린 말을 하는 것 따위는 지방색으로 보나 쵸코의 성격으로 보나 불가능한 일이었다. 그렇다고

"설마 자식을 게이샤로 팔아 묵는 비정한 부모가 어디 있겠어예" 하고 울어대며, 게이샤가 된다하여 자칫 부모자식의 연도 끊길 뻔

했었다는 식으로, 사실을 솔직히 말할 수도 없는 것이었다. 그럴 때면

"제 아부지도 손님메키로 아주 잘 생긴 남자라예"

라며 몹시 악취미적인 말투로 말꼬리를 돌려버리곤 했는데, 오히려 그것이 손님들에겐 애교처럼 보였던 것이다. 목소리에 자신이 있었던 쵸코는 어떤 손님들의 자리에서도 목이며 이마에 핏대를 세우고 장지문이 떨릴 정도로 마음껏 목청을 높여 노래를 불렀다. 그러니 흥이 꾀나 오르는 술판에서 쵸코는 없어선 안 될 존재였고, 아예 스스로 시원시원한 왈가닥 게이샤로 행세를 했다. 그런 쵸코도 단 한 사람, 단골손님으로 오는 싸구려화장품 도매상의 아들에게 만은 사실대로 모든 것을 이야기했다.

고레야스 류키치(維康柳吉)라는 아내도 있고 올 해 네 살이 되는 아이도 있는 서른한 살의 남자였는데, 처음 만난 지 석 달 만에 그런 사이가 되고 이 소문이 퍼지자, 게이샤가 될 때부터 음으로 양으로 지원을 해주던 단골손님을 잃게 되었다. 중풍으로 누워 있는 아버지를 대신해 류키치가 꾸려나가고 있는 장사가 이발소용 비누, 크림, 치쿠, 포마드, 화장수, 참빗 등을 도매로 파는 일이라는 것을 전해들은 쵸코는, 단지 얼굴에 난 솜털을 정리하러 이발소를 찾을 때도 그곳에서 사용하고 있는 화장품의 상표에도 관심을 기울이게끔 되었다.

어느 날, 우메다 신작로에 있는 류키치의 가게 앞을 지나가다가, 아츠시(厚子:두꺼운 무명옷)를 걸치고 있는 류키치가 지방으로 보낼 물건을 싸고 있는 어린 일꾼을 감독하고 있는 모습을 목격했다. 귀 위에 끼고 있던 붓대를 쥐어드는가 했더니 장부에 무언가를 거침없이 써내려가다가, 다시 그 붓대를 입에 물고서 주판을 튕기고 있는 그 모습이 너무나도 믿음직스러워 보였다. 문득 시선

이 마주치자 쵸코는 귀밑까지 새빨갛게 물들었지만 류키치는 모르는 척하는 얼굴로 이따금 쵸코 쪽을 곁눈으로 흘끔흘끔 살피고만 있었다. 그런 모습이 쵸코의 눈엔 너무도 성실한 사람처럼 보였다. 류키치는 약간 말더듬이로 말을 할 때면 위를 보며 잠시 입을 움찔대는 버릇이 있는데, 쵸코에게는 진작부터 그 모습이 사려가 깊은 사람의 행동인 양 보였었던 것이다.

쵸코는 류키치가 행동이 분명하고 믿음직스런 남자라 믿고 여기저기 그런 이야기를 떠들고 다녔지만, 그런 탓에 사람들은 두 사람 사이는 쵸코 쪽이 혼자 반해서 상대를 유혹한 것이라는 말을 들어도 할 말이 없을 것이라고 수군거렸다. 술 취하면 조루리(浄瑠璃: 전통인형극) 의 구성진 대목의 가락을 처절한 얼굴로 읊어대는 류키치의 버릇을 보고, 사람들은 이미 류키치를 정확하게 판단하고 있었던 것이다. 야시장 노점의 2전 짜리 도테야끼(ドテ焼き:된장에 바짝 조린 돼지껍질부위 구이)를 특히나 좋아해서 '도테야끼씨'라는 별명이 붙어 있었을 정도였다.

류키치는 맛있는 음식을 보면 사족을 못 쓸 정도였기에 맛으로 소문난 가게에 자주 쵸코를 데리고 갔다. 오사카북부(우메다 주변)에 맛있게 먹을 수 있는 가게는 없고 누가 뭐라 해도 음식 맛은 오사카남부(도톤보리 주변)가 최고라며

"그거도 일류 음식점이라 카는 데는 별 볼 일 음따. 심한 말 같지만 괜히 돈만 내삐리는 기제, 진짜로 맛있는 거 묵고십거덩, 함 따라 오그라."

해서 함께 가보면, 당연히 일류 가게는 제쳐두고, 잘 해야 고즈(高津)의 물두부집이고, 형편없을 때는 야시장의 도테야끼, 술지게미로 만든 만두로 시작해서 에비스바시(戎橋) 소고 옆의 시루이치(しる市)의 추어탕과 고래껍질국, 도톤보리(道頓ぼり)의 아이오이바

시(相合橋) 동쪽 끝에 있는 이즈모야(出雲屋)의 장어, 니혼바시(日本橋)에 있는 다코우메(たこ梅)의 문어, 호젠지(法善寺)경내에 있는 쇼벤단고테이(正弁丹吾亭)의 꼬치오뎅, 센니치마에(千日前)의 도키와극장(常盤座) 옆 스시사(寿司捨)의 다랑어회 김말이과 초장 도미껍질, 그 맞은편 다루마야 (だるまや)의 가야쿠메시(かやく飯:고기 야채 등을 넣고 지은 밥)와 술찌게미된장국 같은 것으로, 하나같이 별로 돈은 들지 않고도 별난 요리들뿐이었다. 게이샤를 데리고 갈 수 있을 만한 번듯한 가게도 아니었기 때문에, 처음엔 쵸코도 하필이면 왜 이런 곳엘 데리고 오는지 몰랐었는데,

"어, 어, 어, 어떳노. 맛이 개안채. 이, 이, 이, 이래 맛있는 거는 딴 데 어데를 가도 못 묵을 끼다."
라는 말을 들으며 먹어보니 과연 그 말대로 맛이 있었다.

흰 버선발을 난폭하게 밟혀 꺅 하고 소리를 지르는 것도 도리어 식욕을 돋구어 줄 정도로, 그런 별난 음식을 찾아먹으러 돌아다니는 것이 하나의 작은 즐거움이 되었다. 좁은 공간에서 북적거리는 손님들 틈 사이로 허리를 비틀어가며 비집고 들어가는 것도, 북쪽 동네에서 꾀나 인기 있는 게이샤로서 체면 깎이는 일이라고까지는 생각되지 않았다. 무엇보다도 줄곧 그렇게 싸고 특이한 음식만 사주긴 하였으나, 오비(넓은 허리띠), 기모노, 나가쥬방(長襦袢,키모노 안에 입는 긴 속 옷)에서 부터 오비 끈(帯しめ), 고시사게(腰下げ), 조리(草履,샌들 모양의 일본신발)까지 쵸코를 위해 꾀나 많은 돈을 쓰고 있었기 때문에, 류키치에게 인색하다는 말을 할 수 있는 처지도 아니었다. 가게에서 파는 크림이나 참빗 따위까지 쓰는 것은 좀 마음에 걸리긴 했지만 그래도 몰래 애용하고 있었다. 더구나 아버지는 아직도 일 전짜리 덴푸라 하나 팔아보겠다고 그 고생을 하고 있는 것이다. 웬지 신분을 감춘 임금님의 암

행같은 기분도 들고, 가만히 아버지의 기름 때 묻은 손을 떠올리기도 하면서, 류키치의 뒤를 따라다니고 있는 사이에, 서서히 그런 분위기가 익숙해졌다.

"신세카이(新世界)에 두 곳, 센니치마에(千日前)에 한 곳 도톤보리와 아이오이바시 동쪽 끝에 각각 하나 씩, 합이 다섯 곳이나 있는 이즈모야 중에서도 장어 맛은 역시 아이오이바시에 있는 가게가 최고제. 밥에 까뜩 밴 국물 맛이, 무엇보담도 술로 맞춘 간이 최고인기라..."

하며, 뜨거운 것을 후후 불어가며 사이좋게 배를 채우고, 호젠지의 "가게츠(花月)"에서 하는 하루단지(春団治: 만담가 이름)의 라쿠고(落語: 일본의 전통적인 만담)을 들으러 가면, 깔깔거리며 함께 웃고 있는 사이, 어느 새 마주잡은 손에는 땀이 배어 있곤 했다.

그렇게 두 사람 사이가 깊어가며, 쵸코를 찾는 류키치의 발길이 잦아졌다. 둘이 먼 곳까지 다녀오는 일도 생기면서 이윽고 류키치가 돈 문제로 곤경에 처해 있다는 사실을 쵸코도 알게 되었다.

부친이 중풍으로 자리에 눕게 되었을 때, 잊지 않고 은행의 통장과 인감을 이불 밑에 숨겨 두었기 때문에 류키치도 어찌 손쓸 도리가 없었다. 어차피 쓸 수 있는 돈의 한계는 뻔했다. 단골 거래처인 이발소를 차례로 돌아가며 모아온 돈 만으로 겨우겨우 지탱하고 있었기 때문에, 눈 깜짝할 사이에 눈덩이처럼 붙어나는 빚으로 인해 파랗게 질릴 지경이었다. 그러고 있는 류키치에게 쵸코로부터 남성용 조리(전통신발)가 배달되어 왔다. 함께 보내온 편지엔 "오랫동안 소식이 없으셔서 어찌 지내시는지 걱정이 앞섭니다. 한번 입을 놀리고 싶어서.."라는 내용이 쓰여 있었다. 그런데 한번 이야기라도 하고 싶다(한번 입을 놀리고 싶다)는 내용의, 류키치만이 판독 가능한 이 편지가 어느 틈엔가 병들어 누워있는 아버

지에게로 흘러 들어갔다. 머리맡에 불러 앉혀놓고 수도 없이 훈계
해 보았지만 소귀에 경 읽기라고 진작부터 포기하고 있던 아버지
도, 이번만큼은 방탕한 아들을 두들겨 팰 수도 없는 자신의 처지
가 너무나 원통한 나머지 눈물까지 흘리며 화를 냈다. 보란 듯이
다섯 살 난 딸아이를 무릎 위에 보듬어 안은 젊은 아내는 천정만
쳐다보고 있었다. 친정으로 돌아갈 결심을 하고난 터여서인지, 터
져 나올 것 같은 분노의 말들을 간신히 억누르고 있는 것 같았다.
고개를 떨구고 있던 류키치는 마음속으로 눈치도 없는 쵸코 년
때문이라고 중얼거리긴 했지만, 쵸코의 그 마음이 나쁘게 받아들
여지지는 않았다. 보내온 조리는 상당히 비싼 것을 무리해서 산
것인 듯, 에비스바시의 "텐구(코가 길고 얼굴이 붉은 상상의 동물)"
마크가 새겨져 있었고 조리의 끈은 뱀가죽으로 만든 것이었다.
　"망할 놈의 자슥이 세상 돈이 전부 지낀 줄 알다간 큰 코 다
치제.. 내는 이제 니같은 자슥 엄는 심 칠끼다. 나가그라. 니는 이
제 내 자슥 아이다"
라며 부자 연의 단절을 선언한 아버지의 그 완고함은, 진작부터
돌아가신 어머니조차도 평생을 울려왔던 것임을 잘 아는 까닭에,
일단은 집을 나가지 않고는 사태가 수습되지 않을 것이었다. 집을
나서는 순간, 문득 동경에 아직 수금해야 할 돈이 남아 있는 것이
떠올랐다. 대충 계산해서 사오백 엔은 족히 되는 것임을 깨닫자
갑자기 가슴속의 먹구름이 걷혀버렸다. 곧장 단골 찻집에 달려가
쵸코를 불러내서 하는 말이,
　"시상 일은 상담이 최고라 카제? 니 내랑 도망가 살지 않을래?"
였다.
　이튿날, 류키치가 우메다의 역에서 기다리고 있자니, 쵸코는 햇
볕이 쨍쨍 내려 쬐는 역 앞 광장을 큰 걸음으로 성큼성큼 가로질

러 왔다. 머리를 대충 손짐작으로 올려 묶어서인지 이상하게 새로운 느낌이 들어, 류키치는 얼듯 싫은 기분이 들었다. 바로 동경행 기차에 몸을 실었다.

팔월 말이어서 엄청나게 무더위로 푹푹 찌는 동경거리를 이리저리 뛰어다니며, 월 말 정산일 까지는 아직 이삼 일 남아 있다는 것을 사정사정하여 삼백 엔 정도를 수금한 그 발길로, 아타미(熱海)를 향했다. 온천 게이샤를 부르려는 것을 쵸코는 나무라며,

"이제부터 둘이 살아갈 것을 생각하믄, 그런 태평스런 짓은 하믄 안되지예"

하자, 그야 당연한 얘기이긴 하지만, 의절이라고 했어도 곧 머리를 숙이고 들어갈 속셈인 류키치는

"개안타, 개안아"

라고 할 뿐, 무단으로 포주의 집을 뛰쳐나온 것을 마음에 걸려하고 있는 쵸코의 속내 따위는 안중에도 없는 듯 했다. 하지만, 정작 게이샤가 방에 들어오자 쵸코는 자신이 지니고 있는 온갖 재능을 한껏 발휘하면서 좌중을 휘어잡아, 아타미의 게이샤들로부터

"정말로 오사카 게이샤에겐 당할 수가 없네"

라는 말을 듣고 나서야 조금 마음의 위안이 되었다.

그렇게 이틀을 보내고 난 날 하오 경, 쿠르릉 하는 묘한 소리가 들려오는가 싶더니, 격렬하게 세상이 흔들리기 시작했다. 사방에서 동시에

"지진이야"

"지진이야"

하는 소리에 쵸코는 장지문을 붙잡고 일어서기는 했지만, 갑자기 꺄아 하는 비명과 함께 엉덩방아를 찧고 바닥에 주저앉고 말았다. 류키치는 반대편 벽에 착 달라붙은 채 떨어질 줄 모르고, 말 한마

디조차 하지 못했다. 그 때, 두 사람의 마음속에선 엄청난 일을 저질렀다는 후회가 한 순간 일었다.

피난열차 안에서는 변변히 말도 나누지 않았다. 간신히 우메다역에 도착하여, 곧바로 가미시오마쩨(上塩町)의 아버지 슈키치의 집으로 향했다. 가는 도중에 보니 전신주마다 관동대지진을 알리는 호외가 생생하게 붙어있었다.

저녁 햇살이 드는 곳에서 덴뿌라를 튀기고 있던 슈키치는 두 사람의 모습을 보고, 너무나 놀라서 한참 동안 입을 열지 못했다. 햇볕에 그을린 그 얼굴에서 땀과는 확연히 구별되는 눈물이 떨어졌다. 선 채로 그간의 이야기를 들어보니, 쵸코가 실종되자 곧바로 포주로부터 연락이 왔고, 어디서 무얼 하고 있는지, 나쁜 놈의 꼬임에 넘어가 어딘가로 팔아 넘겨진 게 아닐까? 살아 있기나 한 것일까? 하는 걱정으로 밤에도 잠을 잘 수가 없다는 것이었다. 나쁜 놈 운운하는 말이 귀에 거슬린 쵸코는 뭐가 어찌되었던 간에 쥘부채로 파닥파닥 부채질하며 우두커니 서 있는 류키치를

"이이가 지 그 사람입니더"

라고 소개했다. 슈키치는

"아, 그래? 어서 오게"

외에는 더 이상 인사말도 잇지 못하고 안절부절 못하며 얼굴도 제대로 쳐다보지 못했다.

어머니 오다츠는 딸의 얼굴을 보는 순간, 입고 있는 유카타의 소매로 얼굴로 가렸다. 울음을 그치고, 그제야 두 손을 모으고

"우리 딸 아가 여러 가지로 신세를..."

하며 류키치에게 인사를 건네고,

"동생 신이치는 초등학교 4학년인데.. 오늘은 아직 학교 끝마

치고 돌아오질 않았네예"

했다. 어찌 인사를 해야 할지를 몰라서, 류키치는 날씨 이야기 등을 더듬더듬 거리며 말했다. 슈키치는 얼음물을 주문하러 갔다.

쉬파리가 날아다니는 다다미 네 장짜리 방은 바람도 통하지 않아서, 마치 징-하는 소리가 들리는 것처럼 무더웠다. 슈키치가 딸기얼음을 손바구니에 담아 가져와서, 모두 묵묵히 그것을 훌훌 거리며 마셨다. 이윽고 쵸코가 도쿄에 다녀온 이야기를 꺼내자, 슈키치는

"큰일 날 뻔 했다 아이가?. 동경은 대지진이라 카지않나?"

하며 너무나 놀라워하는 바람에 간신히 이야기의 실마리가 풀리기 시작했다. 피난열차로 간신히 목숨만 건져 돌아왔다는 말에 부모는

"참말로 씨껍했구마. 아이고 살아와서 다행이데이"

하면서 되풀이해서 동정의 말을 했다. 그것으로 젊은 두 사람, 특히 류키치는 안도의 한숨을 쉬었다.

"입이 열 개라도 할 말이 업심니데이』

류키치의 입에서 술술 이런 이야기가 흘러나오자, 슈키치와 오다츠는 몹시 황송하여 몸둘 바를 몰랐다.

어머니의 유카타를 빌려 갈아입고 나니 이제 쵸코의 마음엔 결심이 섰다. 일단 무단으로 행방을 감췄던 이상은 염치없이 다시 포주에게 돌아가지는 않겠다고 마음먹었다. 그리고 마찬가지로 본가에 발걸음을 들여놓을 수 없게 된 류키치와 함께 고생을 각오하기로 했다.

"이제 게이샤 일은 그만 둘랍니더"

라는 말에 아버지 슈키치는

"니가 하고 싶은 대로 하그라"

하며 자식에게 마음약한 아버지의 모습을 보였다. 쵸코가 선불로 진 빚은 삼백 엔이 조금 안 되었는데, 슈키치는 이미 자신이 할부로 갚아나갈 작정을 하고 있었다. 가만히 있을 수 없었던 류키치도

"지가 아부지한테 사정해서 갚겠심더"

라고 했지만, 슈키치는

"꿈에라도 그런 걸 바라면 벼락 맞을기구만"

하며 손을 내저었다.

"자네 부친께는 면목이 안서니, 내사 얼굴도 들 수가 없어지네"

슈키치는 더 이상 다른 말을 하지 않았다. 오다츠는 류키치 쪽을 향해, 쵸코는 홍역 이외에는 감기한번 걸리게 한 적이 없고, 눈을 씻고 찾아봐도 몸에 긁힌 상처하나 없이 길렀다고 하며, 지금까지 애써 키우느라 운운하며 눈물이라도 흘릴 듯한 상황에 류키치는 귀가 따가와 지는 것 같은 기분이 들었다.

이삼 일 좁고 불편한 슈키치의 집에서 하릴없이 뒹굴거리다가, 이윽고 구로몬(黑門)시장 안의 뒷골목에 이층 방을 빌려서 눈치 볼 필요도 없는 둘만의 살림을 차렸다. 아래층은 도시락이나 초밥에 쓰이는 일회용 상자를 만드는 곳이었는데, 상자를 쌓아두는 창고로 쓰고 있던 이층 육조의 다다미방을 선불로 월세 칠 엔씩을 내기로 하고 빌린 것이다. 살림살이는 바로 궁핍해 졌다.

류키치가 할 만한 마땅한 일이 없으니 자연히 쵸코가 생계를 꾸려나가야만 했다. 그렇다고 또 다시 게이샤 일을 할 생각이 아닌 바에는, 쵸코가 할 수 있는 일이란 자연히 야토나 게이샤 일로 한정될 수밖에 없었다. 원래 북부 신흥유흥가에서 게이샤를 하고 있었던 오킹이라는 나이든 게이샤가, 마침 고츠(高津)에서 자신의 업소를 차리고 야토나 게이샤 소개업자 비슷한 일도 하고 있었다. 야토나란 이른바 일용직 게이샤로 연회나 결혼피로연에 파견되어

노래나 연주도 하고 연회장 일도 하는 것인데, 게이샤의 화대보다는 비용이 적게 들기 때문에 적은 돈으로 벌이는 연회에서의 수요가 많았다. 오킹은 게이샤 출신의 야토나 여러 명과 연락을 취해서, 그들을 파출하는 대가로 중개료를 뜯었는데, 그것이 상당한 수입이 되는지 지금은 전화도 한 대 끌어놓고 영업을 하고 있었다. 연회 한 건당 저녁부터 늦은 밤까지의 일당이 6엔인데, 공제액을 빼고 3엔 50전이지만 혼례 피로연의 경우는 도우미 수고비도 받기 때문에 6엔이 되고, 팁까지 더하게 되면 결코 적은 수입은 아니라는 오킹의 말에 쵸코는 즉각 그 야토나의 일원이 되기로 했다.

샤미센(세 줄짜리 전통적인 현악기)이 든 소형 트렁크를 들고 전차로 지정된 장소로 가면, 바로 상차리기부터 청주 데우는 일을 시작했다. 삼사십 명의 손님에 야토나는 겨우 세 명뿐이어서 한 손님 당 한 잔씩 술을 따르며 도는 것만도 쉬운 일이 아니었지만, 사실은 그 다음이 더 힘들었다. 일정액의 지출한 회비만으로 마음껏 즐겨보려는 겉멋만 든 손님을 상대로, 숨 돌릴 틈도 없이 샤미센 연주나 노래를 해야 만했고, 또 나니와부시(浪花節:오사카 지방의 민요)에 흥겨워진 자리에서 성대모사의 상대역까지 하고 있노라면 몸은 이미 지칠 대로 지쳐있었는데도 손님들은 야스키부시(安来節)에 맞춰 춤까지 시켜대기 때문이었다. 그래도 천성적으로 타고난 밝은 성격인지라, 그다지 개의치 않고 열심히 일을 하노라면 손님들이

"니는 진짜 게이샤 뺨친데이"

하고 칭찬은 했지만 그래도 역시 서글펐다. 원래 나이를 들으면 깜짝 놀랄 만큼 늙은 동료 야토나가 연회가 끝나기 직전, 갑자기 수고비를 기대하는 하고 젊은 여자처럼 교태를 부리는 몸짓을 보

고 있자면, 같은 야토나의 입장에서 남의 일 같이 느껴지지 않았다. 밤이 늦어서야 막차를 타고 돌아왔다. 니혼바시(日本橋) 1가에 내리면 거리에는 주인없는 개와 넝마주이가 쓰레기 통을 뒤지고 있을 뿐, 인적이 끊어져 고요한 가운데 생선 비린 내 만이 가득한 구로몬(黑門)시장을 가로질러 골목길로 접어들면 반가운 냄새가 코끝에 다가왔다.

그것은 류키치가 산초다시마를 조리는 냄새였다. 양질의 다시마를 다섯 치 길이로 네모나게 길게 잘라 산초열매와 함께 냄비에 넣고 진한 맛의 깃코만(楀甲万) 간장을 듬뿍 넣고 약한 소나무 숯불에 이틀 밤낮을 조리면, 에비스바시(戎橋)의 오구라야(おぐらや)에서 파는 산초다시마랑 거의 비슷한 맛이 난다며, 류키치가 소일거리로 어제부터 조리고 있었던 것이다. 불씨를 꺼뜨리지 않을 것과 이따금씩 저어주는 것이 맛을 내는 중요한 비결이라며, 오늘은 한발작도 밖에 나가질 않은 탓에 매일처럼 쓰던 하루 1엔의 용돈엔 오늘은 손도 대지 않은 것이다. 쵸코의 모습을 보자 류키치가

"어떤노? 적당히 잘 쪼려졌제?"

하며 긴 대젓가락으로 냄비 속을 저어가면서 물었다. 그런 류키치에게 초쿄는 내심 웬지 모를 사랑스러움을 느끼지만, 습관대로 그런 달콤한 기분은 조금도 내색하지 않고, 기모노의 끝자락을 헤쳐 벌리고 속의 나가쥬반 차림으로 털썩 주저앉으며,

"아니, 아직도 쪼리고 있는 기라예? 머할라꼬 그리 시간 들여 쪼리고 있심니꺼?"

하며 퉁명스럽게 말했다.

류키치는 어느 새 스무 살밖에 안된 쵸코를 아지매라고 불렀다

"아지매, 용돈 엄다"

그리곤 삼 엔 정도를 받아들고 낮에는 장기 따위로 시간을 보

낸 뒤에 밤이면 후타츠이토(二ッ井戸)에 있는 "오빠네"라는 싸구려 카페에 가서 아가씨의 손을 만지며,

"니 내랑 함 사귀 볼래?"

하는 식이었다. 어머니 오다츠는 저래서야 쵸코가 너무 불쌍하다며 몇 번이고 슈키치에게 말했지만, 아버지는

"양가집 도련님이니 별 수 없재"

라며 별반 류키치에 대한 비난도 하지 않았다. 오히려

"처자슥 내삐리고 나와서 저리 넘 이층방살이 하는기도 말하자믄 쵸코가 나쁜기라"

하며 도리어 동정을 하고 나섰다. 그렇게 말하는 아버지를 보고 쵸코는 류키치를 위해서는 고맙다 생각하며 힘들게 사는 보람이 있다고 생각했다.

"우리 아부지 참 좋은 분이지예?"

하고 물을라치면, 그렇게 생각하는 건지 아닌지 류키치는 응! 하고 별반 관심 없는 듯이 대답할 뿐, 도무지 무슨 생각을 하는지 알 수 없는 얼굴을 하고 있었다.

그 해도 다 지나가고 어느덧 연말이 가까워졌다. 연말연시 준비로 어수선하고 분주한 기분이 들던 어느 날, 류키치는 정월에 입을 설빔을 가지러 우메다(梅田) 신작로에 있는 본가엘 간다며 외출했다. 쵸코는 느닷없이 찬 물을 뒤집어 쓴 것 같은 기분이 들었지만 가지 말라는 말은 왠지 나오질 않았다. 그날 밤 연회가 있다는 연락을 받고 여느 때처럼 샤미센이 든 트렁크를 들고 집을 나섰으나 왠지 마음이 무거웠다. 류키치가 본가에 설빔만을 가지러 갔다고 단지 그렇게 가볍게 생각되진 않았던 것이다. 본가엔 아내도 있지만 아이도 있는 것이다. 샤미센의 음색도 맑지 않았다. 그래도 여전히 장지가 떨릴 정도로 목청껏 노래를 부르고, 이윽고

연회가 끝나서 눈 내린 거리를 날듯이 집으로 달려와 보니, 류키
치는 돌아와 있었다. 화로를 향하여 반쯤 웅크린 채 술기운으로
붉어진 얼굴을 마치 그 속에 처박기라도 할 듯이 앉아 있는 모습
이 한 눈에 낙심하고 있음을 알 수 있었다. 쵸코는 왠지 안심이
되었다.

아버지는 류키치의 모습을 보자마자 침상에 누운 채로 뭐 하러
왔느냐고 호통을 쳤다고 한다. 아내는 호적을 빼서 친정으로 돌아
갔고 딸아이는 이제 열여덟 살인 여동생 후데코가 엄마를 대신해
서 돌봐 주고 있는 모양이지만 만나게 해주진 않았다고 한다. 류
키치가 쵸코와 살림을 차렸다는 말을 전해들은 아버지는 화를 내
기보다는 류키치를 조소하며 쵸코에 대해서도 상당히 심한 말을
했다는 것이었다. 쵸코는

"내를 욕하시는 것도 무리는 아니지…"

생각하며 침울한 기분이 되었다. 그러나 마음속으로는

"지 힘으로 류키치를 번듯한 사람으로 만들어 보일 테니 걱정
마시이소"

하고 류키치의 아버지에 대한 맹세를 했다. 자기 자신 스스로도

"내사 안방 차지하고 들어앉고 싶은 생각은 추호도 없구마,
내는 코레야스 씨를 당당한 남자로 출세시키고 싶은 마음 뿐 인
기라"

하며 거듭 마음을 다졌다. 그렇게 생각하는 것은 눈물 나는 쾌감
이었다. 그런 마음의 다짐과 류키치가 돌아왔다는 기쁨으로, 그날
밤은 흥분하여 잠을 이루지 못하고 눈만 깜빡거리며 낮은 천장을
바라보고 있었다.

쵸코는 전부터 전단지를 모아서 가계부를 만들어, 시금치 3전
목욕비 3전 화장지 4전 등 하루하루의 쓴 돈을 적어가며 생활비

를 줄여가며, 류키치의 용돈 이외에 낭비를 삼가하고 야토나 일로
버는 돈의 절반정도를 저금하고 있었다. 그런 일이 있어서였는지
저금에 대한 마음가짐이 달라지기 시작했다. 1전 2전의 푼돈도 아
까워하여 겉옷 동정도 때 묻은 것을 갈아 달지 않았다. 정월대목
의 수요를 예상하여 사들일 덴푸라 재료비를 꾸러 아버지 슈키치
가 와도

"지는 돈 같은 거 한푼도 없어예"

했고, 이번에는 어머니 오다츠가 찾아와

"니 코레야스가 카페가서 놀 돈은 주문서도 없다카나?"

해도 잡아뗐다.

새해가 밝고 정월 보름도 지나갔다. 이젠 확실히 부모로부터 의
절 당했음을 깨달은 류키치의 처진 어깨는 너무나 처량하기 그지
없었다. 부성애로 인한 마음이 고통도 있었다. 아이를 데려오자는
쵸코의 주장이 있었어도 흔쾌히 응할 수 없었던 것은, 아이 때문
에라도 언젠가는 본가에 다시 돌아갈 수 있을지도 모른다는 속셈
이 있어서였는데, 이렇게 되고 나서도 역시 아이와 헤어져 산다는
것이 너무 슬프다고 하는 말에는 정말 남의 일 같지가 않았다. 어
느 날, 전에 함께 놀고 다니던 친구를 만나 이끌리는 대로 한잔하
게 되었는데, 원래 놀기 좋아하는 체질인 탓에 오랜만에 실컷 취
해버리고 말았다. 그날 밤은 그래도 집에 돌아왔지만, 다음날 쵸
코가 숨겨둔 저금통장의 돈을 몽땅 찾아서, 지난 밤 친구가 낸 돈
의 빚을 갚는다며 친구를 불러내어 난바(難波:남부 중심지) 유흥
가에 들어앉아 이틀 만에 그 돈을 다 써버리고는, 얼이 빠진 사람
처럼 터덜터덜 쿠로몬(黑門)시장 뒷골목의 셋집으로 돌아왔다.

"우째 집은 안 잊어묵고 찾아오노?"

하며 쵸코는 류키치의 목덜미를 잡아 눌러 쓰러뜨리고는 등 두드

려줄 때와 같은 요령으로 머리를 콩 콩 콩 콩 때려주었다.

"아이고, 아지매! 와 이카노? 아프다카이!"

했지만 저항할 힘도 없는 듯했다. 술 때문에 머리가 아프다며 이불을 뒤집어쓰고 드러누운 류키치의 뺨을 철썩 후려치고 무작정 밖으로 나와 버렸다. 센니치마에(千日前)의 아이신간(愛進館)에 들어가 쿄야마 고엔(京山小円)의 나니와부시(浪花節)를 듣고 있어도 혼자서는 재미있다는 생각도 들지 않아 다시 밖으로 나왔다. 요즘 이삼 일간은 밥도 제대로 못 먹었다는 생각에 갑자기 시장기를 느껴 락쿠텐치(楽天地:난바의 유흥가) 옆에 있는 지유켄(自由軒)에 들어가 계란 카레라이스를 먹었다.

"이 집 카, 카, 카, 카레라이스는 아주 밥이 잘 비, 비, 비벼진다던데, 맛있네"

하던, 전에 류키치가 한 말을 생각하면서 후식으로 주는 커피를 마시고 있자니, 갑자기 달콤한 감정이 가슴속에서 솟아올랐다. 살며시 집에 들어가 보니 류키치는 코를 골며 자고 있었다. 느닷없이 자는 사람을 흔들어 깨워 류키치가 졸린 눈을 뜨자,

"이 멍충이"

하면서 입술을 쭉 내밀고 류키치의 얼굴로 가져갔다.

이튿날, 둘이서 다시 지유켄(自由軒)에 갔다가 돌아오는 길에 고즈(高津)의 오킹이 사는 곳에 들러 사이좋은 부부의 모습을 보여주었다. 자초지종을 알고 있는 오킹은 류키치에게 충고 섞인 말을 했다. 오킹의 남편은 예전에 기타하마(北浜:북부의 중심가)에서는 꽤나 행세하는 상인으로 오킹을 게이샤 적에서 빼내어 죽은 본처 자리에 들어앉히자마자 몰락했었는데, 현재 오킹은 야토나를 소개해 주는 일을 하고 있고, 남편은 수치심을 무릅쓰고 키타하마

의 거래소에서 서기로 일하고 있던 터라, 말하자면 지금은 맞벌이 부부로 살아가는 셈인데, 남편이 망한 것은 오킹 때문이라는 식으로 주위사람들의 손가락질은 받지 않고 살아가고 있다며, 자신들의 이야기를 그 예로 들기도 했다.

"고레야스(維康)씨, 기냥 놀고 있지만 말고 뭔가 할 일을 찾아야하지 않겠어예?"

그럴 맘이 있는 건지 아닌지 류키치는 표정도 없이 듣기만 했다. 오킹이 고레야스씨는 속 마음을 알 수가 없다고 쵸코에게 말했을 때, 그녀는 그저 몸 둘 바를 몰랐다. 하지만 얼마 지나지 않아, 일자리를 구해서, 쵸코는 즉시 오킹에게 이 사실을 보고했다. 그것으로 떳떳해졌다고 할 정도는 아니었어도 쵸코는 역시 기뻤다.

센니치마에(千日前)의 이로하(いろは) 정육점 옆에 있는 면도기 가게의 점원 자리로, 아침 10시부터 밤 11시까지 일을 하는데 도시락은 지참하고 월급 25엔인데 해보겠냐고 친구가 소개를 해 주었다. 류키치는 싫다는 말은 할 수가 없었다. 안전면도기, 날 가는 가죽, 나이프, 잭(이발용품의 일종), 등의 이발 관련의 상품을 파는 일이라, 이발소를 상대로 화장품 장사를 했던 류키치에게 가장 적당한 일이라며 일부러 생각해서 애써준 친구의 체면도 있었던 것이다.

가게 전면이 좁은데 비해서는 엄청나게 안으로 깊숙이 들어간 구조였기 때문에 대낮이라 해도 햇살이 제대로 들지 않았는데, 낮 전기를 절약하느라 어둡고 침침한 곳에서 화롯불의 재를 뒤적이며 문밖의 통행인들을 바라보고 있자면, 바깥세상의 그 광명이 꼭 거짓말인 것만 같았다. 게다가 맞은편 정면에 공중변소가 있어서 그 악취로 견딜 수가 없었다. 그 옆에 죽림사(竹林寺)가 있고, 절의 문 앞에서 보아 오른쪽에서는 철냉 광천수(鉄冷鉱泉)를 팔고 있었고, 왼쪽 즉, 공중변소에 가까운 쪽에서는 떡을 구워 팔고 있었다. 간장을 듬뿍 발라 노릇노릇 구워진 부풀어 오른 떡을 보면 몹시 먹음직스러워 보였지만 사먹고 싶지는 않았다. 떡집 아줌마가 공중변소에서 볼일을 보고 나와서 손을 씻는 것인지 미심쩍다며 류키치는 집에 돌아와서 말했다. 또 덧붙여서 일은 편하다 하면서, 안전면도기 광고용 인형이 수시로 몸을 움직이며 면도칼을 갈고 있는 모양이 재미있어서 쇼윈도에 가까이 다가와 구경하고 있는 손님이라도 있으면, 밖에 나가

"어서오이소!"

하는 정도로 자기 할 일은 다한 셈이라고 했다. 쵸코는

"어마야, 당신 참 잘하네예"

하고 격려해주었다.

면도기 가게에서 3개월 정도는 잘 참고 일을 했는데 결국 주인과 싸우고 나서 기분 나쁘다며 가게나가기를 쉬엄쉬엄 했는데, 쵸코는 그런 핑계를 사실로 믿고, 아침에도 일으켜 깨우거나 하지 않게 되고, 그럭저럭하다 보니 결국 일을 그만두게 되어 버렸다. 쵸코는 한층 더 야토나 일을 열심히 했다. 그녀에게 만은 특별히 수고비를 더 챙겨줘야겠다고 연회장 간사가 생각할 정도였다. 그러나 수고비는 야토나 동료들과 균등하게 나누어 갖도록 되어 있기 때문에 쵸코로서는 상당히 불공평한 계산이었지만, 그런 만큼 동료들은 쵸코에게는 꽤 호감을 보이고 있었다. '쵸코씨! 쵸코씨!' 하면서 동료들이 추켜세워 주면 기분이 좋아서, 그들에게 2엔, 3엔, 푼돈을 빌려주곤 했는데, 빌려주고 나서는 곧 후회를 했다. 과연 분명하게 갚으라고 재촉하지 못하는 그녀의 성격 때문에. 무언가로 상대의 기분을 맞추어 가며 은근히 빨리 갚아달라는 뜻을 내비치게 되는 것이다.

푼돈 50전을 쓰기도 마음이 쓰리고 아픈 그녀였지만, 류키치에게 만은 용돈을 달라고 하면 선뜻 호기 있게 돈을 내주었다. 류키치는 매일 매일이 사는 재미가 없는 듯이 보였고, 특히 말없이 우메다 신작로 쪽에 나갔다 온 듯한 날에는 더욱 우울한 기분이 역력해서, 쵸코는 모든 면에 그에게 신경을 써주었다. 의절에 대한 아버지의 고집이 풀리지 않는 것이 그를 우울하게 하는 원인인 듯하여, 그 점에서 마음속으로 안도하고 있기보다는 기분적인 부담이 더 컸다. 그래서 류키치가 이따금 카페에 나가 논다는 것을 알면서도 되도록이면 투기를 부리지 않으려고 마음먹고 있었다. 아무 말 없이 돈을 건네줄 때의 쵸코의 기분은, 남들이 생각하는 것처럼 그리 편한 것은 아니었다.

친정에 돌아가 있다던 류키치의 처가 폐병으로 죽었다는 소문을 듣고, 쵸코는 몰래 인연 맺기에 효험이 있다는 법선사(法善寺)에 참배하고 큰 맘 먹고 초 같은 것들을 봉납했다. 대신에 꿈자리가 어수선한 기분도 들고 해서 죽은 본처의 법명을 물어 그녀의 위폐를 불단에 모셨다. 전처의 위패가 머리맡에 있는 것을 보고 류키치는 왠지 이상한 기분이 들었지만, 주제넘은 짓은 하지 말라는 말도 하지 않았다. 말을 하다 보면 이야기가 복잡해져 오히려 귀찮아 질 것 같다는 생각에, 과연 영리한 그답게 쵸코가 보는 앞에서는 위패에 합장조차 하지 않았다. 쵸코는 매일 아침 불단의 꽃을 갈아주는 등 한 치의 빈틈도 없이 행동했다.

2년이 지나자 그동안의 저축이 300엔을 조금 넘었다. 쵸코는 게이샤 시절에 진 빚이 생각나 슈키치(種吉)에게 그 빚은 다 갚았는지를 묻자,

"니는 걱정 말그레이.. 안심해도 된다. 이거 봐라"

하며 빚 청산을 한 증거문서를 내보였다. 오다츠(お辰)는 집에서

셀룰로이드 인형을 만드는 일을 하고, 동생 신이치(信一)는 석간 신문을 팔고 있다는 것은 쵸코도 전부터 알고 있었지만, 그렇다 해도 어떻게 해서 그 빚을 다 갚았을까 하는 생각에 눈시울이 뜨거워졌다. 그래서 생전처음으로 동생에게 50전, 어머니에게 3엔, 아버지에게 5엔씩 돈을 줄 마음을 먹을 수 있었다. 그러고 나니 저금은 정확히 300엔이 되었고, 그 사이 류키치가 게이샤 유흥비로 100엔 정도 써버리는 바람에 200엔으로 줄었다. 쵸코는 이제 눈물도 나지 않았다. 저녁 어둠 속에서 전등도 켜지 않은 채 어두침침한 6조(다다미 여섯 장 깔린 방) 방 한가운데 털썩 주저앉아 팔짱을 끼고 어깨로 한숨을 푹푹 쉬어가면서 장지 종이가 찢어진 부분을 뚫어져라 노려보고 있었다. 류키치는 샤미센의 바치(현을 퉁기는 주걱모양의 채)로 얻어맞은 상처 자국을 누를 생각도 하지 않고, 방바닥에 뒹굴고 있었다.

이제는 더 이상 절약할 방법도 없었지만 그래도 빨리 그 100엔을 채워 넣지 않으면 안 되겠다는 생각에 여러 가지로 궁리를 했다. 야토나 일할 때 입는 의상도 어지간하면 새로 염색을 해서 입으며, 철이 바뀔 때마다 전당포에 옷을 맡겼다간 다시 찾아 입는 등의 방법으로 어떻게든 견뎌보았다. 포목점에 부탁하는 것도 삼가한 덕택으로 반년도 채 안되어 원래대로 300엔이 다시 모아졌을 때, 언제까지고 남의 집 이층 살이를 하고 있으면 사람들에게 업신여김을 당할테니, 군고구마 장사든 뭐든 좋으니까 가게를 빌려 장사를 해보자고 당장 류키치에게 제안을 했다. "그라지 뭐!" 하며 별 관심 없는 듯한 반응이었지만, 이튿날부터 그는 묵묵히 돌아다니면서 고즈(高津)신사 언덕아래에 가게전면이 한 칸 정도 폭에 안쪽으로 세 칸 반 정도 깊이가 되는 작은 가게 집을 빌려서는, 이틀 동안 목수를 고용하고 자신도 일을 도우며 그럴 듯한 점포로 개조를 했다. 그리고 예전에 일했던 경험과 인맥을 살려 면도기 도매상에게 물건을 위탁 받아오니 순식간에 신장 면도기 점포가 완성되었다. 안전면도기의 교체용 면도날, 귀이개, 머리빗, 코털용 쪽집개, 손톱깎기 따위의 잡화부터 면도날을 가는 가죽, 잭, 서양면도기 따위의 품목을 다루고 있으니, 목욕탕 손님을 상대로 장사를 하는 것이 제일이라면서, 가게도 목욕탕의 바로 맞은편에 위치한 곳을 빌릴 정도로 세심한 주의를 기울였기 때문에 쵸코는 너무 감동하여, 개점 전날 야토나 동료들이 축하선물로 벽시계를 사들고 찾아왔을 때 '어서오이소!'하고 맞이하는 목소리에도 생동감이 있었다. 그리곤

"우리 아저씨가 얼매나 까탈스럽게 일을 하는지... "

했는데, 이것은 류키치를 칭찬한 셈으로 말한 것이었다. 다스키(일하게 편하게 옷소매를 걸어 목에 거는 끈)를 걸친 차림으로 여기저기 진열장을 닦아대고 있는 류키치의 모습이 썩 남자다워 보이는 것은 아니었지만, 동료 야토나들은 매우 감탄해서 고레야스씨도 마음만 먹으면 상당히 열심히 일하는 사람이라고 생각했다.

개점하는 날 아침, 쵸코는 발 벗고 나서서 도와줄 마음으로 가게에 나가 앉아있었다. 정오가 되어 손님이 전혀 없다며 류키치가 불안한 듯 말할 때에도, 쵸코는 그 말엔 대답도 하지 않고 눈을 크게 뜬 채 창밖을 지나가는 사람들만 쏘아보았다. 정오가 지나자 드디어 손님이 왔고 안전면도기의 교체용 날 한 장을 6전주고 사갔다.

"고맙습니데이"

"또 오시이소"

하면서 두 부부가 어딘지 모르게 꺼림칙할 만큼 극진한 서비스를 했는데도, 인간미가 나지 않는 것인지 새 가게라서 그런 탓인지,

그날은 15명의 손님이 왔을 뿐으로, 그나마 거의 대부분 교체용 면도날을 사 가지고 간 것뿐이어서 매상은 고작 2엔도 채 되지 않았다.

손님은 거의 오지 않았다. 질렛 면도기 하나라도 팔리면 장사가 잘된 셈이고 대개는 귀이개나 일회용 면도날 같은 것만 팔리는 형편없는 매상이 며칠이고 계속되었다. 애기거리도 없이 따분하게 서로의 얼굴을 딱하다는 듯이 마주보면서 가게를 보고 있노라면 정말 한심하기 짝이 없다는 생각이 들었다. 무료하게 보내는 한낮에 한 두 시간 정도 조루리(浄瑠璃: 인형극의 소리)를 배우러 가고 싶다고 류키치가 말했어도 어이없어 하거나 말릴 생각조차 들지 않았다. 지금까지 빈둥빈둥 거리고 있을 때에는 언제라도 갈 수 있었는데, 그 동안은 눈치 보느라 장사를 시작한 이제 와서야 배우고 싶다고 말하는 그 기분을, 다른 사람들은 몰라도 쵸코는 측은하게 여겼다. 결국 류키치는 근처 시모테라마치(下寺町)에 있는 다케모토학원(竹本組昇)에 월사금 오 엔을 내고 제자로 들어갔고, 후타츠이도(二ツ井戸)의 텐규(天牛)서점에 헌 소리책을 찾기 위해 책을 뒤지러 매일처럼 훌쩍 나가버리곤 했다. 장사에 신경을 쓰고 싶어도 손님이 안오는 데야 할 수 없는 일이 아니냐는 듯한 얼굴로, 가게를 보고 있을 때에도 소리책을 펼쳐놓고 흥얼흥얼 소리연습을 하곤 했다. 그 소리가 정말이지 너무나 한심스러워서 잘한다고 치켜세워주기도 왠지 모르게 마음에 걸릴 정도였다.

달이면 달마다 원금을 까먹고 들어가는 장사를 하다 보니, 할 수 없이 다시 야토나로 나가기로 했다. 다시 야토나로 나가기 전 날 밤, 이런 것이 바로 고생이란 것인가 하는 생각에 정말 한스럽고 슬펐지만, 일단 연회의 자리에 들어서면 좌중을 휘어잡아야만 성이 차는 게이샤 기질은 어디 가는 것이 아닌지 여전히 유쾌하

게 분위기를 살렸다. 저녁때, 쵸코가 외출을 하면 류키치는 대충 대충 가게 문을 서둘러 닫고, 후타츠이도(二ツ井戸) 시장 안에 있 는 포장마차에서 가야크메시(일종의 볶음밥)에 쑤기미 된장국을 먹고, 초장 마합 조개를 안주로 술을 한 잔하고 나서 육십오 전의 계산서를 받아들고도, 뭐 이리 싸냐는 듯 또 다시 카페 이치방으 로 향한다. 그 곳에서 맥주와 후루츠를 시켜 먹고는 곁에 앉아 온 갖 아양을 떨던 여급에게 듬뿍 팁을 쥐어주고 나면, 열흘치의 매 상이 순식간에 날아가 버렸다. 야토나의 수입으로 어떻게든 생활 은 지탱하고 있었지만 류키치의 씀씀이는 터무니없을 정도였다. 점점 도매상의 빚도 쌓여가다 보니 일년 간 버티며 고생한 끝에, 가게 권리를 사겠다는 사람이 나타난 것을 다행으로 여기며, 두 눈 딱 감고 가게 문을 닫기로 했다.

폐점 왕창 세일로 올린 이틀간의 백 엔 남짓한 매상과 권리금 백이십 엔을 합친 이백이십 엔 남짓한 돈으로 도매상의 빚과 여 기저기 빌린 돈을 다 갚고 나니 10엔도 남지 않았다.

이층 방을 빌리는데도 선불은 곤란해서, 여기저기 찾고 있던 중, 오킨집에 들락거리면서 안면이 있던 포목전의 보부상이

"우리집 이층 방이 비어있스요. 쵸코씨가 쓴다카모, 내 믿고 빌리주지요. 방세는 언제 내더라도 좋심더."

하며 얘기 한 것을 천만다행으로 여기고, 토비타(飛田)대문 앞 거 리사이로 빠지는 골목길의 뒤편에 있는 그 집 이층 방을 빌리게 되었다. 류키치는 변함없이 조루리(浄瑠璃)를 배우러 외출하거나, 동네에 있는 빨간 노랜(문 앞에 거는 상호를 넣은 천)이 걸려있는 오 전 찻집에서 몇 시간이고 시간을 죽이는 등, 도대체 사리분별 이 없었다. 쵸코는 일을 부탁받은 날이면, 비가 오는 날이든 눈이 오는 날이든 일을 안하고 될 말이냐면서 나가곤 했다. 이젠 야토

나 중에서도 고참에 속했다. 조합에서도 가능하면, 우선적으로 간
사(幹事)에게라고 할 정도로 손위의 선배들에게서도 쵸코언니로
불리게 됐지만, 결코 거드름을 피우진 않았다. 옷자락도 부끄러울
정도로 달아빠져서 너무나도 새 옷을 갖고 싶어했다. 더군다나 주
인집이 포목점의 보부상이다 보니 가령 보통 천이라도 한 장 사
주는 것이 도리겠지만, 결국 사지 않고, 그저 저금만 할 뿐이었다.
다시 한 번 가게 장사를 해봐야 카지 않겠나 하면서, 마치 부모의
원수라도 갚겠다는 것 같은 심정이어서, 쵸코 스스로도 그런 자신
의 모습이 불쌍할 정도였다.

　삼년이 지나자, 마침내 이백 엔이 모였다. 그 동안 류키치가 장
이 아프다고 해 종종 병원에 다니곤 하다 보니 그 비용이 커져서,
속이 탈 정도로 돈이 모이질 않았던 것이다. 이백 엔을 마련했기
에 류키치에게

　"뭐라도 장사할만한 기 없을까예?"

하고 상담을 해봤지만, 이번에는

　"그런 푼돈 갖꼬 할끼 뭐가 있겠노"

라고 말하며 마음 내켜하지 않더니, 어느 날 이백 엔 중에 오십
엔을 토비타(飛田)유곽에 가서 눈 깜짝할 사이에 써버렸다. 사오
일 전, 머지않아 여동생에게 데릴사위를 맞아들여 우메다(梅田)
신작로의 집안일을 꾸려나갈 거라는 소문이 류키치의 귀에 들려
왔기 때문에, 일찌감치 이런 일을 예측은 하고 있었지만, 아무리
그렇다 해도 창기를 상대로 하루에 오십 엔이나 되는 돈을 써버
리고 나니 너무나 기가 막혔다. 희멀건 얼굴을 불쑥 들이대며 집
으로 돌아온 류키치의 목덜미를 다짜고짜 쥐어틀고 바닥에 내동
댕이치고는, 나자빠진 류키치를 올라타고 앉아 있는 힘껏 목을 졸
라댔다.

"욱, 욱, 아고, 아지메, 숨 막힌다! 이기 무신 짓이고?"
하며 류키치는 바닥에 깔린 채로 두 다리를 버둥거렸다. 쵸코는
이제는 성이 풀릴 때까지 주리를 틀지 않고서는 도저히 참을 수
가 없다는 마음으로, 있는 힘을 다해 목을 조르고 또 조르다가 나
중엔 뺨을 때리고 주먹으로 치자, 결국 류키치는
"아이고, 아지메. 지발 살리도!"
하며 비명을 질러댔다. 쵸코는 좀처럼 손의 힘을 빼지 않았다. 여
동생에게 데릴사위를 맞아들인다는 말을 들은 것 정도로 자포자
기하는 류키치에게 화가 나기보다는, 오히려 그런 그가 가여워 보
여서 이런 쵸코의 행동은 마치 치정스럽기까지 했다. 다급해진 류
키치는 순간적으로 틈을 보아 헐떡거리며 아래층으로 뛰어 내려
가, 이리저리 도망치던 끝에 변소 안으로 뛰어 들어갔다. 과연 쵸
코도 거기까지는 쫓아가지 않았다. 주인집 아주머니는 자신도 여
자인 주제에 쵸코를 나무랐는데, 쵸코는 거기엔 아무런 대꾸도 하
지 않고 옷소매로 얼굴을 가리고 어깨를 들썩이며 흐느끼는 모습
을 보고는, 그런 쵸코의 모습이 뜻밖에도 처음으로 여자답게 보인
다는 생각을 했다. 연하의 남편을 둔 그녀는 평소 쵸코에 대해서
좋은 말을 하지 않았다. 매일 아침 된장국을 끓이고 있을 때, 류
키치가 어깨띠를 메고 열심히 가츠오부시(말린 다랑어를 종이처럼
얇게 깎은 것)를 깎고 있는 모습을 보면, 남편에게 그런 일을 시
켜서 되겠냐는 말이 목구멍까지 올라오는 것을 참고 있었다. 자기
입맛에 맞추기 위해 일부러 말린 다랑어를 깎는 일까지 자신의
손으로 하지 않으면 직성이 풀리지 않는 류키치의 추한 식탐까지
는 몰랐던 것이다. 그 남편도 같은 생각으로 언젠가 쵸코, 류키치
와 셋이서 센니치마에(千日前)에 나니와부시(浪花節)를 들으러 갔
을 때, 붐비던 극장 안에서 누군가에게 추행을 당했다고 큰 소리

로 "꺄아!" 소리를 질러대며 소란을 떠는 쵸코를 보고, 어지간한 여편네라고 생각하며, 겸연쩍은 얼굴로 눈 만 껌벅거리고 있는 류키치가 정말이지 딱해보였다고 집에 돌아와 아내에게 말했었다.

"저리 남사스럽게 굴어가꼬는, 인지 얼매 안가서 고래야스(維康)한테 버림받재. 두고 봐라."
라며 두 부부는 뒤에서 수군거렸는데, 예상대로, 류키치는 어느 날 훌쩍 집을 나가 버린 채 며칠이 지나도록 돌아오지 않았다.

이레가 지나도록 류키치가 돌아오지 않자 거의 울상이 다된 얼굴로 쵸코는 아버지 슈키치에게 찾아가, 우메다(梅田)신작로 본가에 가있는 것이 틀림없으니까 어떤 상황인지 몰래 살펴보고 와달라고 부탁했다. 슈키치는 딸의 부탁을 모른 척하는 것은 아니었지만, 어차피 헤어질 마음을 먹고 있는 상대의 집에 몰래 갔다가, 자칫 어설프게 얼굴이라도 마주치는 날엔 자신을 어떻게 생각하겠냐며 거절했다.

"씰 데 없는 미련 갖지 말고 헤어지는 기, 니를 위해 안 낳겠나?"
라고 했더니, 그게 부모가 돼서 할 소리냐면서, 쵸코는 흥분한 나머지 아버지와 언쟁까지 하고 나와, 그 길로 신세계(新世界)에 있는 점쟁이 집을 찾아갔다.

"당신이 남자를 위해 모든 것을 바치는 기 화근인기라.. 대체로 이런 사주는...."
나이를 묻고 병오년(丙午年)생이라는 말을 듣자마자, 점쟁이는 청산유수처럼 사주를 풀어주었는데, 그야말로 모든 것이 나쁘기만 한 운세였다.

"남자 맘은 북쪽으로 기울어져 있구마"
라는 얘기를 듣자 오싹해졌다. 북쪽이라면 말할 것도 없이 우메다(梅田)신작로 본가 쪽이다. 복채를 내고 밖으로 나서자 어디로 간

다는 목적도 없이 한 여름의 햇살이 쨍쨍 내려쬐고 있는 번화가
를 잰걸음으로 걸었다. 아다미(熱海)의 여관에 머물면서 맞닥뜨린
지진이 생각났다. 그 날도 역시 더운 날이었다.

열흘 째 되던 날, 그 날은 마침 지조봉(지장보살을 기리는 불사
가 있는 날)이어서 골목 안까지 봉오도리(여름에 남녀가 함께 추
는 일본의 대중적인 민속춤)를 추는 사람들로 가득했다. 쵸코도
억지로 이끌려나가 단조로운 곡조의 같은 곡을 계속 되풀이해서
연주했다 그래도 이따금은 장단에 변화를 주어가면서 샤미센을
켜고 있었는데, 얼핏 그림사방등 밑으로 강동거리며 걸어오고 있
는 류키치의 얼굴이 보였다. 환한 사방등 불빛이 얼굴에 비추어
눈이 가물거리는 듯 연신 눈을 슴벅거리고 있었다. 순간 샤미센
줄이 핑 하고 팅기며 끊어졌다. 곧바로 2층으로 이끌고 올라가 쌓
였던 이야기보다 먼저 류키치에게 몸을 내던졌다.

두 시간 정도 머물다 전차가 끊어진다며 돌아간 류키치는 그
짧은 시간동안 이런 이야기를 했다.

"요 열흘 동안 우메다의 본가에 들어가꼬 안 나온 건, 딴
기 아이데이. 물론 생각한 바가 있었기 때문인기라. 여동생한테
데릴사위를 들인다꼬 하면은, 내야 당연히 호적에서 지운다는 기
아니겠나? 그럿타고 낼로 그냥 보고만 있으란 것은 너무한 거 아
이냐 카믄서, 우메다 집에 쳐들어간 기다. 하지만 매일같이 무르
팍 마주대고 담판을 지어봤어도, 택도 엄써뜬기라. 마누라 내삐리
고, 자식새끼 내팽개치고 좋아하는 여자랑 살림나간 내한테 승산
이야 없겠지만, 폐적당할 때 당하더라도 내 받을 건 다 받아야 카
지 않겠나?, 마, 이카면서 뒤로는 물러설 수 엄따 생각하고 꿈쩍
않고 버티는데 말이다, 영감쟁이가 이카는 기라. 쵸코, 니는 이말
에 신경 안써도 된데이,

그런 가시나랑 살고 있는 자슥 놈한테 돈 주는기 돈 버리는 거 아이고 뭐꼬. 결국은 가시나한테 속아가꼬 다 털릴게 뻔하제. 돈 필요하믄 먼저 그 가시나랑 헤어지거라! 이래 말하구선 영감쟁이 입 꽉 다물었다 아이가.

그러니까, 쵸코. 우찌됐든 여어서 한 판 멋지게 연기를 해야 안 되겠나? 헤어졌심더, 여자도 헤어지겠다꼬 하고 있심더, 이카면서 깜쪽같이 아부지를 속여서 받을 것만 다 받아내자 이기다. 그 다음에야 폐적이든 폐병이든, 그 돈 갖고 맘 편히 할 만한 장사라도 해서, 니캉 내캉 오래오래 흰 머리가 파뿌리 될 때까지 살 수 있지 않겠나. 은제까지고 니한테 야토나 짓시키는 것도 모할 짓 아이가?

그르니까 쵸코, 내일 집에서 사람이 오면은, 딱 잘라서 헤어지지예 하고 한 마디만 하라는 기다. 진짜로 헤어진다는 게 아이데이. 여, 여, 연극이다, 연극. 돈만 받으면 내는 곧바로 돌아올끼다. ---쵸코의 가슴에 달콤한 기분과 불안한 기분이 남았다.

다음날 아침, 쵸코는 고즈(高津)의 오킹 집을 찾아갔다. 이야기를 듣더니 오킹은 과연 산전수전 다 겪은 사람답게

"쵸코야, 니 고레야스씨한테 속고 있는 기다"

라고 말했다. 오킹은 고레야스가 처음에 쵸코에게는 비밀로 하고 우메다 집에 갔다는 말을 듣고, 이건 섣불리 연극에 넘어가선 안 되겠다고 생각했다. 류키치의 속셈은, 쵸코가 헤어진다고 말해버리면, 그걸 절호의 기회로 삼아 계산대로 본가로 돌아갈 수 있게 되고, 그대로 우메다 집에 눌러앉으려는 계산일지도 모른다고 생각했다. 그렇게까지 명확히 나쁜 쪽으로 생각하지 않더라도, 제아무리 화장품도매상인 아버지가 그리 호락호락 받아들여주지 않는다고 해도, 그때는 또 그때대로 상황은 안 좋게 흘러가더라도 돈

은 그의 손에 들어올 것이다. 즉 이런 식으로 양다리를 걸치고 있
던가, 아니면 류키치 자신도 현재의 자기감정을 잘 모르고 있던가
일 것이다. 무엇보다도 류키치에겐 본가에 자기 자식이 있는 것이
다. 오킹은 거기까지는 말하지 않았지만, 어찌됐건 쵸코가 헤어지
겠다고 말하지 않는 한 류키치가 본가에 쉽사리 돌아갈 수는 없
을 것이고, 결국 류키치가 돌아와 주길 바란다면 절대 헤어진다고
말해선 안된다고 말했다. 쵸코는 오킹이 말 한대로 했다. 거짓이
긴 해도 헤어진다는 말을 하는 것보다는 그편이 훨씬 말하기 편
했다. 더군다나 곧바로 나타난 본가의 심부름꾼은 헤어지는 조건
으로 쵸코에게 건네줄 위자료를 준비해온 듯해서, 그 돈을 받으면
그길로 두 사람의 연은 끊어질 뻔했다.

사흘이 지나자 류키치는 돌아왔다. 부랴부랴 맞아들이는 쵸코를
보자마자

"니 바보아이가? 니 한마디로 만사 다 엉망진창 되뿌우따"
라며 극도로 불편한 심기를 드러냈다. 헤어지는 조건의 위자료 운
운하며 그때의 기분을 말하자,

"그거 받으면 내가 받을 돈이랑 해서 이중으로 버는 거니까
좋은 거 아이가, 필요할 땐 욕심 쫌 부리라 카이"
라고 했다. 그럴 수도 있겠구나 하고 생각했지만, 쵸코는 역시 오
킹이 한 말이 가슴속에 남았다.

아버지에게선 아무것도 못 받아왔지만, 여동생에게서 뜯어낸 돈
300엔과 쵸코의 저금을 합쳐서 무언가 장사를 해보자며, 이번엔
류키치가 먼저 이야기를 꺼냈다. 면도용품 점으로 실패한 쓸쓸한
경험이 있었기 때문에 이것도 아니고, 저것도 아니고 하면서 류키
치가 흥미를 가질만한 장사를 생각하던 끝에, 결국 군고구마장사

라도 할 수밖에 없나 하며 난감해 하던 중 문득 꼬치 오뎅집이
좋겠다는 생각이 들었다. 류키치에게 그 말을 했더니

  "그, 그, 그거 좋은 생각이네. 내 입맛으로 솜씨를 발휘해서
맛있게 만들 수 있구마"

라며 몹시 의욕적인 반응이었다. 적당한 가게자리가 없을까 찾아
보니, 근처 도비타 오오몽마에(飛田大門前)거리의 작은 꼬치오뎅
집이 매물로 나와 있었다. 현재 노부부가 이 꼬치오뎅집을 운영하
고 있는데, 동네분위기상 손님들의 질도 안 좋고 거칠기 때문에,
얌전한 젊은 여자들은 오래 일을 하지 않고, 그렇다고 해서 기가
센 여자를 쓰면 되려 주인 쪽을 깔보고 하는 식이어서, 사람 쓰는
일이 너무 어려워 일을 접으려고 가게를 내놨다고 했다. 매수할
의사를 보이자, 의외로 수월하게 장사수단을 일러주는 것부터 사
용하던 도구까지 전부 끼워서 350엔에 넘겨주었다. 온통 회벽으로
되어있는 아래층은 장사에 사용하므로, 잠을 자며 지낼 곳은 2층
의 4조 반짜리 방하나 뿐이었는데, 머리가 부딪칠 정도로 천장이
낮은데다 음습하긴 했지만, 유곽으로 이어지는 길목이어서 사람들
의 통행도 많은데다가 길의 모퉁이에 위치한 가게라서, 가게내부
의 꾸밈부터 출입구의 위치를 정하는 것까지 대단히 조건이 좋았
기 때문에, 그 가격을 듣자마자 마음을 결정하고 손을 쓴 것이다.
신장개업에 앞서 법선사 경내에 있는 쇼벤당고테이(正辯丹吾亭)와
도톰보리의 타코우메를 시작으로, 꼬치 오뎅집이라면 눈에 띄는
대로 돌아가서 음식 맛을 보았고 도쿠리에 담긴 청주의 따뜻함
정도나 장사 수법 등을 면밀히 살펴봤다. 꼬치 오뎅집을 하기로
했다는 말을 들은 슈키치는

  "새우든 오징어든 덴푸라 카는 건 내한테 맡기라"하며 도움을
자청했으나, 류키치는

"간단한 음식은 하는데에, 덴푸라 낼 생각은 없십니더"
라며 듣기 좋게 거절했다. 슈키치는 못내 아쉬워했다. 오타츠는

"그 보소. 내가 뭐라카등교?"
하며 어리석다는 듯 슈키치를 비웃었다.

"우리가 거들면 손해 보는 기라고 생각하는 거 아이겠십니꺼.
누가 땡전 한 푼이라도 거저 달라캤나? 더럽고로."

서로의 이름에서 한자씩 따서 "쵸류(蝶柳)"라는 상호를 붙이고,
드디어 개업을 하게 되었다. 아직 더위가 가시지 않은 시기이기도
하고, 큰맘 먹고 생맥주 통을 들여놓기도 한 탓에 얼른 팔아치우
지 않으면 김이 빠져서 못쓰게 된다고 안달복달하며 걱정할 것까
지도 없이 잘 팔렸다. 다른 사람을 쓰지 않고 부부 둘이서 가게를
꾸려나갔는데, 가장 붐비는 밤 열 시부터 열두시 정도까지는 눈이
빙빙 돌 정도로 바빠서, 소변보러 갔다 올 시간도 없었다. 류키치
는 흰 요리사 복장에 높은 왜나막신을 신은 멋 부린 차림으로, 이
따금 돈통 속을 들여다보았다. 매상액이 늘어나 있으면 큰 소리로
"어서옵쇼오"하며 면도날 가게를 할 때완 다르게 인사소리도 씩
씩했다. 속칭 "오카마"라고 부르는 중성(中性)적인 떠돌이 예인들
이 흘러들어와 아오야기(靑柳)를 활기차게 연주하고 가기도 하는
등, 경기가 좋았다. 그 대신 동네 분위기가 좋질 않아, 질 나쁜
술꾼들끼리 싸움을 벌이곤 해서 류키치는 전전긍긍했으나, 쵸코는
그런 일 따위는 예전에 이미 익혀놓은 솜씨로, 그런 손님을 다루
는데 굳이 추파를 던지거나 해야 할 필요도 없었다. 근처에 유곽
을 끼고 있었기 때문에 밤늦게까지 손님이 있어서, 간판을 들여놓
을 즈음엔 어느새 동쪽 하늘이 보라 빛으로 변해오고 있었다. 녹
초가 되어서 2층의 작은 방에서 잠시 눈 좀 붙였나 싶으면 어느
틈에 자명종이 따르릉 따르릉 하고 울어댔다. 속옷 바람으로 아래

층에 내려와서는 세수도 하지 않은 채, "아침식사 됩니다, 네 품목에 18전」이라고 쓴 입간판을 밖에 내놓았다. 아침에 귀가하는 손님을 노린 된장국, 삶은 두부, 야채절임, 밥 등 네 가지 세트에 18전 하는 메뉴로, 소소한 장사라고 대수롭지 않게 보았으나, 의외로 맥주 같은 것을 주문하는 손님도 있어서 은근히 장사가 되었기 때문에, 약간의 수면부족도 견딜 수 있었다.

가을 날씨다워졌는가 했더니 어느 틈에 옷깃을 파고드는 바람이 차갑게 느껴지기 시작하고, 이젠 꼬치오뎅 장사에게 안성맞춤인 날씨가 계속되면서 맥주를 대신해 청주가 잘 팔렸다. 주류상에게 지불할 대금도 어김없이 현금으로 건네주었고, 명주 공급업체의 본점에서도 가게의 간판을 기증해 주겠다고 나설 정도여서, 이젠 쵸코의 샤미센도 덧없이 벽장에 넣어둔 채로 썩혀 두고만 있었다. 이번에는 반 이상의 자본금을 자신이 댄 탓만은 아니겠지만, 류키치의 장사에 대한 열성은 더할 나위 없었다. 정기휴일도 없이 매일같이 부지런히 열성을 다해 일을 했기 때문에 쓸데없는 지출도 없는 상태로 번 돈은 기세 좋게 모여만 갔다. 류키치는 매일 우체국에 갔다. 몸으로 하는 장사였기에 류키치는 피곤하면 술로 기운을 차렸다. 술을 마시면 대범해져서 아무 생각 없이 큰돈을 써버리는 류키치의 기질을 알고 있었기에 쵸코는 내심 조마조마했지만, 장사로 팔아야 할 술이고 보니 류키치도 적당한 정도로 조절하며 마셨다. 하지만 그렇게 마시는 술도 쵸코에게는 또 하나의 걱정거리였기 때문에, 결국 어느 쪽이든 쵸코에게 걱정할 일이 없어지는 것은 아니었다. 술을 많이 마시면 몹시 밝고 명랑해지지만 찔끔 찔끔 마셔댈 때면 원래 말을 더듬는 버릇이 있는 탓인지 말 수 없는 류키치가 더욱 말이 없어지는데, 손님이 없거나 할 때, 의자에 걸터앉아서 멍하니 무언가 깊은 생각에 젖어 있는 듯한 모습을 보게 되면, 혹시 우메다 본가 생각을 하고 있는 것은 아닐까 하는 생각으로 쵸코의 마음은 어찌 해야 할지를 몰랐다.

예상한대로 여동생의 혼례식 참석을 무참하게 거절당한 일로 류키치는 속을 끓이고 있다가, 2백 엔 가량의 돈을 들고 외출한 채 사흘 동안 집에 돌아오지 않았다. 때마침 벚꽃 놀이 시기인데 다가 일요일, 신사의 축일 등의 기념일이 이어져 가게를 쉬지도 못하고 이틀 동안 눈 코 뜰 새도 없이 바쁘게 장사를 했지만, 쵸코는 전혀 돈 버는 데에 욕심을 부릴 생각을 할 기분도 아니었는데, 엎친 데 덮친 격으로 바쁜데다가 마음의 걱정까지 겹치다보니 몸이 말을 듣지 않아서 삼일 째에는 결국 가게 문을 닫았다. 류키치는 그날 밤 늦게야 돌아왔다. 귀를 기울이고 골목길의 발소리를 듣고 있자니

"한시치(半七)님은 지금쯤 어디서 무얼하고 계실까. 이제 와서 다시 돌아올 그님은 아니건만, 이내 몸이 있지만 않았더라면, 한베에(半兵衛)님도 오츠우(お通)를 보아 용서하시고, 자식까지 낳아 준 산카츠(三勝)를 하루빨리 불러들이신다면 한시치님의 체면도 서고 의절도 당할 리 없었을 것을..."

어쩌고 하며 산카츠와 한시치의 사와리(조루리 중 가요풍으로 읊는 부분)대목을 읊으면서 가까이 오고 있는 것은 류키치가 틀림 없었다.

'이 밤중에 어설픈 조루리 가락을 읊어대긴... 이웃에 넘사스럽 지도 않나?'하면서도 마음이 놓였다.

"마음에 안들 줄은 알고 있어도, 미련한 이내 몸의 윤회 때문에, 긴 밤을 함께 할 수는 없다 해도, 곁에만 있어주길 바라고 지금까지 참아온 이내 몸이 죄라서...."

라고 이쪽에서 뒤를 이어 읊어볼까 하는 기분을 누르며 아래층으

로 내려갔다. 류키치의 발소리는 집 앞에서 뚝 멈췄다. 더 이상
조루리를 읊어대지도 않고, 선뜻 들어서지 못하는 양으로 덜그럭
거리며 문을 열어보려고 하는 듯했다.

"누구라예?"

쵸코가 모른 척 일부러 묻자, 류키치는

"내다"

"내가 누군데예?"

거듭 시치미 떼며 말했더니

"고, 고, 고레야스다"

라고 대답하는 목소리가 떨리고 있었다. 하지만 쵸코는

"고레야스라 카는 사람은 많이 있습더"

라며 표정도 바꾸지 않고 말했다.

"내다. 고레야스 류키치!"

이미 쵸코에게 시달릴 각오는 하고 있는 듯 했다.

"고레야스 류키치라 카는 사람은 이집에 볼일이 없는 사람 아
임니꺼? 지금쯤 어딘가에서 돈이나 펑펑 쓰고 있을텐데예"

하며 계속 애를 먹이고는 있었지만, 이웃의 시선도 있고 해서 그
정도로 하고 문을 열어 주었다.

"아지메! 내를 죽이고 싶나?"

하며 얼굴을 찡그리며 웃고 서 있는 류키치를 쵸코는 안으로 잡
아 끌어들였다. 막무가내로 2층으로 확 떠밀어 올리는 바람에 류
키치는 천정에 머리를 부딪혔다.

"아야!"

아야고 뭐고 지금 내가 그런 거 봐줄 줄 아나 하는 기분으로
실컷 두들겨 패주었다.

이제 두 번 다시는 바람을 피우지 않겠다고 류키치는 맹세했지

만, 이런 쵸코의 바가지는 그 어떤 약효도 보이지 않았다. 잠시 조용한가 하면 또다시 방탕의 버릇이 나왔다. 그리고 돌아올 때면 여전히 쵸코가 두려워 파랗게 질려있었다. 어느 틈엔가 서서히 살이 쪄버린 쵸코는 이제 류키치를 두들겨 줄 때마다 숨이 찼다.

류키치가 흥청거리며 써버리는 돈은 상당한 액수였기 때문에, 술이 깬 다음 날에는 제 아무리 호기 있던 그도 파랗게 질려서, 일절 술도 입에 대지 않고 묵묵히 냄비 속을 휘졌고 만 있었다. 하지만 사나흘만 지나면, 역시나, 손님 술을 데우는 일만이 능사가 아니라며, 손님이 마시다 남은 술을 모아 넣어둔 것이 아닌 새 병의 술을 듬뿍 도쿠리(청주를 담아 내 놓는 술병)에 넣어서 술 데우는 단지에 담구는 것이다. 이젠 장사에 싫증난 것이 분명한 태도로, 술에 취하면 호기를 부리게 되고, 자연히 발길은 유탕의 장소 쪽으로 향했다. 염색장이가 하얀 바지 차림을 한 정도가 아니라, 이래가지고서야 류키치의 방탕생활을 위해 장사를 하고 있는 꼴이라며 쵸코는 차차 후회하기 시작했다. 심각한 일을 자초한 장사를 시작한 셈이구나 생각하고 있던 참에 주류상에게 지불할 대금도 연체하기 시작하면서, 결국 그만두는 게 낳겠다고 생각하고 류키치에게 말하자 그는 즉석에서 동의했다.

「가게 팝니다」라는 팻말을 써 붙여놓은 채로 음침하게 가게는 쭉 닫아 두었다. 류키치는 조루리를 배우러 다니기 시작했다. 모 아둔 돈은 야금야금 줄어들어 가고 있는데, 도무지 가게를 인수할 사람은 나타나질 않았다. 쵸코의 마음속에선 서서히 세 번째의 야토나 일을 생각하고 있었다. 어느 날 2층의 창문으로 거리의 사람들이 오가는 것을 바라보고 있자니, 그들이 모두 손님으로 느껴지면서 장사를 하지 못하고 있는 자신이 너무나 안타까웠다. 건너편

으로 보이는 대여섯 번째의 점포인 과일가게는 빨강 노랑 초록색
으로 흐드러지게 피어난 꽃 색깔처럼 활기를 띠고 있었다. 손님의
출입도 많았다. 문득 과일가게는 참 괜찮은 장사구나 하는 생각이
들자, 더 이상 가만히 참고 있을 수 없어져 류키치가 조루리 연습
에서 돌아오는 모습을 보자마자 바로

"우리 한번 과일가게 해보지 않을랍니꺼?"
하고 물었다. 하지만 류키치는 선뜻 내켜하지 않았다. 나중에 먹
고살기 궁해지면 우메다 본가에 가서 필요한 돈을 얻어오면 된다
고 생각하고 있었던 것이다.

어느 날 눈치로 보아하니 우메다의 본가에 다녀온 듯 했다. 돌
아 와서 하는 말이, 필요한 돈을 요구했더니 여동생의 남편이 나
와 상대를 했는데, 도무지 말이 안 통하는 고집불통인데다 지독한
구두쇠여서 결국 동전 한 푼도 내주지 않더라는 말을 되풀이 해
가며 화를 냈다. 그리고는

"그래, 과일가게라도 해보자!"
했지만 얼굴은 몹시 씁쓸한 표정이었다.

꼬치 오뎅집할 때 쓰던 도구들을 판 돈으로 가게를 개조했다.
과일을 사들이고 어쩌고 하느라 돈이 턱없이 부족했기 때문에 옷
이랑 머리장식 등을 저당 잡히고, 또 다시 오킹에게 돈을 빌리러
갔다. 오킹은 한 시간 가량 류키치의 험담을 하다가 결국

"쵸코야, 니가 불쌍해서 빌리준데이"
하며 100엔을 빌려주었다.

그 길로 가미시오초(上塩町)에 사는 아버지 슈키치에게 가서 과일
가게를 하려고 하니 이삼 일 도와 달라고 부탁했다. 수박 자르는
방법 등의 요령을 류키치는 몰랐기 때문에 부득이 경험이 있는 아
버지에게 배울 수밖에 없었던 것이다. 이번엔 류키치의 입에서

"한 번 아부지께 부탁해 봐야 카지 않겠나?"

라는 말이 나왔다. 아버지는 젊었을 때 어머니의 고향인 야마토 (大和)에서 차 한 대분의 수박을 사가지고 와, 가미시오초의 야시장에서 잘라 판 적이 있었다. 그 무렵 쵸코의 나이는 겨우 두 살이어서 어머니가 쵸코를 등에 엎고, 즉 온가족이 총출동하여 장사를 한 셈인데 하루 밤에 백 개는 족히 팔았다고 아버지는 옛날 일을 이야기해 가며, 기꺼이 도와줄 뜻을 밝혔다. 꼬치오뎅 장사를 시작할 때, 도와주겠다고 자청했다가 류키치에게 냉정하게 거절당했던 일은 전혀 기억 속에 없는 듯 했다. 오히려 가게 문을 여는 날 건너편에도 과일가게가 있다고 하면서

"수박가게 건너편에 수박가게가 생겨 수박가게 동지끼리 맞대결하니"

운운하며 단카이부시(淡海節: 당시의 유행가 가락)의 가사를 이용해 즉흥적으로 읊어댈 정도로 매우 기분좋아했다. 건너편의 과일가게는 가게의 절반이 얼음가게인 것을 강점으로 살려 수박에 얼음을 덮어놓고 손님을 끌고 있었기 때문에, 자연히 쵸코의 가게에서는 수박을 두껍게 잘라 파는 것으로 대항하지 않으면 안되었다. 하지만 그런 걱정은 할 필요도 없이 아버지가 자르는 수박의 두께는 인심이 후한 것이었다. 류키치가 한 개 80전하는 수박으로 10전짜리 토막수박이 몇 개라는 식으로 속셈을 하며 조마조마해 하면, 아버지는

"큼직한 조각수박으로 손님을 끌고 덩어리 수박으로 버는 기다. 손해 보면서 버는 기지"

하면서

"자아 자! 수박 사이소. 수박. 맛있는 수박 싸게 팝니데이"

하며 활기 있게 외쳐대는 것이었다. 건너편 수박가게에서 외치는

소리도 아버지 슈키치의 목청에 결코 뒤지지 않았다. 쵸코도 조용히 있을 수만은 없어서

"수박이 쌉니데이!"

하며 찢어질 듯 외쳐댔다. 그 목소리가 애교스러웠는지 손님이 들어왔다. 쵸코는 가방 같은 가죽지갑을 길게 목에 걸어 늘어뜨리고 거기에 매상액을 집어넣기도 하고 거스름돈을 꺼내기도 했다.

오전 중에 쵸코는 유곽 안에 들어가 업소마다 수박을 팔며 돌아다녔다.

"맛있는 수박 사이소"

하고 외치는 목소리가 깜짝 놀랄 만큼 예쁘기도 하지만, 웃는 얼굴이 애교가 있는데다가 성격도 멋있고 시원시원한 것이 더할 수 없이 좋다며 창기들이 특히 단골로 사주었다.

"내일 또 가져 오시이소"

했을 때, 다음 날 류키치가 수박을 짊어지고 가면

"언니는예?"

하고 궁금해 하다가, 부인 참 잘 얻었다는 칭찬을 할라치면 류키치는 못들은 척 남의 일처럼 흘려버리며 떨떠름한 얼굴로 되돌아나오는 것이었다. 오히려 화난 듯 뚱한 얼굴로 나오는 것인지라 그러고도 놀기 시작하면 엉망으로 망가져서 놀던 남자라고는 도저히 보이지 않았다.

생각보다 열심히 일을 배웠기 때문에 사오 일 정도가 지나자 류키치도 수박을 자르는 요령 등을 터득했다. 아버지는 마침 우지가미(고장의 조상신)를 기리는 축제에 매년처럼 거리행차의 일용직으로 일하게 되는 것을 기회로 장사에서 손을 뗐다. 돌아가면서도 사과는 자주자주 천으로 잘 닦아서 반질반질하게 해둘 것, 수밀도(껍질이 얇고 물이 많은 복숭아)에는 절대로 손을 대지 말 것.

과일에는 먼지가 독약이니까 자주자주 먼지를 털어줄 것 등을 몇 번이고 주의를 시키고 돌아갔다. 시키는 대로 그렇게 조심하고는 있었지만 무엇이 문제인지 수밀도 같은 과일은 눈 깜짝할 사이에 부패해 버렸다. 그것을 그대로 가게에 장식해 둘 수 도 없어서 내다 버리는 마음이 너무나 안타까웠다. 매일같이 버리는 과일이 많아졌다. 그렇다고 가게상품의 양을 줄이면 가게가 너무 초라해 보이기 때문에 그렇게는 할 수 없는 노릇이라 과일이 잘 팔리지 않을 때면 초조해서 어쩔 줄 몰랐다. 이익도 많지만 손실도 만만치 않아서 계산을 맞추어 보면 과일가게도 용이한 장사가 아니라는 것을 슬슬 깨닫게 되었다.

류키치가 차츰 기운이 떨어져 가는 듯하여 쵸코는 벌써 과일 장사 일이 싫증난 것이 아닐까하고 걱정이 되었다. 그러나 그런 걱정을 하기에 앞서 먼저 류키치는 병이 났다. 벌써부터 위장이 아프다며 후다츠이도(二ツ井戸)에 있는 실비(実費)의원에 다니고는 있었지만, 이번에는 오줌에 피가 섞여 나와 소변을 보는데도 이십 분은 족히 걸리는 등. 남들에게는 부끄러워 뭐라 물어볼 수도 없었다. 이전에도 수상한 병에 걸려온 적이 있어서, 쵸코는

"무신 이런 인간이 다 있노!"

하고 류키치에게 화를 내면서도, 미신의 힘을 빌리려 지붕의 기와에 말라붙어 있는 고양이똥과 명반을 달여서 류키치에게 몰래 먹인 결과 효험이 있었기 때문에, 이번에도 바로 그 병이라고 판단하고 그것을 몰래 된장국 속에 넣어 먹였다. 류키치는 한 번 후루룩 마셔보고는 이상한 표정을 지었지만, 쵸코가 몰래 무언가를 넣었다는 것을 알아차리지는 못했다. 맛이 이상한 것은, 병 때문이라고 생각하는 듯했다. 이 민간요법은 모르고 먹어야 효과가 있다

고 생각한 쵸코는, 혼자서 약효가 나타나기를 기다렸지만 전혀 효
과가 없었다. 소변을 볼 때면 통증으로 울음소리를 낼 정도로 병
이 악화되어, 시마노우치(中之島)에 있는 비뇨기과 전문인 가요도
(華陽堂)병원에서 진찰을 받아보게 되었다. 요도에 관을 넣어서
검사한 결과, 방광이 나쁘다는 결과가 나왔다. 열흘정도 통원치료
를 해 보았지만 병은 호전되지 않았다. 류키치는 순식간에 야위어
갔다. 오진일 수도 있다고 생각해서, 덴노지(天王寺)의 시민병원에
서 다시 검진을 받았더니, 역시 가요도(華陽堂) 병원과는 다른 결
과가 나왔다. 엑스선 검사를 한 뒤 신장결핵인 것이 확인되자, 오
진한 가요도(華陽堂)병원이 원망스럽기보다는 오히려 그 병원에서
진단한 병명이 더 좋았다는 생각이 들었다. 살고 싶거든 빨리 입
원하라는 의사의 말에 서둘러 입원했다.

　류키치의 간병을 하려면 가게를 열고 있을 틈이 없었다. 할 수
없이 쵸코는 가게 문을 닫아버렸다. 과일이 그냥 썩어가는 것이
안타까웠기 때문에 아버지에게 가게를 부탁하려고도 생각했었지
만, 재수 없는 놈은 뒤로 넘어져도 코가 깨진다고 어머니 오다츠
가 사오 일 전부터 몸져 누워있었던 것이다. 자궁암이었던 것이
다. 어머니는 곤코쿄(金光敎: 덴치카네노카미(天地金乃神)라는 신
을 모시는 종교)에 빠져 있어서, 교당에서 주는 약수만을 받아 마
시고 회복을 기도하고 있는 동안에 급격히 쇠약해져 버렸다. 자리
에 눕게 되었을 때에는, 이미 치유가 불가능한 상태라고 동네 의
사는 진단했다. 수술을 한다 해도 이렇게 쇠약한 몸으로는 수술을
이겨내지 못할 것이라고 의사는 안타까워했지만, 어머니 오타츠
자신도 수술도 싫다, 입원도 싫다하며 완강히 거부했다. 물론 병
원비 문제도 있었다. 주사도 처음에는 싫다고 했지만, 몸이 두개
로 쪼개질 듯한 통증이 주사 한방으로 사라지면서 스르르 기분

좋게 잠들어 버리는 맛을 본 후로는, 통증이 밀려오기 전부터

"주사! 주사!"

하며, 한 밤중에도 주위 아랑곳하지 않고 큰소리로 울부짖으며 슈키치를 깨웠다. 그러면 슈키치는 졸린 눈을 비비며 의사에게 달려갔다.

"모르핀이라서 자주 주사를 놓으면 위험합니다"

라고 의사는 거절하지만,

"어차피, 죽을 몸 아입니꺼"

하고 슈키치는 눈을 껌벅거리는 것이었다. 쵸코의 동생 신이치(信一)는 교토(京都)의 시모가모(下鴨)의 어느 전당포에서 일 년 계약 점원으로 일을 하고 있었기 때문에, 여차할 때까지는 돌아오란 말을 하지 않기로 하고 있었다. 그래서 아버지 슈키치는 몸이 몇 개가 있어도 부족할 만큼 바빴기 때문에, 쵸코도 아버지에게 가게를 부탁하는 것을 단념했다. 결국, 나중에는 병원비 문제도 있고 해서 가게를 팔기로 한 것이다.

가게를 파는 일만은 운이 좋았다. 바로 살 사람이 나타나서 250엔이란 돈이 수중에 들어오긴 했지만, 그 돈은 즉시 사라져버렸다. 수술이 결정되기는 했지만 수술 전에 체력을 보완해 두지 않으면 안된다고 해서, 외제 약을 매일 두 병씩 투여했다. 한 병에 5엔이나 하는 고액의 약이어서, 무서울 만큼 병원비는 쌓여만 갔다. 쵸코는 간병인을 고용해서 야간에는 류키치의 간병을 하게 하고, 자신은 다시 야토나 일을 나가기로 했다. 그러나 그 정도 수입으로는 언 발에 오줌누기였다. 수술일이 오늘 내일로 다가오자, 돈 들어갈 일로 눈앞이 캄캄했다. 쵸코의 노랫가락도 이번만큼은 옛날 같지가 않았다. 마지막 전차로 돌아와, 허리띠 사이에 손을 찔러 넣은 채 곰곰이 깊은 생각을 되풀이했다. 오킹에게 빌

린 돈 100엔도 그대로 있었다.

무거운 발걸음으로, 우메다(梅田) 신작로에 있는 류키치의 본가를 찾았다. 데릴사위가 혼자 맞아 주었다. 많은 액수는 아니라도 좋다며 쿄코가 머리를 다다미 바닥에 대고 사정을 했지만 전혀 이야기가 먹혀들지 않았다. 데릴사위는 자업자득이란 말까지 내뱉었다.

"이 집안 살림은 제가 책임지고 있습니다. 당신들은 손가락 하나……"

까딱하게 내버려 둘 수 없는 건 이쪽도 마찬가지라며, 쿄코는 엉덩이를 흔들어 대면서 기세 좋게 밖으로 뛰쳐나오긴 했지만 걸음걸이에 이내 힘이 빠져 버렸다.

돌아오는 길에 쿄코는 어머니의 상태를 들여다보기 위해 아버지 집으로 갔다. 어머니는

"내는 개안타. 퍼뜩 느그 서방한테 가보그레이"

했다. 그리고는 간병 때문에 밥도 제대로 끓여먹지 못할 테니, 집에서 중탕이랑, 시금치를 데쳐서 가져가라고 쿄코에게 말하는, 부처와도 같은 마음상태가 되어 있는 어머니를 바라보니, 이젠 죽음의 문턱에 다다라 있는 사람처럼 보였다.

어머니 오타츠와는 달리, 류키치는 쿄코가 늦게 돌아온다며 마구 잔소리를 해대는 상태로, 그렇게 보면 아직 죽을 정도로 아픈 사람은 아니었다. 그렇다고 죽을 만큼 아프지 않은 사람이라는 것은 아니지만, 어쨌든, 이틀 후에 신장의 한쪽을 잘라내는 큰 수술을 했어도, 펄 펄 살아서

"물 가온나! 물! 빨랑 물 도!"

하며 마구 소리쳐댔다. 물을 주어서는 안된다고 주의를 받았기 때문에, 쿄코는 단전에 힘을 주고 류키치의 울부짖는 소리를 참아내

고 있었다.

다음날, 열두세 살가량의 여자 아이를 데리고 젊은 여자가 병문안을 왔다. 여자의 얼굴을 보자마자 쵸코는 한눈에 류키치의 누이동생이라는 것을 알 수 있었다. 순간 화들짝 긴장해서

"어서 오시이소"

하고 첫 대면임에도 첫인사를 대신해서 그렇게 말했다. 데려고 온 여자아이는 류키치의 딸이었다. 금년 4월부터 여학교에 진학해서, 세일러복을 입고 있었다. 쵸코가 머리를 쓰다듬어 주자 얼굴을 찡 그렸다.

한 시간 정도 있다가 돌아갔다. 남편에게는 비밀로 하고 왔다고 했다.

"그 따위 데릴사위 놈이 뭐가 무서버 그카노?"

누이동생의 등 뒤에다 류키치는 그런 말을 내뱉었다. 배웅하러 복도에 나왔을 때, 누이동생은

"언니 고생하는 기는 아부지도 잘 알고 있어예. 오빠를 잘 챙기 주고 있다꼬 그르케 말씀하십니더"

하면서, 슬며시 돈을 쥐어주었다. 쵸코는 화장기도 없이 머리도 다듬지 못해 헝클어진 모습에다 기모노도 아무렇게나 구겨진 차림이었다. 이런 몰골을 보고 동정해서 한 말일지도 모르지만, 쵸코는 그 말이 정말이라고 믿고 싶었다. 류키치의 아버지가 자신을 알아주기까지 십년이 걸린 것이다. 언니라고 불러준 것도 기뻤다. 그래서, 돈은 일단 돌려주려고 했다. 그러나, 억지로 쥐어주는 바람에 받아들고 나중에 세어보니 백 엔이었다. 고마웠다. 들뜬 기분이 가라앉질 않았다.

저녁 때, 전화가 걸려 왔다. 남동생의 목소리였기 때문에 흠칫 놀랐다. 어머니가 위독하다고 하니 즉각 어머니에게 달려가야겠다

는 말을 전하러 전화실에서 병실로 돌아왔더니. 류키치는 여전히
물을 달라고 소리치고 있었다. 그리고는

"니는 부, 부, 부, 부모가 중하노 내가 중하노?"

하며 마치 자신도 언제 죽을지 모른다는 식으로, 그렇게 들릴 것
같은 목소리로 앓는 소리를 냈다. 쵸코는 의자에 허리를 내리고,
지그시 팔짱을 끼고 앉아있었다. 그 팔에 눈물이 떨어지기 까지는
꽤 긴 시간이 흘렀다. 가을의 병원 뜰에서 벌레소리가 들려왔다.

어느 정도 시간이 흘렀을까, 문틈으로 스며드는 바람에 으스스
오한을 느끼며 정신을 차려보니 어느새 한밤중이 되어 있었다. 갑
자기

"고래야스씨, 전화왔십니더"하는 소리에 두근거리는 가슴을 누
르며 전화를 받아 들었더니, 이번엔 누군지 알 수 없는 여자 목소
리가

"어무이 돌아가셨십니더"

하는 것이었다. 그대로 병원을 뛰쳐나와 있는 힘껏 내달렸다.

"쵸코야, 느그 어무이는 임종까지 니만 걱정하싯다. 쵸코가 너
무 불쌍타꼬 하는 말을 마지막으로 남기고 숨을 거두셨다 아이가"
이웃 아낙네들의 빨갛게 충혈된 눈들이 그거 보라는 듯 쵸코를
바라봤다. 서른 살 먹은 쵸코도 어머니의 눈에는 아직 어린 자식
이라면서 아버지 슈키치도 엉엉 소리 내어 울었다. 불효자식으로
쳐다보는 이웃사람들의 시선을 등 뒤로 느껴가면서, 어머니 시신
을 덮은 흰 천을 제치고 시니미즈(임종 때 입술을 축여주는 물)를
입술에 축여주는 등, 쵸코는 자신이 할 수 있는 한껏 해야 할 역
할을 다했다.

"내 남편도 지금 병중인 기라"

그 생각을 자신의 마음속에 구실로 삼으면서 오츠야(죽은 사람

의 유해를 지켜가며 밤을 새는 것)도 일찌감치 끝내버렸다. 밤 깊은 거리를 걸어서 병원으로 돌아오는 도중에는 참았던 감정이 복받쳐 올라와 눈물이 쉬지 않고 흘러내렸다. 병실에 들어서자마자 류키치는 험악한 눈으로

"니! 대체 어데 갔다 오노?"

한다.

"돌아가싰소"

쵸코는 단 한마디 그렇게 대답했다. 둘은 잠시 동안 아무 말도 없이 서로를 노려보고만 있었다. 류키치의 냉랭한 시선은 왠지 쵸코를 압박했다. 쵸코는 내가 그 눈빛에 질 줄 아느냐는 듯, 지기 싫어하는 성격이 뱀처럼 고개를 쳐들고 올라왔다. 류키치의 여동생에게 받은 백 엔 중에서 전부는 아니더라도, 설령 반만이라도 어머니의 장례비용으로 써버리겠다는 마음이 거의 굳혀졌다. 까짓거, 그게 최소한 내가 할 수 있는 효도다 하는 생각으로 류키치에게 말해 버리려고 했지만, 수척해진 그의 얼굴을 보고는 차마 말할 수가 없었다.

하지만 그런 걱정은 애당초 필요 없었다. 아버지가 예전부터 상여 지는 일꾼으로 일시 고용되어 일을 해 주던 장의사 주인이 한 집안 사람의 장례라며 무료로 장례일체를 맡아 주기로 했기 때문에 꽤 성대하게 어머니의 장례를 치를 수가 있었다. 게다가 어머니가 언제 들어두었는지, 몰래 우체국 간이양로보험에 1엔 씩 넣고 있었기 때문에 생각지도 않았던 보험금이 오백 엔이나 굴러 들어온 것이다.

가미시오초(上塩町)에서만 삼십 년을 살아온 탓에 발이 넓었던 것인지 장례식에는 꽤 많은 조문객들이 찾아왔다. 조문객들에게 답례로 전차 승차권을 돌리는 것으로 부의에 대한 예의를 차리고

나서도 아직 이백 엔 가량이 남아있었다. 그래서 아버지는 류키치의 병원에 찾아와 병원비에 보태 쓰라고 백 엔을 건네주었는데, 부모의 그 마음이 쵸코에겐 뼈에 사무치도록 고마웠다. 류키치의 아버지가 쵸코의 열심히 사는 모습을 칭찬하더라고 여동생이 들려주었다는 말을 전하자, 슈키치는

"그래? 참 잘 됐구마"

하면서 어머니가 저 세상으로 간 이후 처음으로 싱글싱글 웃는 얼굴을 보였다.

이윽고 류키치는 퇴원하여 유자키(湯崎)온천으로 요양을 떠났다. 비용은 쵸코가 야토나 일을 해서 보내주었다. 쵸코는 이층 방을 혼자 쓰는 것도 비경제적이고 해서, 아버지 슈키치의 집에서 기거했다. 아버지에게는 체면 상 식비라도 건네주려 했지만, 아버지는 남 대하듯 한다면서 끝까지 받지 않았다. 류키치에게 보내는 돈 때문에 쪼들리고 있다는 것을 알고 있었던 것이다.

쵸코가 친정집에 돌아와 있는 것을 알고는, 이웃의 부자들이 첩이 되어달라고 노골적으로 전해왔다. 예의 그 목재상 주인은 죽고 없었지만 그 아들이 류키치와 같은 연배인 마흔한 살이 되어있었는데, 그 쪽에서도 이야기가 있었다. 쵸코는 일단 이야기는 들어두는 얼굴을 했다. 딱 잘라 거절하지 못한 것은 근처의 사람들과의 사이가 서먹서먹해지지 않도록 하려고 생각했기 때문이기도 하지만, 또 다른 이유를 들자면 게이샤 시절 익힌 사람대하는 법이 아직 남아있는 것이기도 했다. 첩실로 맞아들이겠다는 이야기를 들을 때마다, 아직 그래도 젊구나 하고 새삼 자신을 다시 보았다. 하지만 마음은 전혀 움직이지 않았다.

매일 밤 유자키에 있는 류치키의 꿈을 꾸었다. 어느 날 몹시 꿈자리가 사나워 걱정을 하다, 결국 유자키까지 가보게 되었다.

매일같이 낚시나 하며 쓸쓸하게 지내고 있을 것이라 생각했던 류키치가 기가 막히게도 게이샤를 불러서 흥청망청 돈을 써대고 있었다. 물론 술도 마시고 있었다. 식모를 붙잡아서 사정을 샅샅이 들어보니 요 한주동안 매일같이 그러고 있다는 것이었다. 그런 돈이 어디서부터 들어오는 건지, 자신이 보내는 돈은 숙식비를 겨우 낼 정도인데, 담배 값도 부족할 텐데 하면서 미안한 마음으로 있었는데, 정말 알 수 없었다.

류키치가 여러 번 여동생에게 돈을 받고 있었다는 사실을 식모의 말로 알게 되자 눈앞이 캄캄해졌다. 자기 혼자 힘으로 류키치를 요양시키고 있기 때문에야말로 고생을 하는 보람도 있는 것이다 하고, 류키치의 아버지가 자신에 대해 생각할 것도 염두에 두고 송금을 해 왔던 것이다. 여동생에게 돈을 뜯어 써버리는 바람에 이제까지의 자기의 고생도 모두 허사가 되었다고 생각하니 주체할 수 없이 눈물이 흘러내렸다.

그러나 무슨 일이건 쵸코가 자신이 하는 일에 어떤 보람을 찾아내 마음을 잡아 살아가고 있을 때, 류키치에게는 자기 자신에게서 그 보람을 느끼지 못하고 있었기 때문에 쵸코의 그런 점이 어지간히 마음에 들지 않았던 것이다. 하지만 쵸코의 그런 점을 실컷 이용해온 처지인 류키치에게 쵸코의 얼굴을 마주보고 항변할 수 있는 말은 없었다. 흥이 깨진 얼굴로 쵸코의 나무람을 얌전하게 들었다.

한술 더 떠서, 식모의 이야기로는 류키치가 몰래 딸을 유자키에 불러들여 센죠지키(千畳敷)와 산단카베(三段壁) 등의 관광명소 구경을 했다는 것이었다. 류키치의 나이가 되고 보면 그런 부성애도 이해 안 되는 것은 아니지만, 왠지 배신당한 기분이 들었다. 쵸코가 전부터 딸을 데려와 셋이 함께 살자고 류키치에게 졸랐었지만,

류키치는 응하지 않았던 것이다. 딸자식 같은 것은 안중에도 없는 듯한 태도였었기 때문에, 쿄코는 은근히 자기 자신에 대한 자만에 빠져 있었던 것이었다.

이런 저런 일로 인해 쿄코는 피가 거꾸로 솟아올랐다. 방 유리 장지문을 향해 힘껏 술잔을 내던졌다. 게이샤들이 슬금슬금 눈치를 보며 도망갔다. 하지만 얼마 지나지 않아 쿄코는 조금 전의 그 게이샤들을 지명하여 불러들였다. 자신도 원래 게이샤였기 때문에 잘 안다며, 불미스런 일로 인기를 먹고사는 게이샤들에게 나쁜 소문이 나게 할 수는 없다고 하며, 그런 배려인지 허영심인지 알 수 없는 마음을 간신히 되찾았다. 자기 자신에 대한 잔혹스러운 쾌감마저도 있었다.

류키치와 함께 오사카로 돌아와 니혼바시(日本橋)의 미쿠라아토(御蔵跡)공원 뒤편에 이층 방을 세로 얻었다. 여전히 야토나 일을 했다. 이제 이층 방을 전전하지 않고 집 한 채를 마련하여 번듯한 장사라도 하게 되면 류키치의 아버지도 대단한 여자라며 칭찬 해 줄 테고 세상에 떳떳한 부부로 살아갈 수 있을 것이라고 자신을 독려했다. 류키치의 아버지는 이미 십년 이상 중풍으로 누워있어서, 보통 같으면 벌써 죽었을 사람을 간신히 목숨만 연명시키고 있는 터라 언제 죽을지도 모르는 것이어서, 쿄코는 그나마 류키치의 아버지가 살아 있을 때 자신의 존재를 인정받아야겠다는 생각으로 조바심을 냈다. 하지만 류키치는 아직 몸이 완쾌되지 않은 상태라 자양제도 먹어야 하고 주사도 맞아야 하기 때문에, 아직도 상당한 돈이 들어가다 보니 반년 지나도록 겨우 삼십 엔 정도의 돈밖에 모이지 않았다.

어느 날 저녁, 샤미센 가방을 들고 나혼바시 1가 네거리에서

갈아탈 전차를 기다리고 있는데,

"쵸코씨 아임니껴?"

하며 말을 거는 사람이 있었다. 북부 신개지에서 같은 고용주 아래서 한솥밥을 먹었던 긴파치(金八)라는 게이샤였다. 여유 있게 살고 있다는 것은 걸치고 있는 숄 하나만 보아도 한 눈에 알 수 있었다. 그녀가 이끄는 대로 에비스바시의 마루만(丸万)에 따라가 스키야키를 먹었다. 그날 하루벌이가 몽땅 날아가는 것이 내내 마음에 걸렸지만, 출세한 친구 앞에서 구차한 말을 하며 거절하는 것도 내키지 않았던 것이다. 당시 고용주는 지독한 구두쇠여서 식사 때도 반찬이 자반정어리 한 마리뿐일 만큼 몰인정한 사람이었었는데, 그 당시 우리 둘 다 나중에 출세해서 여기 보란듯이 살아보자고 약속했었지? 하고 옛날이야기가 나오자, 쵸코는 지금의 자신의 입장이 너무 창피하게 느껴졌다. 긴파치는 쵸코가 류키치와 달아난 후 얼마 있지 않아 게이샤의 적을 빼 준 광산업자의 첩이 되었는데, 얼마 전에 본처가 죽어서 안방을 차지하고 들어앉게 되었다. 지금은 광산의 사고파는 일까지 간섭을 할 정도라,

"내 입으로 지끼긴 쫌 그렇지만서도..."

하면서 하는 말을 들어보니, 그 이상의 출세가 없을 만큼의 부러운 생활을 하고 있었다. 그런데도 생각나는 것은

"쵸코야! 바로 니 아니겠나?"

라고 하며, 고용주에게 보란듯이 살자고 맹세했던 옛날의 꿈을 실현시키려면 쵸코도 반드시 출세해야만 한다고 긴파치는 힘주어 말했다. 천 엔이든 이천 엔이든 쵸코가 필요한 돈은 얼마든지 무이자, 무기한으로 빌려 주겠으니 뭔가 장사할 생각은 없냐고 물어오는 것이었다. 지옥에서도 부처님을 만난다는 속담은 바로 이런 일이구나 하고 생각하니 눈물이 저절로 흘렀다. 그리고 나서야 긴

파치가 몸에 걸치고 있는 것들을 하나하나 칭찬해 줄 마음의 여유가 생겼다.

"무신 장사가 잴 좋겠어예?"

말투도 정중하게 바꾸었다.

"글쎄에, 모가 좋을꼬?"

마루만을 나와서 가부키초(歌舞伎町) 옆의 점쟁이에게 무슨 장사가 좋을지 물어보았다. 물장사가 좋을 것이란 답이 돌아왔다.

"니는 물장사고 내는 광산장사다, 그쟈? 물과 산이라... 뭐 그런 유행가 어디 없나?"

그것으로 물장사를 하는 것으로 결정했다.

집에 돌아와 류키치에게 그 이야기를 하니,

"니도 참 조오은 친구가 있네"

하고 약간은 빈정거림이 섞인 말투였으나 속으론 그다지 싫지 만은 않은 듯 했다.

카페를 경영해 보기로 하고 다음날 바로 부동산 중개소를 돌아다니며 매물로 나온 카페를 뒤졌다. 좀처럼 찾기 어려울 것 같았던 예상과 달리, 매물은 많았고 성업 중인 카페도 잔뜩 나와 있을 정도여서, 이것을 보면 카페 영업의 내막도 그리 수월할 것 같지만은 않다는 생각에 망설여지기는 했지만, 그래도 쵸코의 자신감이 앞섰다. 마담의 장사수완 하나만으로도 여급들의 외모가 조금 떨어진다 해도, 장사가 잘 되도록 만들어 갈 수 있다고 의기양양이었다.

매물로 나와 있는 가게를 한 집 한 집 일일이 돌아보고, 결국 시모테라마치(下寺町)의 전차 정류장 앞 가게가 후다츠이도(二つ井戶)나 도톤보리(道頓堀) 센니치마에(千日前) 같은 번화가로 부터 그다지 멀리 떨어져 있지 않으면서도 가격이 적당했고, 가게의 내

부구조도 아담하여 취향에 잘 맞는 것 같아 그것으로 결정했다. 조리 기구나 설비를 포함해서 팔백 엔에 협상을 했는데, 도비타 (飛田)의 꼬치 오뎅 집처럼 낡은 가게와는 달랐기 때문에 그래도 싼 편이었다. 돈을 대주는 긴파치의 체면도 있어 가게를 한 번 보라고 했더니,

"이런 데서 내도 한번 놀아보고 싶다"

하며 별로 트집을 잡지는 않았다. 그리곤 새 주인으로 바뀌고 하니 큰 맘 먹고 가게 내외부를 새로 장식하고 네온사인도 붙여 화려하게 개점하라며 돈은 얼마든지 대주겠다고, 상당히 적극적으로 응했다.

가게 이름은 전과 같이 쵸류(蝶柳)로 하고 앞머리에 살롱을 붙여서 「살롱쵸류」로 정했다. 축음기에는 신나이(新內)나 하우타(端唄) 같은 풍류객이 좋아하는 곡을 틀었고, 여급들은 모두 일본식 머리나 점잖은 하이컬러 분위기의 여자들만 골라 두었고, 어설픈 양장을 걸치거나 파마를 한 여자애들은 쓰지 않았다. 바텐이라기보다는 주방이라고 하는 것이 어울리는 곳에서 류키치는 초에 절인 해삼 같은 쓰키다시용 안주를 만들었고 쵸코는 찻집 아가씨처럼 끊임없이 손님에게 애교를 떨었다. 카페란 간판과는 달리 모든 것이 이처럼 일본식이었기 때문에, 도리어 이런 것을 재미있어 하는 질 좋은 손님들이 많아져, 커피만 마시는 손님은 앉아있기 민망할 정도였다.

반년도 지나지 않아 가게는 확실히 자리를 잡았다. 마담으로서의 쵸코의 체질도 몸에 배었다. 자신을 써달라는 새로운 여급이 면접을 보러 오면, 머리부터 발끝까지 한 번 쓰윽 훑어보기만 해도 여자애의 천성부터 손님다루는 솜씨까지 한 눈에 파악할 수 있게끔 되었다. 그 중 한 명, 어딜 보아도 괜찮아 보이는 여급이

왔다. 몸매나 행동거지 등이 어딘지 야하게 남자의 마음을 자극하
는 듯하고 눈매도 착 가라앉아 있어서, 왠지 마음이 내키지는 않
았지만 렛테르(얼굴)가 좋았기 때문에 고용하기로 했다. 끈적끈적
하게 손님에게 달라붙어서 손님과 귀엣말로 소곤소곤 거리는 것
도 왠지 자꾸 쵸코의 마음에 들지 않았지만, 좋은 손님들이 모두
그 여급을 좋아하는 단골들이었기 때문에 쫓아 낼 수도 없는 노
릇이었다. 가끔 두세 시간 정도 쉬는 시간을 달라며 손님과 함께
밖에 나가는 것이었다. 그런 일이 잦아지면서 차츰 가게를 찾던
손님의 발길이 뜸해졌다. 틀림없이 어딘가로 손님을 끌어들이고
있는 것 같았고, 손님도 그 여급의 단골이 되면서 부터는 굳이 일
부러 가게까지 찾아올 필요가 없었던 것이었다. 그럴 작정으로 따
로 집을 빌려 놓은 것도 나중에야 알았다. 말하자면 카페를 이용
하여 그런 묘한 짓을 하고 있었던 것이었다. 그 여급을 쫓아내니
이번엔 다른 여급들이 술렁거렸다. 한 명 한 명 불러 앉혀놓고
캐물어보니, 모든 여급들이 그 여급의 행동을 보고 배워서 하나
같이 한두 번 이상은 그런 짓을 하고 있는 것 같았다. 그렇게 하
지 않으면 자신들의 단골손님을 그 여급에게 빼앗길 지도 몰라서
일하기 어려웠기 때문일지는 모르겠지만, 어쨌든 쵸코는 온몸에
소름이 끼칠 만큼 진저리가 났다. 그런 가게로 알려지면 큰일이란
생각에 모든 여급을 내보내고, 다시 얌전한 여급들로 바꿔버렸다.
그것으로 간신히 위기를 넘어섰다. 가게주인이 납득한 상태로 그
런 일을 시킨다면 몰라도, 여급들이 맘대로 그런 짓을 하게 되면,
그 가게는 이미 망한 것이라는 이야기의 전례도 나중에서야 들
었다.
　여급이 바뀌자 손님의 층도 바뀌어서 신문사 관계의 손님들이
자주 찾아오게 되었다. 신문기자는 눈초리가 매섭다고 평소 생각

하던 것과는 달리, 밝고 순수한 어린아이들 같기도 했고, 쵸코를 부를 때에도 마담이 아니라 아줌마라고 해서 쵸코도 아주 기분이 편하고 좋았다. 전 같으면 마스터라고 불릴 아저씨 류키치도 손님 좌석에 끌려나와 함께 놀기도 하는 등, 정말로 가정적인 분위기의 가게로 변했다. 술이 취하면 류키치는

"어이! 자네. 파대가리!"

하는 등, 기자손님의 별명을 부르기 까지 하는데, 그러다가 2차를 간다며 기자손님 무리들과 어울려서 이마리(今里) 신흥지까지 택시를 타고 가기도 했다. 쵸코도 손님들 앞에서야 이해심을 가진 양 애써 웃고는 있었지만, 류키치가 외박을 하고 오거나 하면 역시 매섭게 담금질하는 것만은 소홀히 하지 않았다. 주위에서는 쵸코를 가리켜 마귀할멈이라고 숨어서 험담을 했다. 여급들에게는 재미있는 구경거리여서 겉으로는 아저씨가 잘못했다고 하면서 같은 여자로서 편을 드는 듯 했지만, 속으로 뭐라 생각하고 있는지는 알 수 없었다.

"이제 딸 아는 데려옵시더"

쵸코는 슬슬 류키치에게 이런 말을 꺼내기 시작했다. 류키치는

"쯤 기달려 보자"

하는 것이 말하길 피하는 것 같았다.

"아아가 보고싶지도 않아예?"

아닐 리 없겠지만, 딸 쪽에서 별로 오고 싶어하지 않는 것이었다. 여학생 신분에 부모가 카페 영업을 하는 것을 창피해 하는 것도 무리는 아니었지만, 이유는 단지 그런 간단한 것만이 아니었다. 아버지를 못된 여자한테 빼앗겼다고, 죽은 어머니가 틈만 생기면 딸에게 귀에 못이 박히도록 들려주었던 것이다. 쵸코가 끈질기게

꼭 한번 들르라고 하는 통에, 한두 번 「살롱쵸류」에 세일러복 차림으로 나타나긴 했지만, 조금도 웃는 얼굴을 보여주지 않았다. 쵸코는 우스꽝스러울 정도로 비위를 맞추며

"영어라 카는 건 억수로 어렵제? 안그렀나?"

하면 딸은 코웃음으로 무시해 버리는 것이었다.

어느 날, 이쪽에서 와달라고 하지도 않았는데 딸이 불쑥 그 하얀 얼굴로 나타났다. 쵸코는 만면에 주름을 지은 얼굴로 반갑게 웃으며

"아이고, 어서 온나"

하면서 달려 나갔는데, 딸은 그녀에게 까딱 고개를 숙여 인사를 하고나서, 류키치에게 가까이 다가가 낮은 목소리로,

"할아부지가 위독하셔예. 퍼뜩 집으로 와 주이소"

했다. 쵸코는 류키치와 함께 달려가려고 했다, 그러나 류키치가

"니는 집에 있그라. 지끔 함께 가는 건 쪼매 안 좋을끼다"

하며 만류했다. 쵸코는 맥 빠진 기분으로 잠시 망연히 있다가, 이것만은 하며 류키치에게 신신 당부를 했다. 아버지의 목숨이 붙어 있는 동안, 머리맡에서라도 정식으로 떳떳한 부부가 될 수 있도록 부탁해 달라는 것이었다. 그래서 아버지가 승낙하거든 지체 없이 전갈을 보내달라고. 그럼 당장 달려갈 테니.

쵸코는 포목점으로 달려가서, 류키치와 자신이 입을 가문(家紋) 새긴 상복을 시급히 만들 것을 주문했다. 그리고 좋은 소식이 오기를 애타게 기다렸지만, 소식은 좀처럼 오지 않았다. 류키치는 얼굴도 내밀지 않았다. 이틀이 지나고 상복도 완성되었다. 나흘째 되는 날 저녁 무렵, 전화 받으라는 호출이 왔다. 허락해 주셨으니 얼른 오라는 전화라고 생각하고 얼굴에 홍조를 띤 채로,

"여보세요, 저 고레야스인데예"

라고 했더니,

"아, 아, 아, 아지메가? 낸데에, 아부지 지금 돌아가싰다"
하는 것이다.

"여, 여, 여보세요"
쵸코의 목소리는 새되게 떨렸다.

"그라문, 내 지끔 그 짝으로 갈까예? 우리 둘이 입을 상복도
지어놨어예"
다리가 후들후들 떨리면서도, 그것만은 확실히 말했다. 그러자 류
키치는

"니는 안 오는게 낫다. 오믄 곤란하다 아이가. 안있나? 데, 데,
데릴사위가…"
그 다음은 듣지 않았다. 장례식에도 참석할 수 없다니, 어째서 그
럴 수가 있나 하는 생각에 머릿속에서 불이 일었다. 병원 복도에
서 류키치의 여동생이 한 말은 모두 거짓말이었단 말인가, 아니면
류키치가 완고한 데릴사위의 말에 설복당한 것일까, 그런 생각할
여유도 없었다. 상복에 대한 생각만이 머리 속에 거머리처럼 달라
붙어 있었다. 가게로 돌아와 이층 방에 오자마자 틀어박혀 꼼짝도
하지 않았다. 마침내 문을 꼭 닫아걸고, 가스 고무관을 잡고 위로
뽑아 올렸다.

"마담언니! 오늘은 스키야끼 합니꺼?"
아래층에서 여급이 큰소리로 물었다. 밸브를 열었다.

밤이 되어 류치키가 상복을 가지러 돌아오니, 가스 미터기 돌아
가는 소리가 쉬익 쉬익 하고 크게 나고 있었다. 이상한 냄새가 났
다. 놀라서 이층에 뛰어올라가 문을 열어 제치고, 부채로 파닥파
닥 사방을 부쳐댔다. 의사가 불려왔고 그래서 쵸코는 살아났다.
신문에도 기사가 났다. 신문기자는 평소부터 이런 일이 있을 것을

예측하고 있었던 것이다. 음지의 인생 자살을 꾀하다 운운하는 동
정적인 문투였다. 류키치는 아버지 장례식 때문에 가야 한다며 도
망치듯 가버린 뒤, 소식도 없이 돌아오지 않았다. 슈키치가 우메
다 본가에 찾아가 보았지만, 그곳에도 없는 것 같았다. 자리에서
일어나게 되어 몸을 추스르고 가게에 나갔더니 손님들이 찾아와
쵸코를 위로해 주었고 그 덕에 꽤나 장사는 잘 되었다. 자기의 첩
이 되어 달라고 손님들 역시 기회를 놓치지 않고 쵸코를 유혹했
다. 매일 아침 아주 짙은 화장을 하고 어딘가로 외출을 했기 때문
에, 그렇고 보면 정말 첩이라도 되었나 하고 악평들이었다. 하지
만, 사실 쵸코는 류키치가 빨리 돌아오도록 해달라고 곤고쿄(金光
敎) 도장에 참배하러 다니고 있었던 것이다.

　이십 일 남짓 지나서 아버지 슈키치 앞으로 류키치의 편지가
왔다. 자기도 벌써 마흔 살이다, 한 번 큰 병에 걸렸던 그 몸으로
는 그리 오래 살 것 같지도 않다. 딸에 대한 사랑에도 마음이 기
울고 있다. 큐슈(九州) 지방에서 직공 일을 해서라도 자립하여 딸
과 함께 여생을 보내고 싶다. 쵸코에게는 두고두고 딱하고 미안하
게 생각하지만 잘 얘기해 달라. 쵸코도 아직 젊으니까 앞날은…
운운하는 내용이었다. 쵸코가 보면 큰 일 나겠다 싶어 슈키치는
편지를 불태워 없앴다.

　그 후 열흘이 지나 류키치는 불쑥 「살롱초류」에 돌아왔다.

　"행방을 감춘 기는 작전이었든 기라. 데릴사위 놈한테 쵸코
니랑은 헤어졌다꼬 꾸미갖꼬 돈을 받아낼라 캤든 기다. 아버지가
돌아가시믄 당연히 유산분배를 할 낀데, 안받으믄 손해아이가?. 그
래서 일부러 장례식에도 부르지 않았던 기다"

라고 했다. 쵸코는 그 말이 사실이라고 생각했다. 류키치는

　"우떻노? 뭐라도, 마, 마, 맛있는 거 묵으로 갈까?"

하고 쵸코의 의향을 물었다. 호젠지(法善寺) 경내에 있는 부부단
팥죽(夫婦善哉) 집에 갔다. 도오돈보리(道頓堀)로 부터 이어지는
통로와 센니치마에(千日前)에서 이어지는 통로가 만나게 되는 모
퉁이가 있는 곳에 오래된 오타후쿠(둥근 얼굴에 광대뼈가 불거지
고 코가 납작한 추녀의 대표적인 얼굴) 인형이 서있고, 그 앞에
부부단판죽(夫婦善哉)이라고 쓴 빨간색의 큰 등롱이 매달려 있는
것을 보자, 정말로 부부 사이인 사람들이 다니는 가게 같다는 기
분이 마음 속 깊이 들었다. 더욱이 단팥죽을 주문했더니 부부라는
의미로 한 사람 앞에 두 그릇씩 나왔다.

"여, 여, 여기 단팥죽은 우째서 두, 두, 두 그릇씩 나오는지,
니 아나? 모르제? 그건 말이다, 옛날에 무신 타유(太夫: 조루리 소
리꾼)라 카더라? 모, 그런 조루리 스승이 연 가겐데, 한 그릇 까뜩
내놓는 기보다 쪼매씩 두 그릇으로 내는 기 억수로 많아 보이제?
그 묘안을 기차게 짜냈는 기라"

쵸코는

"혼자보다는 부부로 있는 기 더 좋다 카는 뜻이겠지예"
하며 목 뒤로 늘어진 기모노 옷깃을 쫙 당겨 올리자 어깨가 크게
흔들렸다. 쵸코는 이제 제법 살이 쪄서 깔고 앉은 방석이 엉덩이
로 가려질 정도였다.

쵸코와 류키치는 이윽고 조루리 배우기에 흠뻑 빠져들었다. 후
다츠이도의 텐규(天牛)서점의 이층 넓은 홀에서 개최된 아마추어
소리꾼 대회에서, 류키치는 쵸코의 샤미센을 반주로 「다이쥬(太十
=조루리 太平記의 제10단)」를 읊어 이등 상을 받았다. 부상으로
받은 커다란 방석은 매일 쵸코가 사용했다.

방랑

오다 사쿠노스케(織田作之助) 作

1

"오사카(大阪) 후타쓰이도(二ツ井戸)에 사는 마카랑야(まからん や)라 카는 포목점 점장 놈은 재수 옴 붙은 자슥이데이, 이런 말 하믄 안되지만 그 놈은 살인자인기라."
하고 동네 할머니는 준페이에게 힘주어 말했다.

---마카랑야가 한 달에 두 번, 홈이 있는 옷감을 포함해 이런 저런 물건들을 한 단 크기의 보자기에 싸들고, 난카이(南海) 전철 을 타고 기시와다(岸和田)역에 내려 이십 리가량을 걸어 록칸무라 (六貫村)에 옷 팔러 들어오면, 약속이라도 한 듯이 재수 없게 비 가 내린다고 해서 그는 비의 사내로 불렸다. 그는 삼년 전에도 비 를 몰고 왔다. 때를 맞추기라도 하듯 준페이(順平)의 어머니가 산 기를 보이는 바람에, 여느 때 같으면 자전거를 타고 올 산파가 비 가 온다며 우산을 쓰고 굽 높은 나막신을 신고 터벅터벅 걸어오 자니 마음은 급하고 길은 멀어 몹시 짜증스러워 했었다. 때문에 순조롭지 못한 출산으로 인해 준페이는 태어났으나 어머니는 목 숨을 잃었다. 형 분키치(文吉)도 산달을 채우지 못하고 태어나는 난산이었긴 하지만 그래도 그 때 만큼은 날씨 운이 좋았다.

그러나 준페이는 이런 말을 들어도 아무런 감흥이 없었다. 그럴 나이도 아니었고 그저 이불 속에 들어가 버릇대로 엄지발가락과

검지 발가락을 서로 비벼대고 있자면 쥐가 나고 아파오면서 몽롱한 기분이 되었다. 그 짓을 반복하다 보니 아랫배가 당기듯이 아파 와서 놀랐지만, 그것이 탈장 때문이란 것을 외할머니는 알아차리지 못했다. 잠이 들면 오줌을 지렸다. 외할머니는 아이가 오줌을 쌀까봐 밤에 마음 편히 잠도 못자고 있다가, 요가 젖었다 싶으면 준페이를 흔들어 깨우며,

"야 야 준페이야, 잘 듣거레이"

하곤 고집스런 쾌감이 섞인 목소리를 떨어가며

"니는 의붓자식이데이. 아나?"

라고 했다.

이즈미기타군(泉北郡) 록칸무라의 만물상 잡화점 주인인 다카미네 고타로(高峰康太郎)는 오년 동안 이 할머니의 딸 오무라와 살며 둘 사이에서 두 아들 분키치와 준페이를 낳았지만, 오무라가 출산으로 사망하자 기다렸다는 듯 후처를 맞아들였다. 기다렸다는 듯은 어쩌면 후처인 오소데 쪽이었을지도 모르는 것이, 왜냐하면 고타로는 점잖다는 평판을 듣는 사람으로 약간의 재산도 가지고 있었기 때문이다. 형인 분키치는 고타로의 매형인 긴조(金造)에게 양자로 보내져서 그나마 다행이었지만, 동생인 준페이는 아직 젖먹이라 불쌍하다며 외할머니가 데려와 분유를 먹여 키웠다. 외할머니가 돌아가시면 준페이는 맡아 키울 사람이 없기 때문에 계모가 있는 집으로 갈 수밖에 없어서, 외할머니는 지금 오줌 싸는 버릇을 고쳐 놓지 않으면 필시 학대를 받을 것이라는 생각이었다. 후처에게는 데리고 들어 온 자식이 있는데다가 고타로와의 사이에서 사내 아이도 낳았다.

……외할머니는 마음속으로 고타로를 원망하고 있었던 것일까? 딸이 준페이만 갖지 않았더라면, 마카랑야가 비만 몰고 오지

않았더라면 하고 생각하는 것이 단지 나이 탓만은 아닌 듯 했다. 외할머니가 말해선 안 될 것을 들려주는 잔혹한 쾌감에 맥없이 패배하는 일이 거듭되면서 점차 효과는 나타났다. 의붓자식이 어떤 것인지는 몰랐지만 준페이는 일곱 살 무렵부터 왠지 모르게 자신이 처량하다는 생각이 들기 시작했다. 외할머니의 거동이 이상해지고 순식간에 기운을 잃어가다가 돌아가신 뒤에 결국 준페이는 아버지 집으로 되돌아갔다.

마침내 아이의 성격이 삐뚤어졌다는 소문이 준페이의 신변을 둘러쌌다. 한 살 아래인 남동생과 두 살 위인 누나가 생겼고, 어린 나이에도 그 누나가 예쁘다는 것을 알 수 있었다. 누나만은 계모가 열심히 교육을 시켰는지, 마을 초등학교에서는 누나와 비교해 분키치와 준페이의 성적이 그리 좋지 않은 것이 안쓰럽다며 대놓고 말하는 것이었다. 형 분키치는 이미 열한 살이었기 때문에 뭐라고 대꾸해 줄만도 했는데 항상 싱글싱글 바보처럼 웃고만 있었다. 눈 꼬리 뿐만이 아니라 눈 전체가 사선으로 처져있어서 웃을 때는 인상이 좋았지만, 어떤 때는 울다 웃는 모습처럼 보이기도 했다. 그는 준페이 보다도 키가 작았고 얼굴색이 좋지 않았다. 미덥지 못하긴 하지만 준페이에게는 그나마 의지할 수 있는 유일한 혈육이었기 때문에 학교수업이 끝나고 나면, 분키치의 뒤를 따라 긴조의 집에 따라가곤 했다.

긴조는 귤 과수원인 산도 가지고 있었지만 세간에선 욕심쟁이란 말을 듣고 있었다. 아들이 없어서 의리상 양자를 들이긴 했지만 기시와다의 공장에서 일하고 있는 딸이 사내아이를 낳게 되자, 갑자기 태도가 돌변하여 분키치를 혹사시키고 있었다. 외양간 청소를 했다. 귤을 땄다. 비료를 퍼 담았다. 장작을 팼다. 아기를 돌보았다. 그 외에도 온갖 궂은일을 다 했다. 준페이는 그런 분키치를 도와 일을 했다.

"히야, 니 학교서 똥 쌌다카데"

"임마야! 니야 말로 밤에 오줌 싸지 마라"

둘은 이런 이야기들을 주고받으며 히히덕거렸다.

아버지 고타로의 눈동자는 아직 까맣긴 했지만, 그래도 그는 이미 보통사람이 아니었다. 악성적인 병을 앓아 악취를 풍기고 있었는데 그 냄새를 없애려고 싸구려 향수를 잔뜩 뿌리고 있어서, 그것이 오히려 사람들로 하여금 의아한 눈으로 보게 했다. 누워있으면 벽에 활동사진이 비치는 것 같았다. 어느 날, 나니와부시(浪花節:오사카 지방의 의리 인정을 소재로 한 대중적인 민요) 소리꾼이 가게 앞에서 소리를 하니까 와보라고 해서, 아무 생각 없이 준페이가 나가보려고 하자, 계모는

"야가 미친 게 아이가"

하고 소리를 지르며 몹시 화가 난 기색을 보였다. 그 날부터 아버지는 급속히 기력을 잃어갔고, 오사카 이쿠타마마에초(生玉前町)의 주문요리 배달집인 마루가메(丸龜)로 시집간 고모 오미요가 달려왔을 때 잠깐 정신이 돌아왔지만 이내 숨을 거두었다.

향을 올리는 순서 문제로 고모 오미요는 계모와 입씨름을 했다. 아무리 상황이 그렇다 해도 분키치와 준페이가 너무 불쌍하다며, 둘의 기분을 달래준다고 단풍구경을 가자고 해서 근처 우시다키(牛滝)산에 따라 갔다. 오미요 고모는 폭포 앞의 찻집에서 찹쌀떡(다이후쿠모치:大福餅)을 사주면서

"느그들 아나? 고모는 말이데이, 억수로 부줏돈을 많이 냈거던. 그리니 느그들은 당당하게 굴어야 된데이. 알았나?"

하며 가슴을 툭 치더니 목덜미의 옷깃을 치켜 올려주었다.

열 살인 준페이는 오미요 고모를 따라 오사카로 갔다. 마을에서

기시와다역으로 가는 이십 리 길에는 도중에 호수가 있었다. 처음
으로 본 큰 호수에 준페이는 놀랐다. 준페이는 왠지 국정 교과서
에서 읽은 「사쿠타로(作太郎)는 아버지를 따라 큰 고개를……」 운
운하는 문구가 떠올랐는데 아무리 생각해도 뒤의 문구가 생각나
지 않았다. 배웅한다고 따라오던 분키치가,

"준페이야, 니 고모 짐 안들어 주고 뭐하노?"

하며 꾸짖었다. 준페이는 주머니자루(신겐부쿠로:信玄袋)를 메고
있었지만 왼쪽 어깨는 비어 있었던 것이다. 분키치는 양 어깨에
짐을 지고 있었다. 그러나 고모의 손에는 긴조에게 받은 작은 귤
바구니가 들려있었을 뿐으로, 거기엔 몇 배가 되어 되돌아 올 미
래가 들어 있었던 것이다.

기시와다(岸和田)역에서 집으로 돌아가야 할 분키치는 금새 해
가 저물테니 혼자 걷는 것은 무서울 거라며 고모는 분키치를 걱
정하여 50전을 주었는데, 분키치는

"고모, 내는 돈 필요 없다. 긴조 고모부가 내 통장을 만들어
준다 켔다"

하고는 받지 않고 돌아갔다.

"그럴 리 없을 끼다. 분키치는 긴조한테 속고 있는 기라. 이제
곧 알아차릴 끼다"

전차가 움직이기 시작하자 고모는 준페이에게 그렇게 말했다. 그
러나 처음 타보는 전철에 어리둥절해 주위를 두리번두리번 거리
고 있는 준페이에게 그 이야기는 제대로 귀에 들어오지 않았다.
전철이 난바(難波: 오사카 남부 중심지)에 도착하자 마음속에 약
간의 긴장감이 돌았다.

"오사카(大阪) 가서 정신 바짝 안 차리믄 촌놈이라고 놀림받는
데이"

라며 형답게 훈계하던 분키치의 말이 생각난 것이다.

고모집에 도착했다. 눈부신 전등 빛 아래서 여러 사람들을 소개 받았지만 귀 안쪽에서 웅-하는 소리가 나며 사람 얼굴이 쓱 하고 멀어져 작게 보이다가 갑자기 크게 보이다가 해서 역시나 어리둥 절할 뿐이었다. 정신을 차리려고 아랫배에 힘을 주자 갑자기 배가 찔리듯이 아파와 참느라 애를 먹었다. 문상의 답례품과 선물을 정 리하고 있던 고모가

"준페이야, 니 학교 갈 준비물은 우예 됐노?"

하고 묻자, 곧바로

"여기 있어예"

하며 자루주머니에서 준비물을 꺼내 보여주고는 비로소 약간의 자신감을 보일 수 있었다. 그러자 '여기 있어예'라는 말이 우습다 며 깔깔거리며 웃는 아이가 있었다. 그 아이는 자기보다 한살 어 린 초등학교 1학년이었고 고모의 딸인 미쓰코(美津子)라는 사실을 나중에야 알았다. 미쓰코는 이가 끓는 머리를 긁적긁적 긁고 있었 는데, 머리를 긁는 그 손이 놀랄 정도로 하얬다.

늦은 저녁이 차려졌다. 생선회가 나왔기 때문에 어찌할 줄을 몰 라 밑만 보며 묵묵히 식사를 마치고는 스케모노(漬物:야채를 절인 반찬)용 간장이 남은 것을 혀로 핥아먹고 있자, 고모는

"준페이야. 니는 오늘부터 마루가메 집안의 도련님인기라, 그 러니 그런 거렁뱅이 같은 짓은 하지 말그라"

하며 식모 쪽을 향하여 의식적으로 눈물을 글썽였다. 술을 마시고 있던 고모부가 무언가 두, 세 마디 말을 하자 고모는

"그래도 고양이 새끼보단 낫지 않겠어예?"

라고 대꾸했다. 고모부는 으음.. 하면서 고개를 끄덕이다가,

"그렇긴 해도 엄청 말랐구마"

라고 말했다.

깔끔한 옷을 입혀주었을 땐, 양자라는 것은 형 분키치와 같은 불쌍한 처지의 인간이라고만 생각하고 있던 자신에게 그것이 어쩐지 어울리지 않는 기분이 들었다. 더욱이 군것질 할 돈을 주었을 땐 이해가 되질 않았다. 시골집은 잡화점을 하고 있어서, 보네지, 이누쿠소, 돈구리같은 막과자를 팔고 있었지만 그것들은 손도 댈 수가 없었던 것이다. 1자와 6자가 붙은 날은 고마가이케(駒ヶ池)에 야시장이 서고 마루가메 앞에서 엔카시(演歌師:明治시대 말에서 昭和 초기에 걸쳐 길거리에서 바이올린을 켜면서 신작 유행가를 부르면서 노래책을 팔던 사람)가 노래를 부르기도 하고, 아이스크림 장사가 나타나기도 했다. 미쓰코와 함께 2전 5리씩의 용돈을 받아들고 야시장으로 향할 때는 허리띠 안에다 동전을 찔러 넣고는 도시 아이들처럼 폼을 잡기도 했다. 그러나 죽순을 거꾸로 뒤집은 것 같은 모양의 아이스크림 그릇이 과자인 줄도 모르고 아이스크림을 핥아먹고 있다가 과자가 파삭하고 부서졌을 때, 그릇값을 변상해야만 한다는 생각에 파랗게 질려 있다가 놀림을 당하는 등, 아무리 눈을 크게 뜨고 정신을 차리고 있어도, 여전히 그후로도 엄하게 꾸중을 들을 수밖에 없는 일들이 상당히 많았다.

어느 날, 목욕탕에 간다며 집을 나섰다.

"니, 길은 아나?"

하는 고모 말을 대충 건성으로 들으며,

"알아예"

라고 대답하며 나섰다. 거침없이 튀어나온 오사카 사투리의 기세를 몰아 씩씩하게 나서긴 했는데, 우야꼬! 밝은 곳에서 갑자기 어두운 곳으로 들어서는 와중에서도 어딘지 평소와는 꽤 다른 거리의 분위기에 정신이 번쩍 들었다.

"우짜노. 우짜노"

하며 뒷말을 잇지 못하다가, 그냥 휙 뒤돌아오긴 했지만, 들어선 곳은 목욕탕 옆집인 과일 가게의 안채로 중풍으로 누워 있던 할아버지가 어리둥절한 눈빛으로 준페이의 뒷모습을 바라보고 있었다. 가게 쪽으로 나오자, 마침 심부름 갔다 돌아온 엄청 키가 큰 그 집 종업원이

"니, 무신 일로 왔노?"

하고 물었다. 그 말에 놀라 그만 목욕할 돈 일전을 던지듯 내놓고는, 아무 말도 없이 귤 하나를 집어 들고 도망치듯 뛰쳐나왔다. 그 귤은 한 개에 삼전 하는 것이었다. 그 때의 그 허둥대는 모습이 너무나 우스웠다며 이따금 마루가메 주방에 과일을 배달하러 오는 그 어린 종업원이 나중에 요리사와 식모에게 그 상황에 대해 이야기한 것이 고모와 고모부 귀에 들어갔다.

"니, 억수로 웃기는 짓 했다카데?"

준페이는 고모의 이 한마디에 바닥에 넙죽 엎드려서는

"두 번 다시 안 그랄낍니더"

하며 두 눈에 눈물까지 맺혀져 있는 것이었다. 그냥 놀려주려 했을 뿐이던 고모는 조카의 그런 모습에 어안이 벙벙했지만, 준페이가 혈육인 만큼 더욱 불쌍하기도 하고 어쩐지 꺼림칙한 마음도 들어,

"니 시방 뭐하노? 별일 아닌 것 같꼬"

라고 하며 유난스럽게 큰 소리로 웃었다. 꾸중을 하려는 것이 아니란 사실을 깨닫자, 준페이는 안심하며 누렇게 뜬 얼굴 가득 아부 섞인 미소를 띠우며, 과일가게 할아버지가

"니는 뉘 집 자식인고? 몇 행년이고?"

라고 물어봤다는 등, 갑자기 수다스런 말을 늘어놓았다. 하지만

그 과일 가게 할아버지는 벙어리였고 얼마 지나지 않아 숨을 거두었다.

초등학교 5학년이 되었다. 누가 시킨 것도 아닌데 잠자기 전에 '안녕히 주무이소'라고 말하는 습관이 완전히 몸에 배어 있었다. 피부가 검어졌다며 녹차를 끓이는 고모에게 대놓고 '고모 피부는 하얀대예'라고 듣기 좋게 말할 줄도 알게 되었다. 또 자주 주방 근처를 어슬렁거리다가 고모부가 '이것 집어다오, 저것 가져오너라'하며 사소한 일을 시키는 것을 기다리고 있게도 되었다. 유심히 집안 상황을 살펴보고 있는 사이, 요리솜씨를 익히게 해서 나중에는 미쓰코의 신랑으로 맞아들인 뒤, 가업을 물려줘도 되겠다는 고모부의 속셈을 알아차렸기 때문이었을까?

고모부는 고향인 욕카이치(四日市)에서 오사카로 올 때 소지한 돈이 겨우 십육 전이었으며, 시모테라마치(下寺町) 거리에 서 있다가 손수레를 밀어주는 일을 시작으로, 잡역부, 뱃짐 하역하는 일, 식당 잡일, 밤에 하는 우동 행상, 오뎅 포장마차 등 갖은 장사를 한 끝에, 오늘날 이쿠타마 신사 앞에 배달 요리집을 차린 사람으로, 스스로도 자수성가한 사람이라고 떠들어대는 만큼 준페이에게 요리솜씨를 익히게 하는 것도, 훌륭한 요리사가 되기 위해서는 우선 물을 쓰는 것부터 제대로 배워야 한다며 한 겨울에 꽁꽁 언 양동이의 얼음을 깨고 설거지를 시키고, 또 두세 번 손가락을 베이는 것쯤은 아랑곳하지 않고 무 껍질을 벗겨서 생선회의 장식용 무를 썰게 했다. 재게 다루던 식칼이 빗나가 손을 베이면

"봐라, 봐라. 무시에 피 떨어진다 아이가!"

하는 것이었다.

"니 손가락 아프지 않나?"

하고 물어봐 주지도 않는 것을 보고 열세 살짜리 아이에겐 너무

가혹하다는 여자들의 수군거림을 준페이는 한쪽 귀로 들으면서, 양자란 역시 친자식과는 다른 거라는 사실이 새삼 뼈에 사무치며 자신이 한없이 한심스러운 기분이 들었다.

　그러나 고모부부는 의식적으로 준페이를 의붓자식 취급하지는 않았다. 마치 그러고 있을 여유가 어디 있냐는 듯한 얼굴이었다. 희한한 녀석이라고는 생각했어도, 그것을 그리 깊이 마음에 담아 두지는 않았다. 직업상 관혼상제나 동네 반상회모임 같은 때에 요리주문이 많았기 때문에, 동네 사람들의 평판도 중요했다. 이쿠타마(生国玉)신사의 여름축제 때는 양가집 도련님으로 볼 수 있을 만큼 축제의 가마를 메는 사람들의 단체복과 같은 핫피(축제의상)도 마련해 주었다. 그럴 때에는 미츠코의 신랑이 될 것이라는 희망에 불타서, 미츠코를 바라보는 눈빛이 탐욕스러워지면서, 도련님처럼 응석도 부려봐야지, 무를 자를 때 식칼을 휘두르며 칼싸움 흉내도 내봐야지, 반찬투정을 하면 고모랑 고모부는 어떤 표정을 지을까? 하고 이런저런 생각을 해보기도 했지만, 그것을 차마 실행에 옮기지는 못했다. 그 무렵, 이미 남들도 눈치 채고 있었겠지만, 그래도 아무에게도 들키고 싶지 않은 하나의 비밀인 탈장으로 인해 남들도 한 눈에 알아볼 수 있을 정도로 아랫배가 흉하게 축 늘어져 있었기 때문에, 준페이는 마치 자신이 불구자라도 된 듯한 심한 열등감에 사로잡혀 있었다. 이것 때문에 내 인생은 글렀다며, 자신도 모르게 피해의식에 젖어 만사를 체념하기도 했다. 탈장을 떠올리기만 해도 배 속 저 아래로부터 으윽 하는 통증으로 고통스런 신음소리가 새어나왔다. 그럴 때면

　　"따끈따끈 통통 화안화안"

하며 알아들을 수 없는 이상한 혼잣말을 중얼대곤 했다.

　어느 날 미츠코가 목욕통에 들어앉아 몸을 씻고 있었는데, 목욕

통에서 피어오르듯 일어서는 하아얀 미츠코의 몸에 넋을 잃고 바라보던 준페이는

"니 저리 안가나!"

하는 미츠코의 목소리에 정신을 차리고 몸 둘 바를 모를 만큼 부끄러운 기분이 들었다. 잠자리에 들어 미츠코의 모습을 떠올리며 난데없이

"따끈따끈 통통 화안화안"

하며 마치 염불이라도 외듯이 중얼거렸다.

이제 영락없이 미츠코한테 미움을 받는구나 하며 창백한 얼굴이 되어 중얼거렸다. 그때 근처의 카페에서 유행가가 들려왔다. 그러자 왠지 모를 향수에 침울한 기분이 들고 형 분키치 등을 떠올리다가 울고 싶다는 생각을 하자마자, 정말로 샘솟듯이 눈물이 줄줄 흘러나와 실컷 울 수 있었다. 두 번 다시는 미츠코의 몸을 훔쳐보지 않을 작정이었지만, 이튿날도 미츠코가 몸을 씻는 것을 보자, 여전히 마음이 안절부절 하지 못했다. 그런 순진한 준페이에게 여자를 가르친 것은 요리사인 기노시타(木下)였다.

요리사 기노시타는 동경에서 우유배달, 신문배달, 음식점의 카운터일 등을 하며 고학하고 있었는데, 관동대지진이 일어나는 바람에 오사카로 피신해 왔다고 했다. 초라한 행색으로 처음 가게에 오던 날, 준페이와 함께 목욕탕에 갔었다. 그때 준페이는 기노시타가 작은 손지갑을 들여다보며 그 속에서 하나하나 동전을 골라내는 것을 보고 동정심이 들었었는데, 그는 대지진이 일어났을 때 불길을 피해서 스미다(隅田)강에 뛰어들어 헤엄을 칠 때, 나란히 헤엄치던 하카마(일본전통의 치마바지)차림의 여학생이 그 거추장스런 옷차림으로 제대로 헤엄칠 수 없게 되는 바람에 결국 익사해 버렸다는 이야기를 듣고는, 이유도 없이 그에게 매료되어 그를

좋아하게 되었다.

"그 때 오사카도 엄청나게 흔들렸지?"

하며 긴 머리에 비누칠을 하면서 기노시타가 묻자, 준페이는

"그래. 억수로 흔들렸었제"

하고 세세하게 설명은 했지만, 지진이 막 일어나기 시작했을 때 아직 학교에서 돌아오지 않은 미츠코를 떠올린 준페이는 비장한 표정을 짓고는 학교로 달려가,

"니 개안나? 무서웠제?"

하면서 미츠코의 손을 쥐어 주었더니, 말로는

"바보아이가? 내는 지진 같은 거 한나도 안 무섭데이!"

라고 하면서도, 잡힌 손을 빼지는 않는 것이었다.

"준페이야, 니 정말로 엉큼하데이!"

라는 말을 들었을 때는 정말로 자신이 너무 초라하고 한심한 기분이 들었었다는 등의 말은 하지 않았다.

여학생의 하카마(치마바지)가 물 위에 좍 펼쳐져서.. 어쩌구 저쩌구 하는 기노시타의 말은 준페이로 하여금 여성에 눈뜨게 했다. 변호사 시험을 치려고 와세다 대학의 강의록을 받아서 공부하고 있다는 기노시타는, 길을 걷다가 같은 또래의 여자와 마주치면 약속처럼 춤추듯 엉덩이를 흔들어댔다. 그럴 대면 준페이도 덩달아 엉덩이를 흔들어 보이며 낄낄거리고 웃다가 주변을 둘러보는 것이었다.

어느 땐가는 정신을 차리고 보니 자신이 할 일 없이 식모 방 앞에 우두커니 서있는 것이었다. 다음날은 센니치마에(千日前:극장 등이 많이 있는 번화가)에서 해녀 실연(實演)이라는 간판을 내건 공연장에 들어가 해녀의 하얀 다리와 흰 천으로 둘러 가린 봉긋한 가슴을 뚫어지게 바라보고 있었다. 또 다른 날에는 괴물공연장

의 긴 목을 한 피곤한 듯한 여자얼굴에 넋을 잃고 바라보고 있었
다. 어느새 열여섯 살이 되어 있었다. 미남이니까 이제 곧 여자
꽤나 울릴 멋있는 남자가 될 거라는 기노시타의 무책임한 칭찬을
들으며, 이제 여학생이 된 미츠코의 경대(鏡台)에서 몰래 크림을
얼굴과 손에 훔쳐 발랐다. 화장품 냄새를 남이 알아채지 않도록
다른 사람 가까이에 다가서지 않으려 했지만, 결국 들키게 되었고
이제 미츠코에게 비웃음을 당할 거라고 생각했다. 미남이란 소리
에 우쭐해져 거울을 자세히 들여다보니, 거기엔 형 분키치와 닮은
얼굴이 있었다. 눈이 비스듬히 쳐져 있는 것이나, 앞짱구에 낮은
코, 얼굴이 크고 하관이 빠른 턱 같은 것이 영락없이 닮았다. 다
른 사람의 얼굴을 주의 깊게 살펴보면 모두가 자신보다는 나았다.
유황 냄새나는 미안수를 바르고 화장을 해봤자 소용없는 일이라
고 단념하고 나니 열아홉 살이 되었다. 수없이 많은 열등감에다
외모까지 더하여 결국 미츠코에게 사랑받지 못할 거란 생각이 깊
어만 갔다.

　오직 이것 밖에 없다며 믿고 의지하는 준페이의 요리솜씨가, 이
런 상태라면 요리집 마루가메를 충분히 지탱해 나갈 수 있을 정
도로 능숙해진 것을 기뻐하는 고모부부를 보며, 준페이 본인도 그
럴 마음으로 한결같이 허리를 낮춘 자세로 정성을 다해 요리를
하고 있었는데, 오히려 그 충실한 태도가 미츠코에게는 에스프리
가 없다는 생각이 들면서 싫었던 것이었다. 준페이의 용모에 대해
서는 접어두고라도, 미츠코가 그 무렵 등하교 길에서 우연히 말을
나누게 된 간사이(関西)대학 전문부의 모 학생을 보면, 정말로 묘
한 얼굴을 하고 있었다. 그런데도 이 학생은 에스프리와 같은 말
을 이해하고 있어 미츠코는 그로부터 얻어듣는 것이 적지 않았다.
루트 3이란 표시로 봉한 편지를 주고받는 사이, 미츠코의 가슴이

눈에 띠게 부풀어 가는 것을 준페이도 알 수 있었다. 무방비한 밤 나들이를 하는 사이에, 모 학생에게 붙들려 그의 품안에서 부들부들 추악하게 떨었다. 이쿠타마 신사 경내의 밤공기 속에 부르르 떨며 이 부딪히는 소리가 선명하게 울렸다. 미츠코는 어찌할 방도를 찾지 못하고 오로지 그에게 버림받을 것만을 걱정하였지만 결국 버림받고 말았다.

시간이 흐르자 양친도 미츠코가 임신했다는 것을 알게 되었다. 이미 여학교 졸업식은 끝난 상태라서 양친은 저질 신문의 기삿거리가 되지 않아 다행이라며 안도의 숨을 내쉬었다. 어느 날 늦은 밤에 준페이가 미츠코의 침실 앞에 우두커니 서있었다는 말로 인해 준페이에게 혐의가 씌워졌다. 왜 그런지 준페이는 그것을 부정하고 싶은 생각은 없었지만, 미츠코를 원망스런 눈으로 바라보게 되었다. 비 내리는 밤, 문득 잠자는 미츠코의 곁에 다가가 보았지만 역시 무모한 짓이었다. 흰자위를 선명히 드러내고 잠든 미츠코의 눈을 보자, 너무나 무서워져서 준페이의 끓어오르던 광폭한 피는 일순간에 식어 버렸다.

고모부부는 미츠코로부터 준페이가 상대가 아니란 말을 듣고 당황하여 준페이를 새삼 정중하게 긴 화로(長火鉢:직사각형의 화로) 앞으로 불러들여, 부족한 딸이지만 받아달라고 말했다. 준페이는 정중히 두 손을 방바닥에 짚고 머리를 숙여 '감사합니다'하며 일찍이 이런 일을 예견하고 준비라도 하고 있었던 것 같은 인사를 했다. 다다미 위에 눈물을 뚝뚝 떨구며 눈물도 훔치지 않고 마치 연기라도 하는 듯한 그를 바라보며, 고모부부는 잠시 동안 마치 연극무대에 올라 잇는 듯한 착각이 들었다. 한잔하자며 고모부가 건네주는 술잔을 준페이는 정중하게 받아 홀짝 다 마시고는 다시 건네줬다. 그런 동작을 하는 잠깐 동안에도 팽팽한 침묵의 긴장이 넘실거렸다. 그런 침묵을 깬 것은 준페이였다. 보잘 것 없는 자신이지만 이 말만은 짚고 넘어가고 싶다는 듯,

"근데 미츠코는 승낙했십니꺼?"

라며 마치 서른 정도는 된 듯한 남자의 말투로 물었다. '비구니가 된 셈 잡고 어쩌고 하는 소리를 했다간 입을 꿰매버리겠다'며 아버지에게 설득을 당하고 있던 미츠코는 그 말에

"니와 내는 원래부터 정혼했던 사이아이가?"

하며 너무나도 태연하게 말했다. 아무리 상황이 그렇다 해도 그런 말을 들은 고모부부는 이맛살을 찌푸렸는데, 준페이는 칠칠맞게도 싱글싱글 웃으며 가슴을 펴고, 뜻을 이룬 기쁨이 역력한 모습으로 보기 흉할 만큼 아무에게나 기분을 맞추었다.

"바보는 천상 바본기라"

하며 고모는 험상궂은 눈초리로 준페이를 쳐다봤다.

미츠코의 배가 더 불러오기 전에 결혼을 해야 했기 때문에 서둘러 날을 잡았다. 하지만 길일을 아무리 찾아봐도 전혀 없었기 때문에 궁여지책으로 불멸인 15일은 한달의 중간에 있는 날이니 부부사이가 좋다며 15일로 결정했다. 결혼식 날. 록칸무라에 사는 형 분키치는 아침 일찍 긴조의 집을 나서 감 달린 가지를 꺾어 어깨에 둘러메고는 이십 리를 걸어 나와 기시와다에서 난카이전차를 탔다. 난바의 종점에 도착한 것은 정오 무렵이었지만 오사카는 처음 와 보는 것이라 채 십 리도 안되는 거리인 이쿠다마 신사 앞의 마루카메 요리집에 모습을 나타낸 건 이미 황혼 무렵이었다.

그 날의 혼례용 음식에 쓸 도미를 굽고 있던 준페이가 문득 뒤를 돌아보았을 때, 거기에 분키치가 실없는 웃음을 지으며 우뚝 서있었다. 십 년 만에 만나는 형이었지만 전혀 변한 데가 없었기

때문에 금방 알아 볼 수 있었다.

　"히야, 니 우째 왔노?"

라며 준페이가 손에 부채를 든 채로 형에게로 다가갔다. 흰 요리사
복을 입고 있는 준페이의 모습이 분키치에게는 굉장히 훌륭해 보
인데다 키도 큰 것 같아서 그런저런 말을 준페이에게 해 주었다.

　준페이는 주방용의 높은 나막신을 신고 있었기 때문에 그렇게
보였던 것이다. 스물두 살인 분키치는 키가 넉 자 일곱 치 밖에 안
되었다. 준페이는 넉 자 아홉 치 정도였다. 준페이는 능숙하게 감
을 깎아 보여줬다. 감 껍질이 일정하게 깎이며 회반죽 쪽으로 날아
떨어지는 광경을 본 분키치는 감동하여 칭찬을 아끼지 않았다.

　그날 밤 피로연이 끝나갈 무렵, 분키치는 복통을 일으켰다. 주
어진 혼례음식을 남김없이 먹어치운 데다가 술까지 마신 탓이었
다. 게다가 예전부터 배속에 회충이 들끓었었다. 변소에 가려고
일어서다 빌려 입은 예복의 긴 옷자락에 발이 휘감겨 넘어졌다.
넘어진 채로 일어서지도 못하고 통증을 호소하며 버둥거렸다. 그
런 분키치를 별실로 옮기고 의사를 불렀다. 관장으로 더럽혀진 이
불에서 나는 악취 속에서 준페이는 형을 간호했다. 간신히 안정을
되찾은 분키치가 잠이 들고나서 준페이는 침실로 갔다. 이미 밤은
깊었고 미츠코는 보기 흉하게 두 팔을 헤벌리고 잠들어 있었다.
정신을 차리고 보니

　"이 문디이가 뭐 하노?"

하며 떠미는 미츠코에 의해 준페이는 방바닥에 나자빠져 있었다.

　다음날 아침, 분키치의 복통은 씻은 듯이 나았다. 서둘러 돌아
가지 않으면 긴조에게 야단맞을 거라고 걱정하는 분키치를 준페
이는 난바까지 배웅해 주었다. 겐쇼지자카(源生寺坂)의 비탈길을
내려와 구로몬(黑門) 시장을 가로질러서 센니치마에(千日前)에 가

서 음식점 이즈모야(出雲屋)에 들어갔다. 어쩌면 또 복통을 일으
킬지도 모르지만, 그래도 시골에서 무나 푸성귀 따위만 먹고 있는
분키치에게 준페이는 맛있는 것을 먹여주고 싶었던 것이다. 주머
니에 2엔 가량의 용돈을 지니고 있었기 때문에 장어찜과 붕어회
를 주문했다. 그것을 주문한 이유 중에 하나는 이즈모야(出雲屋)
는 장어찜과 붕어회 장어국은 맛이 있었지만 그 외의 음식은 맛
이 없었기 때문이었고, 다음은 유명한 집인 만큼 이 장어찜의 양
념과 붕어회의 초장 맛만은 다른 가게에서는 절대로 흉내낼 수
없는 것이라는, 그야말로 요리사다운 평을 형에게 해 보이고 싶었
던 것이다. 분키치는 우적우적 소리내어 먹으며, 계모가 데리고
온 딸인 하마코는 고등학교를 졸업하고 오사카대학병원에서 간호
사 일을 하고 있다는데 그야 꽤 출세한 거지만, 그래도 준페이의
부인이 하마코보다 훨씬 미인이라고 말했다. 그리고 자신은 이불
위에 변이나 지리는 못난 형이지만 너그럽게 봐 달라는 말을 덧
붙였다. 들어보니 긴조는 지독한 노랭이로 분키치를 하인처럼 부
려먹으며 그 대신 예금통장을 만들어 놓았다고는 하지만 그것도
거짓말 같았는데, 그 증거로 얼마 전 분키치가 무라사메 양갱을
사먹고 싶어서 십 엔을 훔쳤다가 긴조에게 호되게 얻어맞아서 얼
굴이 부어 올랐었다는 것이다. 그런 불쌍한 형과 헤어져 돌아오는
길에 준페이는 비록 미츠코에게 계속 푸대접을 받는 한이 있더라
도 꾹 참아내어 마루가메의 가업을 이어받은 다음에 꼭 형을 데
려와야만 되겠다고 생각했다. 습관처럼
　"내 반드시 출세해 보일끼다"
하며 상체를 곧추세우고 아랫배에 힘을 주었더니 여느 때 보다도
아랫배를 찌르는 듯한 통증이 더욱 심했다.
　이름뿐인 남편으로 덧없이 시간만 흘렀다. 지렁이도 밟으면 꿈

틀하지 않느냐, 차라리 더 냉담하게 상대하여 맛을 보여주는 게 나을 거라며 상황을 눈치 챈 기노시타가 은근히 충고해 주었지만, 그렇게까지 강한 오기도 그 어떤 생각도 준페이의 머리로는 떠오르질 않았다. 고모부부가 의식적으로 준페이의 아이임을 강조하고 떠들어대고 있는 사이에 미츠코는 모 학생의 아이를 출산했다. 호기심으로 아기 가까이에 다가가 보려했지만 준페이를 산실에 들여보내 주지 않았다. 그러나 산파는 준페이를 배려하여 갓 태어난 아기를 품에 안아보게 해 주었다. 안아서 자세히 들여다보니 코가 납작한 것이 자신과 닮아 있었다. 하긴 진짜 아버지의 코도 납작하긴 했지만...

이웃에 보여줄 필요도 있다고 하여 시키는 대로 아기를 안고 목욕탕엘 다니다 보니, 웬일인지 자신도 모르게 아기에 대한 애정이 솟아올랐다. 그러나 아기는 얼마 지나지 않아 죽었다. 목욕탕의 더운 물이 귀에 들어갔기 때문이라고 의사는 말했다. 그 말 때문에 주변에선 혹시 준페이가 의도적으로 아기 귀에 물을 들어가게 한 것은 아닐까 하는 꺼림칙한 소문이 돌았다. 어느 날 변소에 숨어 소리를 죽여 혼자 울고 있자니, 기노시타가 들어와서

"지금까지 몇 번이고 말하려고 생각하고 있었는데... "

하며, 따뜻하게 위로해 주었다. 그리고 기노시타는 더 이상 이런 사기꾼 같은 집에는 붙어 있지 않을 결심을 했다고 말했다. 기노시타는 마흔 살이 되기까지는 아직 나이가 있기는 하지만, 그래도 나이에 비해 머리숱도 듬성듬성했고, 변호사가 된다는 것은 너무나 앞날이 요원한 일이었다. 할 수 있는 모든 힘을 쏟아 요리에 전념하는 것도 아니어서 요리솜씨가 느는 것도 아니었지만, 사실 그는 이제 요리에는 싫증이 나 있었던 것이다. 단골로 다니던 카페의 여급이 최근에 동경으로 옮겨갔다는 얘기를 들었기 때문에,

그 여자의 뒤를 따라 가려고 마음먹고 있었던 것이다. 그 여급을 만나러 카페에 다니느라 마루가메에서 넉 달치 월급을 미리 가불해 썼지만 그것도 떼어먹을 작정이었다.

그날 밤 둘은 함께 카페에 갔다. 곁에 앉은 여급의 싸구려 향수 냄새에 불현듯 돌아가신 아버지 생각을 떠올린 준페이가 침울한 얼굴을 하고 있는 것을 보고, 기노시타는 무슨 생각을 했는지, 바짝 준페이의 귓가에 입을 갖다 대곤

"이 여자는 돈만 있으면 놀 수 있어. 내가 다리 놔줄까?"

라고 했다. 준페이는 갑작스런 제의에 당황해 하며

"무슨 소립니꺼? 돈은예, 지가 낼께예. 형씨가 꼬셔 보이소. 내는 양보할랍니더"

라고 했다. 준페이는 어느새 이런 사내가 되어있었다. 탈장을 비롯하여 헤아릴 수 없이 많은 열등감들이 마치 피부처럼 그에게 달라붙어 있었던 것이다.

2

분키치는 한밤중에 일어나 큰 수레에 죽순을 실었다. 캄캄한 시골길을 수레에 단 등불에 의지해 기시와다까지 끌고 갔다. 수레바퀴 소리가 어딘지 불안스럽게 배속까지 울렸다. 서서히 하늘의 어둠이 엷어지고 기시와다의 청과물시장에 도착했을 때는 벌써 아침이었다. 죽순을 넘겨주고 삼십 엔을 받았다. 복대 속에 단단히 넣어두고 자주 눌러서 확인해 봐야 한다는 긴조의 말이 생각나 그렇게 했다. 문득 이 정도 돈이 있으면 오사카에 가서 장어찜과 붕어회를 먹을 수 있다는 생각을 하니 다리가 후들거렸다. 덜컹거

84

리는 빈 수레를 끌고 기시와다역까지 오자 전차소리가 들렸다. 수
레를 역 앞 전신주에 묶어두고 오사카까지 가는 표를 사서 플랫
홈으로 들어섰다. 전차가 들어올 때까지는 약간의 시간이 있었다.
불안감으로 결심이 흔들려지는 것 같아 자꾸 화장실에 가고 싶어
졌다. 화장실에서 나오자 전차가 들어왔기 때문에 서둘러 탔다.
그리고 전차가 움직이기 시작하자 꾸벅꾸벅 잠에 빠져들었다. 차
장이 흔들어 깨워서 눈을 떴을 때는
　"난바아, 여기는 종점 난바입니다아"
하는 안내방송이 들렸다. '벌써 도착한기가'하는 기쁜 마음으로
역구내를 잰 걸음으로 벗어나 밝은 햇빛이 비치는 난카이도를 내
달려 곧장 이즈모야 앞에 갔더니, 아직 문을 열지 않았다. 이른
아침이어서 센니찌마에 극장 앞의 돌 깔린 길들은 아직 촉촉이
젖어있었다. 두리번두리번 거리며 극장의 그림간판을 올려다보며
걸었더니 목덜미가 아파왔다. 도톤보리 쪽으로 건너가는 건널목
앞에서 교통경찰에게 호된 주의를 받았다. 도톤보리에서 에비스바
시를 건너 신사이바시 거리를 할 일없이 걸었다. 한 집 한 집 쇼
윈도를 구경하며 걷다 피로를 느껴, 다시 되돌아와서 에비스바시
위에 우두커니 멈춰서 있자니, 다리 밑으로 수상경찰의 모터보트
가 빠른 속도로 지나갔다. 그 뒤를 따라 거름을 실은 배가 지나갔
다. 문득 록칸무라가 떠오르며 긴조의 목소리가 들려왔다.
　"니는 말이다. 이세(伊勢 : 지방명)거지인기라. 묵구 살 수마 있
음 어데라도 갈 수 있는기라"
라고 하던 긴조의 말이었다. 갑자기 허기가 느껴져 이즈모야에 가
려고 걷기 시작했지만 어느 쪽 방향인지 알 수가 없었다. 사람들
에게 물어보려고 해도 누구에게 물어야 좋을지 알 수가 없어서
자꾸만 불안해졌다. 나카자(中座)극장 앞에서 맥 빠진 얼굴로 그

림간판을 올려다보고 있었더니, 한 사내가 다가와서 영화 반액할인권을 사지 않겠냐고 물었다. 반액할인권을 사는 것이 무슨 의미인지 알 수 없었기 때문에 뭐라 대답해야 할지 몰랐지만, 마침 잘됐다 싶어서

"잠깐 말 좀 물읍시더. 이즈모야가 어디라예?"

했더니, 사내는

"저기 아닌교"

라며 화가 난 듯 대답했다. 뒤를 돌아보니 과연 간판이 걸려있었다. 그러나 거기는 준페이가 데리고 갔던 그 가게가 아닌 것 같았다. 이즈모야가 몇 집이나 있을 거라고 생각하지 못했기 때문에 여우에게 홀렸다고 생각했다. 그러나 장어 굽는 냄새에 몹시 허기를 느껴 무시하고 들어가 게걸스레 먹었다. 계산을 하고 나오니 아직 이십엔 하고도 몇 전이 남아 있었다. 나카자극장 옆 축음기 가게 옆에 음식점이 있었다. 그 축음기 가게와 음식점 사이에 비좁은 골목길이 있었다. 거기를 빠져 나오니 절의 경내인 것 같았다. 왼쪽으로 돌아가니 라쿠텐치(樂天地:유흥가)가 보였다. 거기가 센니찌마에라는 걸 알고는 기쁜 마음에 빠른 걸음으로 걸었다. 라쿠텐치 건너편 극장에서 요란하게 벨소리가 울리고 있어서 이유도 모르고 서둘러 표를 샀다. 아직 상영작이 시작되지 않았기 때문에 맥이 빠진 얼굴로 무대의 막을 뚫어져라 응시하고 있었다. 입장객의 수도 늘어나고 이윽고 시작했다. 레모네이드를 마시고 튀긴 콩을 씹으며 영화가 점점 절정에 이르자

"우와~! 이거 재밌네. 멋지다!!"

라고 큰소리로 외치다 주위 사람들에게 호되게 주의를 받았다. 아름다운 여자에게 재갈을 물리는 장면이 나오자, 불쑥 여자를 품고 싶은 욕망이 솟구쳤다. 극장을 나오면서 남은 돈 계산을 해보니

아직 이십육 엔 팔십 전이 있었다. 언젠가 오사카에는 유곽이 있다고 들었던 말이 생각났다. 그곳에서는 여자들이 친절하게 잘 대해준다고 했었다. 히죽히죽 웃으며, 지나가는 사람에게 여자를 살 수 있는 곳이 어딘지를 물으니,

"대가리에 피도 안 마른 놈이... 니 몇 살이고?"

하며 상대도 하지 않았다.

"스물 서이입니더"

라고 대답하자, 상대방은 정말로 믿기지 않는다는 얼굴이었지만 그래도 택시를 타고 가라고 친절히 말해 주었다. 태어나 처음으로 택시를 타고, 히다(飛田)유곽의 입구까지 갔다. 남은 돈 이십육 엔 십육 전을 들고, 유곽 안을 어슬렁거리며 돌아다니고 있자니, 어느새 창부에게 붙들려 유곽 2층으로 이끌려 올라가 있었다. 멍하고 있는 사이 입실료로 십 엔을 털리고 남은 돈은 십육 엔 십육 전. 창부의 방에서 봉오도리(盆踊り:음력 7월 15일 밤에 남녀들이 모여서 추는 윤무)의 노래를 부르자,

"오빠 목소리 좋네예, 한곡 더 불러보소"

하고 칭찬을 하기에 한층 더 목소리를 높였더니, 이쪽저쪽 방에서 손님들과 창부들이 죽겠다고 웃어댔다. 계집이 바짝 달라붙으며

"저기 오빠예. 나 스시 묵고 싶어예. 뭣 좀 안묵을랍니꺼? 으응~ 시키묵읍시더"

하며 아양을 떤다.

"좋데이. 시키봐라"

하고 스시 2인분을 주문하니 남은 돈은 십일 엔 십육 전이었다. 스시를 먹고 있는 사이에 제한시간이 다 됐다고 와서 말한다. 계집이

"오빠. 가는 거 싫은데, 좀 더 있으면 안돼예?"

하고 가식적인 콧소리로 애교를 부리니, 분키치는 쉽게 일어날 수가 없었다. 태어나서 처음으로 친절한 대우를 받았다는 기쁨이 뼛속까지 스며들며 흐물거렸다. 만족스런 기분으로 화대를 주고 나니, 마지막으로 남아있던 십 엔 짜리 지폐도 사라져버렸다. 그러나 돈을 지불한 뒤, 계집은 아무 미련도 없이 잠들어 버렸다.

"야야, 봐라"

하고 깨워 일으킬 기운도 없었다. 갑자기 긴조(金造) 외삼촌의 얼굴이 떠올라 겁이 났다. 돌아갈 시간이 되어 계단을 내려오다 보니, 커다란 거울에 창부와 자신이 나란히 있는 모습이 비춰졌다. 마르고 초라한 몰골을 한 네 척 일곱 치의 작은 몸뚱이가 한층 더 왜소해진 느낌이 들었다. 유곽을 나서니 밖은 벌써 밤이었다. 돌아보니 한낮과 같이 밝은 불빛으로 환한 유곽 안과 버드나무 가지가 바람에 흔들리고 있는 것이 보였다. 유곽 입구의 대로를 이리저리 어슬렁거리며 걸었다. 오십 전으로 학생용 나막신을 샀다. 나막신의 끈이 꽉 조여서 발가락이 아팠으나, 그래도 딸깍거리며 울리는 소리는 좋았다. 한번은 써보고 싶었던 사냥모자도 샀다. 일 엔 육십 전. 앞짱구가 감춰지고, 새 천에서 나는 냄새가 물씬 풍겨왔다. 해장술을 마셨다. 세 잔까지 마셨지만 더 이상은 목으로 넘어가지 않았다. 이제 일 엔 십 전. 우동집에 들어가 기츠네우동과 안가케우동을 시켰다. 둘 다 반만 먹고 남겼다. 구십이 전. 신세카이(新世界-오사카(大阪)의 한 번화가) 거리를 걷고 있었지만 극장의 그림간판을 보고 싶은 생각도 그곳에 들어가 보고 싶은 생각도 들지 않았다. 약국에서 쥐약을 사들고, 덴노지(天王寺-오사카의 한 절, 新世界의 옆) 공원에 들어가 가로등 밑 벤치에 걸터앉아 있었다. 십 전짜리 백동전 네 개와 일 전짜리 동전 두 개를 쥐고 있던 손이 땀에 흠뻑 젖어 있었다. 동생 준페이(順

平)의 얼굴을 한 번만 보고 싶다는 생각이 들었다. 하지만 삼십 엔을 다 써버린 이런 얼굴로 어찌 동생을 만날 수 있을까 하는 생각이 들었다. '기시와타(岸和田)역에 버려둔 수레는 어찌 됐을 까? 이제 등에 불을 켜지 않으면 안 될 시간인데...' 그러나 이제 긴조 외삼촌은 무섭지 않다는 생각이 들었다. 가스등 불빛이 더욱 맑아지며 밤은 깊어 갔다. 동물원에서 호랑이 울음소리가 들려왔 다. 덤불 숲 안으로 들어가 쥐약을 마셨다. 무너져 내려온 하늘이 시야를 가리며 입에서는 허연 연기를 내뿜고, 오랜 시간동안 몸을 뒤틀며 버둥거리고 있었다.

3

날이 밝자 분키치는 텐노지 시민병원에 실려 갔다. 어시장에서 돌아온 차림 그대로 준페이가 병원에 달려갔을 때는 이미 때가 늦었다. 병원에 실려 왔을 때에는 이미 목에서 새어나오는 연기도 잦아들고 있을 때였다는 말을 간호사로부터 전해 듣고 준페이는 소리를 내어 울었다. 유서 같은 것은 없었고, 복대 안에서 준페이 가 언제 붙였던 것인지 기억도 없는 꼬깃꼬깃한 구겨진 오래 전 편지가 나왔기 때문에 그에게 연락이 닿은 것이다. 그나마 죽은 얼굴이라도 볼 수 있었던 것은 형제의 인연이 있기 때문이 아니 냐는 말을 들으며, '어떤 사정이 있었는지 모르지만 죽을 생각을 하기 전에 한번 찾아오거나 편지라도 보내왔더라면 어떻게든 살 릴 수 있었을 텐데...'하며, 되풀이하여 한탄스런 말을 되뇌었다. 병원 식당에서 계란덮밥에 얼굴을 푹 숙이고 먹고 있으려니 눈물 이 나면서 긴조에 대한 왠지 모를 분노가 치밀어 올랐다.

그러나 마을에서 장례식을 마쳤을 때 생각해 보니, 긴조에게는 원망의 말 한마디도 하지 못한 자신을 발견했다. 몇 번이고 형이 써버린 삼십 엔은 반드시 변상하겠다며 어른스럽게 말하고는 맥없이 오사카로 돌아왔더니, 그날따라 결혼식 요리 주문이 있어 경사스런 분위기로 시끄럽게 떠들썩한 잔치집에 요리를 날라주어야 했고, 그 집 부엌에서 늦게까지 혼자 남아 국의 간을 맞추기도 하고 술 데우는 것을 도와주기도 한 후에, 답례품을 받아들고 잔치집을 나왔을 때는 달빛이 교교한 한밤중이었다. 시모데라마치(下寺町)에서 이쿠타마 신사까지의 비탈길은 밤늦은 시간이어서 사람의 통행도 끊어지고, 딸깍거리는 굽 높은 나막신 소리와 멀리서 개 짖는 소리만이 맑게 울려 퍼지는 밤거리의 고요 속에서 문득 엄습하는 외로움으로 향수를 느꼈다.

"히야, 니는 인제 죽은 기가?"

잔치 집에서 마신 술의 취기도 더해 그만 발길을 돌려 언덕길을 내려왔다. 도톤보리로 나가니 발은 극장 뒤편의 유곽을 향했다. 대부분 문이 닫혀 있었는데, 그 중 한 집의 처마 밑에서 손님을 끄는 노파가 나와 졸고 있는 것을 발견하고는 거기로 들어갔다. 손님을 받아들이는 방이라고는 볼 수 없는 더러운 방에 우두커니 앉아 있자니 '안녕하시예'하며 창부가 들어왔다. 못난 여자였는데 진한 화장과 머릿기름 냄새를 풀풀 풍기고 있었다. 준페이는 이 여자를 마음대로 품을 수 있다는 것이 마치 꿈처럼 생각되었다.

그러나 본능적으로 여자에게 거부당할 거라는 걱정에 창부의 어깨를 만지는 것도 망설여져 우물쭈물하고 있는 사이, 계집은 어느 틈에 잠이 들어버렸다. 코고는 소리를 듣고 있자니 그동안 미츠코 곁에서 허탈하고 처량한 마음을 달래며 누워있던 나날들이 떠올랐다.

다음날 아침, 마루가메를 향해 걸어가면서 고모부부에게 야단맞을 생각에 마음이 무거웠다가, 문득 마루가메에서 뛰쳐나와 버릴 결심을 하자 마음이 한없이 편해졌다. 집에 들어서자

"우짠 일이고? 집에도 안 들어오고..."

하는 말을 한 귀로 흘려버리며, 여기저기서 받은 축의금으로 몰래 모아두었던 이백 엔 정도의 비상금을 꺼내들고 옷을 갈아입었다. '나 집 나간데이. 두 번 다신 안돌아 올끼다'라고 말하는 듯한 얼굴로 고모부, 고모, 미츠코를 노려보았지만, 그들은 그 의미를 알아차리지 못하는 것 같았다. 가출하려는 의도를 알아차리고 말려주거나, 살가운 말로 달래주거나 했다면 마음을 고쳐먹고 싶었지만, 전혀 속마음을 알아주지 못하기 때문에 맥이 빠져 잠시 주춤거리고 있었으나, 결국 옷을 갈아입은 이상 집을 나가는 것 외에 방법은 없었다. 그런 기분으로 그냥 집을 나왔다.

나중에 들으니 고모는 나쁜 녀석들 꾐에 빠져서 집을 나간 거라고 주위에 둘러댔다. 가출이란 말의 느낌이 좋았다. 고모부는 '가업을 물려주려고 생각하고 있었더니 바보 천치 같은 녀석'하고 말했다는데, 아마도 그것은 진심인 것 같았다. 미츠코는 당분간 외출도 삼가야 할 것 같은 상황이 된 것이 몹시 기분 나빠져서 심통이 나있었다. 게다가 준페이가 집을 나가 버리고나니 모양새도 좋지 않을뿐더러, 약간은 허전한 기분도 들었다. 집요하게 들러붙던 준페이에게 언젠가는 몸을 허락해도 되겠다는 생각이 마음 속 한 구석에 있었던 것은 아닐까하는 생각도 들면서, 그러나 그것은 너무 우스꽝스러운 공상이라고 바로 부정해 버렸다.

준페이는 센니치마에의 곤피라(仏法의 수호신. 일본에서는 항해의 안전을 지키는 신)를 모셔둔 신사 뒤에 있는 싸구려 여인숙에 묵었다. 무슨 생각으로 마루가메를 뛰쳐나왔는지 자신도 납득할

수 없었고, 어쩌면 그것은 일종의 시위와 같은 것이었는지도 몰랐다. 곤가쓰리(감색바탕에 희게 나타낸 비백무늬의 직물) 천으로 만든 옷을 사 입고, 양가집 도련님같이 빈둥빈둥 아무 대책도 없이 돌아다니며 놀았다. 낮에는 센니치마에나 도톤보리에 있는 영화관에 갔다. 밤에는 여인숙 근처의 찻집 겸 바 리리안에서 놀았다. 리리안에서 오 엔, 십 엔씩 가진 돈이 순식간에 사라져 갈 때는 마치 살을 도려내는 것 같은 심정이었지만, 다카미네씨, 다카미네씨 하며 여종업원들이 깍듯이 성으로 불러주는 것이 흐뭇해서, 여급들이 벗겨먹는 대로 내버려두고 있었다.

어느 날 밤, 짐짓 시치미를 떼고 떡국을 주문하여 한입 먹어보았는데 그 맛이 너무나 형편없어,

"이런 걸 우예 먹으란 말이고! 이기이기 맹탕아이가. 국물은 우째 우리는지 아나? 다시마를 우려내는 정도에 따라서 맛이 달라지는 거 모르나?"

하며 섣부른 지식을 내보이자, 장발의 사내가 느닷없이 옆으로 다가와서는,

"형씨하고는 오늘 처음 뵙지예. 아직 애송이지만예, 묵고 살라꼬 하다보이 쪼메 미안하게 됐심더"

하며, 마치 건달처럼 장소에 어울리지 않는 말투로 짐짓 위압적인 허세를 부렸다. 준페이가 겁에 질려 떨고 있자 여종업원이, 갑자기

"다카미네씨, 담배 사올까예?"

하며 준페이의 어시장용 큰 지갑을 꺼내 열었다. 사내는 지갑 속을 들여다보고는 갑자기 태도가 돌변하여

"여-! 지갑 좋네예!"

하며 얼굴 가득 주름살을 지어 웃어 보이며, 마치 술취한 사람처럼 흐느적거리며 비위를 맞췄다. 사내는 기타다(北田)라고 하는

도박꾼으로, 센니치마에 일대에서는 유명한 사기도박꾼이었다.

　그날 밤 기타다의 꼬임으로 신세카이의 어느 집 2층에서 네 다섯 명의 도박꾼들과 노름을 했다. 인케츠, 니조, 산타, 시슨, 고케, 록뽀, 나키네, 오이쵸, 카브, 니게(일부터 십까지의 첫 음과 같은 음으로 시작하는 도박용어) 등과 같은 수 읽는 법을 배우고 나서, 아무 생각없이 호기 있게 돈을 걸다보니, 걸 때마다 운 좋게도 아홉 끝이 나와 돈을 땄다. 난생 처음 느끼는 달콤한 승리감과 왠지 모르는 자신감으로 몸 속의 피가 뜨거워졌다. 하지만 계속 대담한 배팅을 하고 있는 사이, 결국엔 가진 돈 전부를 털려서 빈털터리가 되고 말았다. 물론 사기도박이었다. 하지만 그 사실을 알고 나서도 별반 기타다를 원망하고 싶은 마음은 들지 않았다. 다음날, 기타다는 식당 가네마타에서 스튜와 스테잌를 사 먹여 주었다.

　"고맙심더. 잘 묵겠심더"

하고 고개 숙여 인사하는 준페이를 보고, 기타다는 정말 딱한 사람이라 생각했지만, 준페이에게

　"보소, 여자 함 품어보고 싶지 않은교?"

라고 물었다. 리리안의 고스즈에게 돈만 쓰고 별 소득이 없지 않았느냐고 정곡을 찔려 준페이는 얼굴이 화끈거렸지만, 그래도 그가 몹시 믿음직스러웠다.

　"돈이야 쓰긴 썼지만요. 내는 여자한테 인기없심더. 고스즈는 내 대신 행님이 가지이소"

이런 태도는 언젠가 기노시타에게 했던 것과 같은 것이긴 했지만, 준페이는 이미 기타다가 고스즈를 제 여자로 만들었다는 것을 알고 있는지라 어딘지 뒷맛이 개운치 않았다.

　도박꾼 기타다는 돈이 떨어지면 본업으로 되돌아갔다. 늦은 밤 사람들이 많이 모이는 곳을 찾아가 파는 그의 그림을 몰래 펴보

면, 서투른 서양 미인사진이거나, 무사들이 복수를 위해 원수의 저택에 쳐들어가는 내용의 그림이었다.

"이건 절대로 가짜가 아닙니더. 한번보고 얼매나 가슴이 뛰던지..."

운운하며 허리를 반쯤 낮춘 자세로 구경꾼에게 빠른 말투로 지껄이고 있다가, 정작 건달들이 다가오면 먼저 돈을 꺼내어 쥐어주고 보내는 것은 바람잡이 준페이였다. 그림을 잘 그리는 기타다는 남의 그림을 모사해서 팔 때도 있었다. 그런 그림을 모사할 때의 기타다의 눈빛은 가일층 날카로운 데가 있었다. 돌팔이 준페이도 이따금 자신이 위험한 일에 말려들었다는 생각에 등골이 오싹할 때도 있지만, 그와 비례해서 마치 자신이 주먹들의 세상에 들어와 있는 것 같은 기분으로 걸음걸이조차 달라져 있었다.

꾸준하게 한 우물을 파지 못하는 체질인 기타다는 행상을 하기도 했다. 케이한(京阪)전철의 텐만구(天満宮:오사카의 유명한 신사)역 뒤쪽의 헌 옷가게에서 일 엔 이십 전을 주고 오사카XX신문의 핫피(法被:상호가 찍힌 겉옷)를 사 입고, 달 지난 선데이매일이나 주간 아사히, 혹은 오사카 팩의 표지발행일을 지운 것 등을 세 권 십오 전에 싸게 넘긴다고 교외 주택가를 가가호호 방문하며 어쩔 수 없이 울며 겨자 먹기로 파는 거라며 속여 팔았다. 그런가하면 주로 에비스바시(戎橋)도로의 주야은행(昼夜銀行)앞에서 킹, 강담구락부, 후지, 주부의 벗, 강담잡지의 지난 호와 새 책 다섯 권을 섞어놓고 밤늦게 돌아가는 여급들을 주고객으로 오십 전에 팔기도 했다. 헌책을 사들이는 곳은 난바의 모토야(元屋)였다. 이곳에서 헐값에 사들인 책을 분해해서 내용과 관계없이 아무렇게나 섞어서 부피를 늘리고 그럴싸한 표지를 붙인 뒤, 가장자리를 가지런히 잘라서 반듯하게 하면 달 지난 새 책이 완성된다. 책 내용은

페이지가 맞지 않고 읽을 수 있는 게 아니었기 때문에, 그 자리에서 펴 볼 수 없도록 미리 셀로판지로 싸두면 그럴싸한 새 책처럼 보였다. 준페이는 손님으로 위장한 바람잡이를 하다가 물건을 팔기도 하다 보니, 새벽장사가 힘든 탓인지 안색이 매우 창백해졌다. 매상의 몇 할을 꼬박꼬박 정확하게 챙겨주는 도박꾼 기타다를 준페이는 사리를 분명히 아는 믿음직한 사내라 생각하며, 문득 여자가 된 것 같은 기분으로 어떤 미더운 감정을 느끼기도 했다.

어느 날, 기타다는 이제 도박 밑천도 떨어지고 장사도 싫증이 났다며

"다카미네, 니 어디 돈 쫌 얻을 데 없나?"

하고 물었다. 그 말 속엔 마루가메에 가서 돈 좀 얻어오라는 뜻이 있음을 준페이도 알아차렸지만, 그것만은 제발 봐달라고 사정을 하다가 문득 의붓누나인 하마코 생각이 났다. 오사카 병원에서 간호사를 하고 있다고 죽은 형 분키치가 말했었다. 찾아갔을 때, 키도 더 커지고 예쁜 모습의 성인이 된 하마코는 준페이를 보는 순간

"어마야, 이게 누고? 억수로 오랜마이네"

하며 반가운 내색을 했으나, 어느 구석을 봐도 제대로 사는 것 같지 않아 보이는 준페이의 행색을 재빠르게 파악하고는, 갑자기 아무렇지 않은 표정을 지으며

"니 어디 아픈기가-?"

하며 환자를 대하듯 다가와서는, 준페이에게 눈짓을 하며 병원 밖으로 데리고 나왔다. 다마에바시(玉江橋) 근처에서 기타다가 시킨 대로, 자초지종을 이야기하자면 긴데 지금은 사실 마루가메의 처가에서 뛰쳐나와 무일푼이고 아침부터 아무것도 못 먹었다며 염치없이 구걸을 하자, 하마코는 머뭇거리며 빨간 지갑에서 오 엔 지폐를 꺼내 주었다. 죽은 형 분키치에 대해서 잠시 선채로 이야

기를 나눈 뒤, 하마코는

"승질 내봤자 니만 손해인기라. 마루가메에 돌아가서 출세 해 갖고 롯칸무라에 금의환향 해야카지 않겠나"

하며 충고를 했다. 준페이는 그래 그래 하고 생각하는 사이에 갑자기 울어버릴 것 같은 기분이 치밀어 몰라 눈물을 뚝뚝 떨구며

"누나야 내는 출세할끼다. 지금 생활을 접어뿔고 제대로 살끼다."

하며 안 해도 될 말까지 하고 있자니 몹시 흥분되어 주먹을 불끈 쥐고 몸을 부르르 떨면서 숙이고 있던 고개를 힘주어 들어 올렸다. 더러운 강물이 흐려진 시야에 들어왔다. 하마코가 종종걸음으로 병원 쪽으로 사라지자, 어디선가 사기꾼 기타다가 나타나서는

"다카미네, 짜슥, 니 제법이구만. 눈물작전이 이리도 잘 멕히드는 걸 보문, 니도 상당한 선수아이가"

하며 칭찬해줬지만 준페이는 정말 그럴까하고 반신반의했다. 그 돈은 바로 도박에 져서 모두 날려버렸다.

얼마 안 있어, 미츠코가 조만간 재혼한다는 소문을 들었다. 다음날 슬며시 집 근처에 상황을 살피러 가보니 사실인 것 같았다. 그 길로 오사카대병원에 갔다. 읍소작전으로 나가라는 기타다의 충고를 들을 필요도 없이, 하마코의 충고를 듣고 있자니 실컷 울 수 있었다. 또 오 엔을 받았다. 그중 일 엔 팔십 전으로 고급 청주를 한 병 사서 '축 결혼, 다카미네 준페이'라고 써서 마루가메로 배달시키고, 남은 돈을 모조리 도박판에 걸었는데 운 좋게도 엄청난 돈을 딸 수 있었다.

딴 돈을 기타다와 공평하게 나누고, 그의 배웅을 받으며 우메다 역에서 도쿄행 기차를 탔다. 미츠코가 새 남편을 맞아들인다는 말을 듣고 나니 오사카라는 곳이 너무나 무섭게 느껴진 것이 하나의 이유였고, 또 하나는 출세해야만 되겠다는 조급한 마음에 박차

가 가해졌기 때문이었다. 동경에는 기노시타가 있을 터이고, 마루 가메에 있을 때 한번 놀러오라는 엽서를 받은 적이 있었다.

도쿄역에 도착해 한 나절 걸려서 간신히 아라카와(荒川)방수로 근처에 있는 기노시타의 집을 찾아냈다. 변호사가 되어 있을 거라 생각했는데, 그곳은 한눈에 보기에도 빈민굴로, 기노시타는 밤이 되면 다마노이(玉ノ井)에 나가 포장마차에서 꼬치구이를 팔고 있 는 것이었다. 기노시타도 이제 곧 마흔 살이니, 변호사가 되는 것 은 내심 포기하고 있는 듯 했다. 그가 한 개에 이 전에 팔고 있 는 꼬치구이는 파가 팔 할에 내장이 이 할 밖에 되지 않는 것이 었고, 술, 포트와인(포르투갈 원산의 적포도주), 아와모리(오키나와 특산소주), 위스키 등은 다른 어떤 포장마차에서 파는 것보다 맛 이 연했다. 기노시타는 매일 밤, 그날 번 돈을 치밀하게 계산하고 그 돈의 사 할로 생계를 꾸리고, 사 할은 절대로 쓰지 않고 적금 을 부었으며, 나머지 이 할의 돈은 상자에 넣어두었다가 돈이 모 이면 그 돈으로 여자를 사는 것이었다.

기노시타가 사창가의 여자와 즐기는 동안 준페이가 혼자서 포 장마차를 꾸려나가야만 했다. 하수구와 소독약 등의 악취가 묘하 게 풍기고, 밤이 깊어지면 오사카에서는 듣지 못했던 맹인 안마사 의 피리소리가 어딘지 서글프게 들리고, 달빛이 선명한 밤, 인적 이 드물어지면 왠지 살기가 넘쳐흐르는 것만 같았다. 오사카 양아 치와는 비교도 안 될 정도로 강한 말투의 양아치가 포장마차 안 으로 고개를 내밀고 들어오면 어찌할 바를 몰라 안절부절 했다. 그가

"형씨는 관서지방 사람이로군?"

하면,

"예, 그렇심더"

라고 두 손을 비비며 굽신거리다가 꼬치계산도 틀리기 일쑤였다. 그래도, 쉬고 있으라는 기노시타의 말을 못들은 척하며, 시장에 내장 사러 가는 것부터 해서 소고기 덮밥용 밥을 앉히기, 설거지, 그 외에 할 수 있는 모든 일을 바지런히 하고 있었는데, 문득 생각해 보니 기노시타는 자신이 얹혀살고 있는 것을 싫어하고 있는 것 같았다.

"너는 이런 일 하기에는 너무나 훌륭한 요리솜씨를 갖고 있지 않냐"
하고 에둘러 말하는 기노시타의 말에서 어디 좋은 일자리 찾아서 나가 달라는 그의 속마음을 읽을 수 있었다. 기노시타는 준페이가 온 뒤로 쌀이 현격히 줄어드는 것을 보며 뼈를 깎는 듯한 고통을 느끼고 있었던 것이다. 하지만 설령 그 어떤 괴로운 일이 있더라도 참고 견딜 수는 있었지만, 생선의 내장 냄새가 배어있는 그곳의 공기만은 도저히 참을 수가 없었다. 마루가메의 주방이 떠오르기 때문이었을까? 그런 감정의 밑바닥에는 미츠코란 존재가 있었다.

결국은 더 이상 신세지고 있기가 부담스러워, 숙식을 제공하는 아사쿠사의 초밥집으로 가게 되었다. 일을 시켜보니 좋은 요리솜씨는 갖고 있는데 스물세 살이라고는 정말로 믿기지 않을 정도로 야무지지 못한 녀석이라고 여겨진 탓에, 그만큼 부려먹기 쉬운 허드레 일을 하게 했다.

"음식 다 됐다"
"예"
"와사비 갈아라"
"예"
"접시 닦아"
"알겠심더"

눈이 핑핑 돌 정도로 쉴 새 없이 일을 시켰다. 와사비를 갈고 있자니 눈이 매워 눈물이 났는데, 어느새 그것이 진짜 눈물이 되어 훌쩍훌쩍 울고 말았다. 출세해 볼 생각으로 도쿄에 오긴 왔는데 앞날에 대한 희망이 생길 리 만무했다.

어느 날 밤, 하복부에 급격한 통증이 오고 참다 못해 일을 쉬기로 하고, 천장 낮은 이층 종업원방에 드러누워 있자니 몸을 펄쩍펄쩍 뛸 정도의 격통으로

"아이구 배야, 아이고!"

하고 비명을 질렀다.

그 소리에 깜짝 놀라서 뛰어 올라온 하녀가 사색이 된 얼굴을 보자 당황해서 의사를 부르러 갔다. 탈장이 악화되어 수술을 하게 되었다. 열흘 남짓을 꼼짝 못하고 누워 몸을 추스린 뒤 겨우 일어나 앉을 수 있게 되었을 때, 처음으로 주인이 '의지할 곳은 없느냐'고 물었다. 오사카에 있다고 대답하자 오사카까지의 기차비로 쓰라며 십 엔을 주었다. 그 돈을 넙죽 엎드려서 받으며, 출세하면 이 은혜는 꼭 갚겠다며 여느 때와 같이 눈물을 흘리면서, 결연한 얼굴로 각오의 빛을 보이고는 오사카행 기차에 몸을 실었다.

저녁 무렵, 우메다(梅田)역에 도착하여 그 길로 리리앙으로 향했다. 그 곳은 새로운 여종업원들로 물갈이 된 듯 했고 고스즈(小鈴)는 보이지 않았다. 그들 중 낯익은 단 한 명의 여종업원이 고스즈는 벳부로 정부와 도망갔다고 들려주었다. 상대는 표구집(表具屋)의 아들이었는데.

"거 있잖아예, 손님도 알낀데? 콘부차(다시마차) 한잔 시켜놓코 끝까지 버티던 사람 안 있어예..?. 그 대신 팁은 삼 엔 씩이나 주던 사람예"

그러고 보니 준페이도 콘부차 한 잔만 주문하고 있었다. 술 한

병과 과일을 사주면서 사기도박꾼 기타다의 얘기를 물으니, 역시
나 기타다는 고스즈의 뒤를 따라 벳부로 간 듯 했다. 계산을 하고
밖으로 나오니 이젠 이십 전 밖에 남아있지 않았다. 밤거리를 어
슬렁어슬렁 돌아다니다 에비스바시의 우메가에다(梅ヶ枝)에서 기
쓰네 우동을 먹고 담배를 샀더니 일 전이 남았다. 따뜻한 곳을 찾
아 난바역에서 지하철 쪽으로 내려갔다. 난카이 다카시마야(南海
高島屋) 백화점 지하의 철문 앞에 웅크리고 있다가 이윽고 그대
로 바닥에 쓰러져 깊이 잠들어 버렸다.

다음날 아침, 이쿠타마(生国魂) 신사의 도리이(鳥居-신사앞 입구
에 세워두는 기둥) 밑에서 한참동안 우두커니 서 있었지만, 이윽
고 발길은 다미노(田蓑) 바시의 오사카대 병원으로 향했다. 아무
생각도 없이 이쿠타마까지 걸어갔던 탓인지 몹시 허기가 지고 십
리 길이 너무나 멀게 느껴졌다. 걸어가면서 왜 마루가메에 돈 구걸
할 생각은 하지 않은 걸까 생각해 보았지만 딱히 어떤 이유는 알
수 없었다. 병원에 찾아가니 하마코는 이번엔 눈물까지 보이며 목
소리를 떨었다. 많지 않은 월급을 준페이에게 뜯기는 것도 슬프고
화가 났겠지만 꼭 그 이유만이라고 하기에도 준페이의 행색이 너
무 초라해 보였던 것이다. 말해봤자 소용없는 충고지만 하마코는

"내게 의지하지 않으면 니는 도저히 살아갈 방법이 없는 기가?"
하고 잔소리를 하고는 칠 엔을 건네주었다. 호주머니에서 담배 갑
을 꺼내어 그 안에 돈을 찔러 넣으면서 눈물을 보이다가 다시 싱
글싱글 웃었다. 하마코와 헤어지고 나자 달콤한 기분이 여운으로
남으며 더 잔소리를 해주었으면 하는 기분이 들었다.

다마에(玉江)다리 근처에 있는 식당에 들어가 소고기 덮밥을 주
문했다. 역시 오사카의 소고기 덮밥은 섬유질이 많고 색도 검붉은
말고기였다. 소고기 덮밥을 먹으면서 벳부에 가면 혹시나 고스즈

나 기타다를 만날 수 있지 않을까 하는 생각이 들었다.

덴포(天保)산의 오사카 상선 대합실에서 벳부까지 가는 표를 사니 팔십 전이 남았고 이십 전으로 앙코빵을 사들고 배에 올랐다. 또한 배 안에서 덮을 담요대여비로 십오 전을 뜯기고 나니 처량한 기분이 들었지만 식사가 나왔을 때는 기뻤다. 아까 산 앙코빵으로 벳부까지 가는 동안 배를 채울 셈이었다. 쇼도지마(小豆島) 앞 먼 바다의 안개로 배가 늦어져서 벳부만에 도착한 때는 이미 밤이 되어 있었다. 산기슭의 불빛이 가까워지며 바다 쪽으로 길게 뻗어 나온 제방에서 모리나가(森永) 캬라멜의 네온사인이 깜빡이고 있었다.

배가 부두에 닿고 가교에 불이 밝게 들어왔다.

"아…"

준페이는 놀라며 자신도 모르게 눈에 눈물을 글썽였다. 여관의 상호가 박힌 핫피를 입고 등을 손에 든 도박꾼 기타다가, 예의 그 매서운 눈초리로 배에서 내리는 승객들 쪽을 뚫어져라 응시하고 있었던 것이다.

"행님. 행님!"

준페이는 큰소리로 외치면서 배에서 내렸다. 그런 모습을 본 기타다는 잠시 어안이 벙벙한 모습으로 아무 말도 하지 못하다가, 준페이가

"행님 내가 벳부에 오는 거 알고 있었나?"

하고 말하자

"이 문디이 자슥. 내는 니 마중 나온 거 아이다. 손님 끌러 왔데이"

하며 주변의 시선을 의식하는 작은 목소리로 그러나 여전히 날카로운 목소리로 말했다.

이야기를 들어본 즉, 기타다(北田)는 지금 온천여관에서 호객꾼
으로 일을 하고, 고스즈(小鈴)도 같은 여관에서 여종업원으로 일
하고 있어서, 두 사람은 맞벌이하는 진짜 부부가 되어 있었던 것
이다. 듣자하니, 기타다는 예전부터 고스즈와 깊은 관계로 지내
오다가 고스즈가 임신을 하게 되었다. 말할 것도 없이 애 아버지
는 기타다였지만, 기타다는 일단 발뺌할 속셈으로,

"언넘 자슥인지 알끼 뭐꼬?"

라며 무시해 버렸는데, 그 상황에서 고스즈가 리리안에 다니던 손
님 중 표구사 아들과 눈이 맞아 도망쳐 버린 것이다.

"그라몬 진짜로 남자가 있었단 말인가?"

하며 속을 끓이고 있던 차에, 고스즈가 도망간 곳이 벳부(別府)인
거 같다는 소문을 얼핏 듣고 그 즉시 내려와 보니 역시 둘 다 있
었던 것이다. 온천여관에서 은밀히 지내고 있는 두 사람을 붙잡아
생트집을 잡고 헤어지게 하기는 했다지만,

"그때 그 가스나가 뭐라 씨부린지 니 아나?"

하고 기타다가 느닷없이 준페이에게 물어와서, 준페이는 어떻게
대답해야 할지 방법을 몰라 멍청히 있으니, 기타다는 바로 말을
이었다. 고스즈가

"내는 아가 불쌍해서 도망 친기다. 어디서 굴러온 뼈다군지도
모를 사기꾼 놈의 아를 뱃는데, 지 자슥으로 인정도 안하니, 아가
너무 불쌍타 아이가? 그나마 표구사 아들이 쪼매 들떨어진 게 다
행이다 싶어 끈질기게 꼬드겨 도망친기다. 틀림없이 니 자식이다
하고 우겨서 떳떳한 부부가 된다면 뱃속의 아도 행복하지 않겠나?
그럴 속셈으로 여기까지 도망쳐 왔는데, 인지 우예할끼고? 니 우
째 해줄라꼬 이라노?"

하고 대들었다는 것이다. 기타다는

"그런 부정한 가시나한테 질 내는 아니지만서도, 부성애라 칼까? 아니면 그라고보이 가시나가 새삼 이뻐보였다 칼까? 우짤 수 없었던 기라"

하는 것이었다. 들고 온 장사 밑천도 바닥나고, 여관비는 쌓여가고, 할 수 없이 고스즈는 그 집 여종업원으로 고용되었고, 자신은 붙임성 있는 성격을 살려서 호객꾼으로 일할 수 있도록 주인과 이야기가 오간 그 날부터, 핫피를 입고 부두에 나가 서 있다가 배에서 내려온 젊은 남녀를 보면 여자 쪽에 바짝 달라붙어서는 퍽이나 친숙한 척하면서 다가가 가방을 들어주며,

"조용한 방 있심더. 화장실도 가차이에 있고, 자물쇠 걸린 가족탕도 있고요"

라며 여관으로 데려가면, 팁까지 포함해서 3엔의 벌이가 되었다. 이젠 착실히 돈을 모아서 고스즈랑 곧 태어날 아이랑 셋이서 건실하게 살 작정이라고 기타다는 말했다. 그리고 준페이에게 온천 식당 주방에 요리사로 취직해서 착실히 월급을 모아, 하다못해 해안도로 쪽에 꼬치구이 포장마차라도 마련해서 성실하게 살라는 충고를 해주었다.

그날 밤은 기타다가 자기 돈으로 자신이 일하는 여관에 준페이를 머물 수 있게 해줬다. 식사를 할 때 고스즈가 밥 시중을 들어주었는데, 준페이는 전에 기타다로부터 고스즈를 소개해 줄까하며 장난삼아 놀림 받았던 것도 다 잊어버리고, 기타다 형과 가정을 이룬 것을 축하한다며 기분을 맞추어주었다.

다음날, 기타다는 준페이를 나가래가와(流川)거리의 도테이(都亭)이라 하는 작은 식당에 소개해 주었다. 도테이의 주인은 준페이에게 오사카의 회석요리집에서 요리를 배우고, 아사쿠사(浅草)의 초밥집에서도 한동안 있었다고 들었는데. 우리집은 보다시피 보잘

것 없는 가게로 회석요리와 같은 격식을 차리는 요리는 하지 않고, 지금 현재 계절용 복어요리 하나만을 하고 있다고 말했다. 그리고 복어의 독을 제거하는 법을 말하는 데쓰를 아는가 묻자, 준페이는 도저히 모른다는 말을 할 수가 없었다. 소개해 준 기타다의 체면도 있었다. 또 그에겐 요리솜씨만이 유일한 자랑거리였던 것이다.

"그런가. 알고 있었나? 이거 마침 참 잘 된 일이네"라고 주인은 말했지만, 그러나 결국은 당분간 만이라면서 허드레 일을 맡겨 주어, 준페이는 오히려 마음이 편했다.

한 달쯤 지난 어느 날, 이른 아침부터 네 명의 손님이 들이닥쳐 복어 회와 복 치리를 주문했다. 두 명의 요리사 중 한 명은 사오 일전 휴가를 갔고, 한 명은 전날 밤 술 데우는 당번이었는데 어딘가 놀러나가서는 그때까지 돌아오지 않아서, 준페이 혼자 눈코 뜰 새 없이 바삐 주방 청소를 하고 있던 참이었다. 주인에게 상담을 하니,

"니가 할 수 있다켔제"라고 되묻는 바람에

"예 할 수 있심더"라고 이번에는 자신 있는 목소리로 대답했다. 한 달 동안 복요리 하는 방법을 곁에서 보고 외워 두었기 때문에 못할 것도 없었다. 요리솜씨를 인정받을 수 있는 절호의 기회라고 생각하고 칼놀림도 능숙하게 요리를 하고, 식초 맛도 잘 맞추었다.

그날 밤, 경찰이 들이닥쳐 도테이의 주인을 구인해간 뒤, 곧 이어 준페이에게도 호출이 왔다. 부들부들 떨며 경찰서로 가보니 예상했던 대로 아침의 그 손님들이 복요리에 중독되어 네 명 중 세 명은 생명을 구했지만, 한 명은 죽었다는 것이다. 일단 주인은 풀려났지만 준페이는 유치장 신세가 되었다. 윗도리의 앞섶이 칠칠

맞게 헤벌려진 채로 목을 축 늘어뜨리고 초라하고 추한 모습으로 마루바닥에 맥없이 앉아있는 날이 며칠이고 계속되었다. 이제 더 이상은 울 힘도 없었다. 추울 거라며 기타다가 유치장에 담요를 넣어주었다.

이틀 뒤 점심 무렵, 가문이 박힌 번듯한 일본 정장을 입은 사람이 처박히듯 유치장으로 떠밀려 들어왔다. 콧수염을 기른, 묵묵히 생각에 빠져있는 모습이 너무나 위엄 있는 느낌이어서, '이런 신분 높은 사람도 유치장에 갇히는구나'하며 약간은 마음의 위안이 되었다. 문득 이 사람은 선거위반이려니 생각했다. 준페이가 정중히 인사를 하고 담요를 내어주며

"이거 쓰이소"

라고 하자, 사내는 힐끗 곁눈질로 쏘아보더니 아무 말 없이 받아들었다. 나중에 그가 조사받으러 불려 나갔을 때 담당형사에게 물어보니,

"저놈은 경조사사기꾼이다"

라고 했다. 장례식이 있으면 고인의 지인인 척 가장해서, 상갓집이나 고별식장에 가서 적당히 꾸민 명함 한 장을 내밀고 조문객용 답례품인 빵이나 상품권을 챙기는 상습범으로, 그 피해액이 수천 엔에 이른다는 것이었다.

"뭐 이런 한심한 놈이 있노"

라고 생각했지만, 담요를 돌려달라고 말할 용기는 나지 않았다. 문득 자신은 복요리 실수로 사람 하나를 죽였으니 최악의 경우에는 사형감이라는 생각이 들자, 준페이는 오직 일심으로 나무아미타불 만을 외워댔다. 그러고 있는 준페이를 보고 경조사사기꾼은 딱하기도 하고 너무 한심스럽기도 하여

"복요리로 사람 하나 죽인 것 정도로 사형이라니 말이 되나?

기껏해야 과실치사죄...? 그런 전례도 아직 들어보지 못했으니 아마도 가게 주인이 영업정지를 먹는 정도가 고작일 거다"
라고 위로해 주자, 이젠 그 사람이 누구보다도 의지가 되었다.

그러나 도테이의 주인은 영업정지를 먹지 않았다. 그런 전례를 만들면 이 사태는 도테이 한 곳의 문제가 아니라 온천장 요리집 전체가 오명을 뒤집어쓰게 되고, 더 나아가서는 이곳에서 복요리를 먹지 말라는 선전을 하는 셈이 되어, 결과적으론 시의 번영에 막대한 영향을 끼칠 거라며, 도테이의 주인이 동업자들을 선동해서 요식업조합을 움직이게 했다. 그리고 도테이 주인의 책임이라고 말하면 물론 말할 수도 있지만, 사실 직접적인 문제의 원인은 돌팔이 요리사 준페이에게 있다는 것은 누가 봐도 명백한 사실이었다. 그런 수상한 떠돌이에게 복요리를 하게 했다는 것도, 복요리를 할 수 있다는 거짓말을 진실로 받아들인 잘못일 뿐으로, 사실로 받아들인 것이 부주의라고 하기보다는, 차라리 사기에 걸려들었다고 말하는 것이 적절하다고 그는 필사적으로 항변했다. 사기꾼 기타다는 그 말을 듣고 한순간 화가 치밀어 올라 견딜 수 없었지만, 그러나 자신도 지금은 그 지역에서의 평판도 생각해야 하고, 게다가 고스즈의 출산도 얼마 남지 않아 참고 넘길 수밖에 없었다. 읍소작전으로 준페이의 무죄를 호소하고 다니긴 했지만 그렇다고 반발까지는 할 수 없었다.

얼마 안 있어 준페이는 구치소로 송치되어 일 년 삼 개월의 판결을 받았다. 과실치사죄였다. 일 년 삼 개월의 판결을 듣고, 준페이는 눈물을 흘리며 기뻐했다.

도쿠시마(德島)형무소로 이감되었다. 여기에서는 복요리를 시킬 리도 없을 거라며 감방 취사장에서 일하게 했다. 요리솜씨가 이런 곳에서 도움이 되는구나 생각하니 묘한 기분이 들었다. 취사장 일은 편했지만, 삶고 있는 음식을 절대로 입에 대서는 안된다는 규칙을 지키는 것이 힘들었다. 어느 날, 결국 먹고 싶은 욕구를 참지 못하여 규칙을 어기고 음식을 먹다 들켜, 그 징벌로 센다이(仙台)형무소로 이송되게 되었다.

호송 도중에 오사카 역을 지났다. 죄수용 삿갓의 틈으로 차창을 내다보니 어느 틈에 지어졌는지 역 앞에는 큰 극장이 두 개나 나란히 들어서 있었다. 호송순사가 역에서 앙꼬빵을 사주었다. 몇 달 만에 앙꼬빵 맛을 보는 것인지 빵을 뜯고 있는 손이 파르르 떨렸다.

징벌로 이송되어온 만큼 센다이(仙台) 형무소에서의 작업은 힘들었다. 흙을 나르기도 하고 나무를 엮기도 하는 작업의 목적은 알 수 없었지만, 매일같이 똑같은 노동이 계속되었다. 얼굴색도 변했다. 익숙하지 않은 일이어서 매일 매일이 겁먹는 일과의 연속이었다. 아침에 일을 하러 나갈 때는 하마코(浜子) 생각이 머릿속에 떠올랐다. 저녁 무렵 일을 마치고 돌아올 때에는 미츠코(美津子)가, 식사 때에는 고스즈(小鈴)의 웃는 얼굴이 생각났다. 밤에 잠이 들면 그들이 꿈속에 나타났다. 세일러복 차림의 미츠코를 등에 업고 있는가 하면, 어느 틈에 그녀는 하마코로 변해 있었고, 간호복 차림의 하마코를 느끼는가 하면, 이번엔 고스즈의 부드러운 어깨가 느껴졌다.

일 년이 지나고 기원절(건국기념일)의 일반 사면으로, 이틀 일찍 형을 마치게 된다는 말을 들었을 때 눈물로 기뻐했다. 형무소를 나올 적에, 오사카에서 일할 것이라고 했더니, 오사카까지의 기차비와 도시락 사먹을 돈과 함께 노동의 대가라며 이십일 엔을 주었다. 센다이의 거리에서 십사 엔을 내고 오시마(大島)의 인조견사로 만든 헌 옷과 허리띠, 셔츠, 버선, 나막신 등의 입성을 샀다. 자신도 모르는 사이에 물가가 올라 있는 것에 놀랐다. 물건을 살 때, 봉투 안에서 돈을 꺼내어 확인해 보고는 집어넣었다가, 다시 꺼내어 돈을 건네줄 때는 하나하나 확인하면서 무언가 생각에 잠겼다가, 이윽고 납득을 하고 돈을 건넸다. 잔돈을 받을 때에도 봉투에 넣었다가 빼내어 확인하고 한참을 생각에 잠겼다가, 겨우 납득을 하고 집어넣는 버릇이 생겼다. 또 길을 걷는 중에도 갑자기 방향감각을 잃어, 지금 온 길과 가야할 길의 구별이 되지 않아 잠시 길모퉁이에서 한참을 우두커니 서 있는 것이었다.

센다이 역에서 기차를 탔다. 기차에서 파는 도시락은 맛있었다. 도쿄 역에서 기차를 갈아탈 때, 도중하차하여 거리의 풍경 등을 돌아보려고 생각했었지만, 뭔가에 쫓기는 듯한 급한 마음에 곧바로 오사카 행 기차를 갈아타고 도착하니 밤이었다. 네온사인이나 가로등이 꺼져있는 것이 전기절약의 차원에서 그런 것인지 몰랐기 때문에, 오사카 밤거리의 어둠이 왠지 생소한 느낌이 들었다. 어찌됐건 만사를 제치고 센니치마에(千日前)로 가서 기무라야(木村屋)의 오 전짜리 세트메뉴로 커피와 잼이 발린 토스트를 먹고 나니 주머니에는 십일 전이 남아있었다. 커피가 일 전 비싸진 것을 몰랐기 때문에, 계산대에서 잔돈을 받을 때 몇 번이고 다시 생각하느라 꽤 시간이 걸렸다. 오사카 극장의 지하실에서 무료인 여성 재즈밴드를 듣고, 그리고 나서 이쿠타마신사(生国魂神社) 앞으로 갔다. 밤이 깊어질 때까지 참고서서 기다린 덕분에, 겨우 미츠코의 모습을 볼 수 있었다. 미츠코는 목욕탕에 가는 것인지, 보자기로 싼 것이 세숫대야라는 것을 밤눈에도 알 수 있었지만, 멀어져가는 미츠코를 쫓던 눈에 갑자기 눈물이 고여 오며, 더 이상 아무것도 보이지 않았다.

"이리 울고 있는 내를 한 번만 돌아봐라"

하고 마음속으로 외친 덕분이었을까? 미츠코가 문득 뒤를 돌아보기는 했으나, 원래 그녀는 근시였다.

그날 밤, 센니치마에의 곤피라(金比羅) 신사 뒤쪽의 다이이치 미카사(第一三笠) 여관에서 하룻밤 이십 전에 합숙을 했다. 아침에 눈이 떠져 앗! 하고 놀라 벌떡 일어났으나 형무소가 아니라는 것을 깨닫고, 아직 얼마든지 더 잘 수 있다는 생각을 하니 너무나 행복하고 기뻤다.

"벳부(別府)행 연락선 창 너머로 우연히 마주치는 그대의 눈길..."

하며 벳부온도(音頭:사람들이 무리지어 춤추며 부르는 노랫가락)를 흥얼거렸다. 하룻밤 이십 전하는 합숙여관에서는 아침 9시가 되면 이불을 개고 손님을 내보내는 것이 규칙이었다. 아홉 시에 여관을 나서서 십일 전 짜리 아침밥을 먹고, 전차로 다미노(田蓑)바시 까지 갔다. 다리를 건너는 시간조차도 길게 느끼며 오사카대학 병원으로 달려갔으나 그곳에 하마코는 없었다. 결혼했다는 말을 전해 듣고 한참 동안은 외래환자용 벤치에 걸터앉은 채로 움직일 수가 없었다.

"오늘은 돈 구걸 온기 아인데... 그냥 얼굴 한번보고 싶었을 뿐 인기라"

하고 같은 말을 반복하며 다마에(玉江)바시 까지 걸어갔다. 다리 위에서 흘러가는 강물을 보고 있자니, 그 어떤 삶의 가치조차도 없는 것 같은 자신의 처지가 처량한 생각이 들었다. 그러다 문득 호주머니의 돈을 생각해 내고는

"그래, 아직 쓸 돈이 남았는 기라"

하며 봉투를 꺼내 한참을 계산해 보니 육 엔 오십 전이 남아 있었다. 무엇에 쓸지를 궁리했다. 좋은 생각도 떠오르지 않아 다시

한 번 계산해 보기로 하고 봉투를 호주머니에서 꺼낸 순간, 우짤꼬! 그만 그 돈을 강에 떨어뜨리고 말았다. 눈앞이 캄캄해지는 상황 속에서도 파출소에 분실신고 한다는 하나의 희망은 있었다. 걷기 시작하면서 봉투를 떨어뜨린 오른손을 바라봤다. 볼품없는 육신 중에서도 유일하게 그 손만은 혈색도 좋고 살이 올라있어서, 요리의 수련으로 갈고 닦아온 빛나는 아름다움 그 자체였다.

"그래, 이 손이 있는 한, 내는 먹고 살 수 있는 기다"

라는 생각이 들며 창백했던 얼굴에 희미한 홍조가 되살아났다. 파출소로 가는 길을 잃고 멈춰 선 순간, 머리 속이 띠잉하며 뜨겁게 울려왔다.

준페이는 아버지 고타로(康太郎)가 예전에 그랬던 것처럼 고개를 한 쪽으로 갸우뚱하듯 기울이고 언제까지고 그 자리에 우두커니 서 있었다.

권선징악(勧善懲悪)

오다 사쿠노스케(織田作之助) 作

1

꼴좋다.

결국은 꼴좋게 망해 버렸구만. 벌 받은거지 뭐. 고소하다.

이 추위에 치지미 홑옷을 꼼꼼히 두 개나 껴입고, 「한 푼만 줍쇼」 한다. 쳐다보니 바로 너로구나. 목소리까지 떨어가며..., 하긴 홑옷 하나로는 춥기도 하겠지 생각하고, 나도 남들 주는 만큼은 동정을 했지만, 이왕에 추위에 떠는 꼴을 보이려거든 홑옷 두 개를 껴입는 그런 들은 적도 없는 흉내는 내지 않는 게 좋지 않냐? ...게다가 「한 푼만 줍쇼」는 또 뭐야? 구걸하려거든 「천 푼만 줍쇼」 하고 통 크게 할 것이지. 오히려 그게 더 너 다우니까 말이야.

옛날부터 허풍장이를 자처하던 네가 그런 초라한 몰골을 하고 있는 모습을 보면, 이런 나조차도 눈물 한 방울쯤은...... 아니, 눈물 한 방울도 안 나온다. 나올 리가 없지. 정말로 쫄딱 망해 버렸구나. 가와나고(川那子)씨, 꼴좋소. 아아! 정말 고소하다......하고 비웃어 주었다. 별로 놀랍지도 않다. 놀랍긴 뭐가? 그렇게 될 줄 난 이미 알고 있었지. 난 진작부터 그렇게 될 줄 알고 있었다.

잘 들어. 내가 하는 말. 너와 관계를 끊었을 때, 난 이미 「오늘 날의」 네 꼴을 예상하고 있었던 거다. 그래서 관계를 끊은 거야. 너는 아마도 네 쪽에서 나를 쫓아냈다고 생각할지 모르지만, 천만에. 내 쪽에서 널 버린 거다. 저 놈은 이제 틀렸다 하고 내가 너한테 정나미가 떨어진 거야. 이제 머지않아 망할 거라고 심장을 두근거리며 내 예측이 맞아떨어지기를 기다리고 있었던 거다. 생각대로 맞아떨어졌지. 꼴좋다 이놈아.

그런데, 그러고 보니 지금 내가 쓴 「오늘날의」란 말을, 넌 상당히 맘에 들어 해서 전국지점장 총회 같은 자리에서 툭하면 써먹었었지? 그럴 때, 넌 자기 혼자 힘으로 그 「오늘날의」 네가 된 것 같은 말투였었는데, 듣고 있노라면 난 의외로 네가.... 아니다. 참으로 우스꽝스러웠다. 혼자 힘은 무슨 혼자 힘이야? 이제 와서야 아무리 고집 센 너도 인정할 수밖에 없겠지만, 그게 다 내 힘으로 된 일이다. 예를 들자면 지점장 모집할 때의 그 아이디어나 신문광고나 대개 지혜를 짜내는 일은 다 내가... 까짓 거, 뭐. 나중에 차근차근 들려주지.

2

언제였더라? ...아, 생각난다. 육 년 전 일이다. 『가와나고 단조(川那子丹造)의 진상을 파헤치다』라는, 제목부터가 네 간담을 서늘케 하는 책이 출판되었다.

잊지도 않는다. 너도 아마 잊지 않았겠지? 파란 직물 천을 대고 검정색 글씨로 제목을 넣은 백 사십 팔 페이지 분량의, 페이지 마다 오자가 두세 군데나 있던 얄팍하고 너저분한 책... 실제 사실도 웬만큼은 써있었는데, 아니, 그 때문에 너도 몹시 낭패스러워서 엄청나게 사람과 돈을 풀어 그 책을 몽땅 사들이느라 야단이었지.

옛날에 신문일(...이라고 하는 말보다 적합한 말이 없어서인데,

원한다면 신문사 사장이라고 바꿔도 좋고...)할 때, 심하게 타인을 공격해 오던 자신이, 이번엔 타인으로부터 신랄하게 공격을 받게 되는 입장에 놓이는 인생의 순환섭리를 보고, 조금쯤은 쓴웃음 짓는 여유를 가질 법도 했는데, 너는 그런 여유란 귀이개로 후벼 팔 귀지만큼도 없이, 완전히 이성을 잃고 너까지 직접 나서서 시중의 서점들을 싹쓸이하고 다니다, 나중엔 헌 책방까지 들러 그 책들을 몽땅 사들였다고 하두만.

생각해 보면 소심하기 그지없는 그런 사내를 고발하는 책 따위 팔려봤자 뻔한 숫자라고 난 생각했는데, 뜻밖에도 좀 과장을 하면 눈 깜짝할 사이에 중판을 거듭해서 십육 판까지 찍었다더구나. 년 모르겠지만 초판은 천오백 부 찍었고, 이후에 오백 부씩 판을 거듭해 찍어냈다더라.

"이 책이 왜 이렇게 잘 팔리지요?"

하고, 출판사에서도 의아해할 정도였는데, 의아해 하고 어쩌고 할 것도 없지. 네가 마구 사 대니까 팔린 거지. 나오는 족족 책이 팔려 나가니 출판사야 이해가 안 되지만 좌우지간 자꾸 찍어낼 수밖에. 중판이 나오면 또 네가 사들이지. 출판사는 또 찍어내지. 이런 판매와 구매의 승부야 네가 지는 게 뻔한 일이고, 생각해 보면 사들인 책을 뜯어내서 포장지로 쓸 수도 없는 노릇이고, 과연 너도 어지간히 지쳤을 것이니 결국 생각해 낸 것이 『가와나고 단조(川那子·丹造)미담집』 아니었겠니?

하지만 그 책은 이상하리만치 팔리지 않았고, 결국 학교, 관청, 단체에 대량 기증하는 식으로 책을 처리하여 겉으로 보기엔 그럴 듯하게 보였지만, 생각해 보면 추태였지, 뭐. 어찌됐건 칭찬하기 보다는 홍보는 쪽이 쉬운 일이기 마련이니까, 제목부터 「진상을 파헤치다」쪽이 약간 품위 없기는 해도 묘미가 있었지. 이야기 시작한 김에 그 사건의 일부를 여기에 끼워 넣어 볼까?

---원래부터 엉터리 사기와 허풍을 신조로 삼고 있는 그의 말인 이상, 믿을 만한 가치도 없는 것이지만, 그의 말에 의하면 그의 조부는 대대로 무가의 전통을 이어받은 집안으로 비젠(備前)지방 오카야마(岡山)의 성주인 미즈노(水野) 가의 무사로 종사하고 있었다.

그의 5대 조상인 가와나고 망에몽(川那子滿右衛門)대에는 이런 일이 있었다.

당시 망에몽은 오사카에 파견근무 중으로 구라야시키(藏屋敷: 에도 오사카 같은 대도시에 있는 창고달린 저택으로 지방 영주의 쌀 등의 화폐로 바꿀 생산물품을 보관하는 곳)를 지키고 있었다. 여기에서 그는 청주제조업을 하는 술도가 구라모토(藏元)로부터 번(藩:중앙정부인 에도막부 밑에 속하며 각 지방에서 독립되어 있는 지방정부. 현재 각 현(縣)의 모체)에서 필요한 경비를 차입하여 조달하는 역할을 맡고 있었다.

그러던 어느 해, 세밑이 되어 서서히 연말 정산으로 금전의 융통에 어려움을 겪고 있는데, 구라모토인 히라노야(平野屋)가 이런저런 핑계를 대가며 전혀 금전의 융통을 해주지 않았다. 연말까지 에도(江戶: 현재의 동경)의 저택으로 송금을 하지 않으면 미즈노(水野) 일가에 속한 모든 사람들이 신년 맞이 준비를 할 수 없는 상황이다 보니, 망에몽은 너무나 다급하여 히라노야의 테다이(手代:종업원)에게 온갖 물품을 차례차례 뇌물로 주어가며 신신당부를 했지만, 전혀 들어줄 기세도 보이지 않다가 나중에 와서야 무슨 말을 하는가 하면,

"부탁하는 태도가 맘에 들지 않아서 융통해 줄 수 없다"
는 것이었다.

"이건 이치에 맞지 않는 얘기다. 내가 부탁하는 태도가 마음

에 안 든다니, 무얼 가지고 그런 말을 하는가?"

하고 망에몽이 따지고 들자, 테다이는

　"당신은 주군에게 중요한 용무를 부탁하면서 허리를 굽히지 않았소. 보통 이럴 땐 양 손을 바닥에 반듯이 대고 머리를 숙여 부탁해야 할 텐데요"

하는 것이었다. 그 순간 망에몽은 머리를 다다미 바닥에 대고 엎드려

　"시골 놈의 허물을 용서해 주십시오"

하곤 부글부글 끓어오르는 가슴팍까지 다다미 바닥에 닿을 만큼 납작 엎드려 사죄했다.

　그러자 상대는

　"잠시 그대로…"

하고는 망에몽의 머리맡에서 헛기침 같은 것을 하고, 이어서 하는 말이

　"이제 부탁하는 방법을 아셨는가?"

　"예!"

망에몽은 시뻘겋게 피가 거꾸로 솟은 얼굴로 다다미 바닥에 눌러 붙어 있었다.

　"하하하… 부탁하는 방법을 가르쳐주고 소중한 돈을 빌려주는 것은 세상에 유례없는 일이구나. 하지만 당신이야 어찌되었건 주군과의 의리도 있고 하니, 뭐 빌려드리지. 머리를 들어도 좋소이다"

　망에몽은 머리를 들어 올리는 찰나에 상대를 칼로 베고 자신도 배를 가르려고 생각했다. 그러나, 아니다. 다급하게 주군께 보내야 할 용건이 더 중요하다, 또 내 목숨은 이런 데서 버려야 할 것은 아니다 하고 마음을 고쳐먹고, 분을 꾹꾹 눌러 참으며 무사히 그 날의 금전 융통의 용무를 마치고 나와, 얼마 지나지 않아 퇴역을

하여 스스로 봉록을 받는 무사신분을 버리고 거처를 히로시마(広島)로 옮겨 저울을 손에 쥐는 신분이 되어 버렸다.

그로부터 3대를 내려온 그의 조부 대에 이르는 동안은, 상당한 자산을 가지고 장사와 더불어 농사도 겸하며 아무런 불편도 없이 안락하게 세상을 살아왔는데, 그의 부친인 신스케(新助)의 대에 이르러서는 시대의 변화에 맞닥뜨려 이런 저런 사업을 해봤지만, 하는 일마다 마음먹은 대로 풀리지 않으면서 서서히 가세는 기울어 갔고, 일남에 연달아 칠녀가 태어난 형제자매의 뒤를 이어 게이오(慶応) 3년(1867년) 6월 17일 아홉 번째 자식인 막내로서 가와나고 단조(川那子丹造)가 태어났을 무렵엔 가난한 살림은 극에 달해 있었다.

신스케는 짐꾼 일을 하고 있었고, 단조도 역시 철이 들 무렵부터 느닷없이 아버지가 끄는 짐수레를 미는 일에 내몰리곤 했는데, 무슨 생각을 한 것인지 신스케는 어느 날 단조에게 5대 선조인 망에몽에 관한 이야기를 들려주었다.

형제자매들 그 누구도 모르고 있던 이 이야기를 특별히 막내인 자신에게만 들려준 아버지의 마음을 헤아리고, 단조는 조상님은 돈 때문에 더할 수 없는 굴욕을 맛보았다며 발분하여, 그렇다면 내가...! 하며 팔에 불끈 힘을 주어 짐수레를 미는 바람에, 아버지인 신스케가 깜짝 놀랐을 정도였다.

열여섯 살 때, 단조는 고향 히로시마를 뒤로 하고 입신출세의 꿈을 안고 오사카의 땅을 밟았다. 때는 메이지 15년(1882)이었다.

곧 바로 도쇼마치(道修町)의 한약재 도매상에서 일을 했지만 따분한 약재상 일이 싫증이 나, 당시 오사카에서 잘나가는 정치상인인 고다이 도모아쓰(五代友厚)의 고세이칸(弘成館)에 찾아가 서생(書生)으로 써달라고 연줄을 대어 부탁했다.

고다이 도모아쓰는 단조의 사방을 두리번두리번 하는 야비한 얼굴과 눈빛을 보고 직감적으로 고용하지 않을 생각을 굳혔는데, 여덟 번이나 헛걸음을 시킨 끝에 다섯 시간이나 기다리고 있는 그에게 한 두 마디 말이라도 시켜볼 심산으로

"도대체 자네의 꿈은 뭔가?"

하고 물어보니, 단조는 즉각

"전 부자가 되고 싶습니다"

하고 대답했다.

"그러냐. 그렇다면 다른 곳에 가보는 게 좋겠다. 나는 지금 백만 엔의 빚을 지고 있다. 아마도 이 빚은 죽을 때까지 다 갚지 못할 거다. 이런 내가 부자가 되는 길을 가르쳐줄 수 있다고 보느냐? 아, 하 하 하"

웃음을 그치고, 고다이 도모아쓰는

"돌아가거라"

고 했다.

단조는 그 후에도 고용살이를 전전했는데, 어딜 가도 오래 일을 하지 못하고 스무 살 때는 무슨 죈가를 지어 벌금 칠 엔을, 스물한 살 때는 벌금 십 엔을 물었다.

그러고 나니 이제 오사카에서는 왠지 더 이상 있기 어려워져 도쿄(東京)로 상경했다. 일거리를 찾아 동경시내를 사흘이나 헤매고 다니는 동안에 가지고 있던 돈도 바닥났다. 혼고다이쵸(本郷台町)의 어떤 폐점 처마에 신도(神道)연구라는 간판이 걸려있는 것을 보고, 신도연구란 것이 뭔지도 모르면서 일단 문을 열고 들어가 서생으로 써달라며 반 울음 섞인 목소리로 부탁했는데, 울음소리조차 나오지 않았을 만큼 그는 불쌍하게도 굶주림에 지쳐있었다.

히로시마 사투리에 오사카 사투리까지 섞인 말투로 놀림을 받

아가면서 그곳에서 석 달을 지내고, 이윽고 자유당 선거패거리에 섞여 가와카미 오토지로(川上音次郎), 이토 치유(伊藤痴遊) 등이 연설하는 곳을 따라다니며 각지를 떠돌았다. 이렇게 말하면 뭔가 대단한 일이라도 한 것 같지만 사실은 선거에 동원되는 가짜 청중패거리에 지나지 않는 것이라, 그 이상 어떻게 출세를 기대하기는 애당초 불가능한 것이었기 때문에, 반년 정도 선거판을 따라다니던 끝에 결국 패거리에서 뛰쳐나와 오사카로 되돌아왔다.

무단으로 들고 나온 짐들을 팔아치운 돈으로 인력거 한 대를 구입하고 긴 소매 핫피(法被;일할 때 입는 상호가 달린 상의)와 통 좁은 반바지에 검은 만두모양의 삿갓을 뒤집어쓴 차림으로, 난치(南地:남부오사카 중심)의 개천가의 인력거꾼들이 모이는 장소에 어슬렁거리며 나타났는데, 그곳은 불량한 무허가 인력거꾼들의 소굴이었고, 단조는 즉각 눈빛을 반짝거리며 그 패거리에 동화되는 것 따위는 아무런 문제도 되지 않았다.

시골에서 온 손님이 나타나면 오 전에 오사카의 명소를 안내해 준다며 다가간다. 그리곤 시내를 덜거덕거리고 돌아다니며 대충대충 명소에 관한 설명을 한 뒤 숙소에 태워다 주고, 명소안내의 비용은 한 곳당 5전씩인데 육십 곳을 설명했으니 3엔을 내라고 위협하는 것이다. 때마침 순사가 지나가더라도 단조는 전혀 기세를 죽이지 않고 실랑이를 벌였으며 절대로 1엔 이하로는 타협을 보지 않았다. 당시 중심부 개천 쪽에서 가이즈카(貝塚)까지 태워다 주는 데는 삼십육 엔이 보통이었고, 구십 전을 주면 고야산(高野山)까지 태워다 주는 인력거꾼도 얼마든지 있었다.

그러나 얼마 지나지 않아 그런 불량한 무허가 인력거꾼들에 대한 단속규칙이 발표되고, 개천 쪽에 그들이 모이는 장소에도 가끔 단속이 나오다 보니, 그런 단조 역시 그곳에 계속 머물러 있을 수 없어서 한동안 망설이던 끝에, 오사카일보 전속 인력거꾼이 되었다. 착실한 표정의 얼굴로 현관에 웅크리고 앉아서 갑자기 말투도 공손하게 바꾸었는데, 의외로 그 모습이 어울리기도 했다.

일 년 가량 신문사 기자들을 태우고 취재하는 곳과 신문사 현관을 왕복하고 있는 사이, 그들의 내막과 수법을 완전히 파악하고 난 어느 비오는 날, 갑자기 단조의 야심이 뭉글뭉글 피어올라, '좋다 나도 한번 최고의 기자가 되어 보자'하고, 얼굴을 때리는 빗속에서 눈에 힘을 주어보았지만, 일개 전속 인력거꾼에서 단번에 기자가 되려는 것은 동네 병원에 고용된 인력거꾼이 의사가 되려고 하는 것과 마찬가지로, 도저히 가망이 없어 보이는 일인지라, 그렇다면 차라리 스스로 신문사를 경영해 보자고 정말로 진지하게 결심하고는, 이 꿈에 힘을 실어 덜거덕거리며 인력거를 끌고 내달렸다.

요코보리 스지가이바시(橫堀筋違橋) 주변의 떡집 이층을 월세 삼 엔에 빌려, 그곳을 발행처로 한 센바(船場)신문이란 수상쩍은 신문을 발행한 것은, 그로부터 일 년 뒤의 일이었다. 인력거꾼 삼 년 동안 찔끔찔끔 모았다고는 하나, 애초부터 소자본이라 발행부수도 겨우 삼 백 부였는데, 창간호부터 삼호까지는 무료배부였고 사호 째부터는 더 이상 인쇄비도 지불할 능력이 없었다. 뿐만 아니라 아무리 전속 인력거꾼이었다고는 해도, 거의 문맹에 가까운 학력의 단조 혼자 힘만으로는 기사의 체재도 갖추기 어려웠고, 광고주도 잡을 수 없어 바로 경영난에 부딪칠 수밖에 없었다. 그 때 도움을 준 사람이 단조가 오늘날의 대성공을 가능케 해주었던 고자타니(古座谷) 아무개였다. 고자타니는 예전에 최고학부에서 공부를 하고 상하이(上海)에 건너다 지내기도 하고, 글을 써 생활을 하기도 했던 인물이었는데, 당시엔 도사보리(土佐堀)의 모처에서 자그마한 인쇄소를 경영하고 있었다……

일단 무난하게 써내려가는군. 나중엔 얼마나 신랄하게 변할지는 몰라도... 또 그렇게 하지 않으면 폭로라고 할 수도 없는 것이지만, 일단 여기까지는 네 놈도 참아낼 순 있을 거다. 하긴 두 번 벌금형 받은 사실이 들통 난 건 좀 충격일 테지...

그래도 날조된 건 없을 거다. 아! 한 군데 있구나. 고자카니가 최고학부에서 공부했다는 둥 한 것은 새빨간 거짓말이다. 최고학부 나와 봤자 별로 자랑거리나 세상사는 데 도움 될 일도 없고... 특히 지금이야 뭐, 잘 풀리지도 않으니 상관도 없지만 말야. 그래도 오류만은 고쳐두지. 사실 난 중등학교는 이삼 년 다닌 적 있지만 그 이상의 학력은 최소한 학교란 이름이 붙은 곳에선 배워 본 적이 없다. 이런 내가 하는 말이니까 믿어도 될 거다.

아니 뭐 그런 건 아무래도 상관없다. 그보다 「단조가 오늘 날 대성공」 운운하며 사실상 내 도움을 인정하고 있는 점, 이것이 문제다. 지금 인용한 문장에도 써있듯이 나와 너의 관계는 이 센바 신문 시절 시작된 이래, 말하자면 음지가 되기도 하고 양지가 되기도 하면서, 나는 너를 도와왔던 것이다. 결론부터 말하자면 그때 만약 내가 없었더라면 그 신문사는 사호 간행으로 망했을 것이었다. 당시 너 자신도 내게

"고자타니씨, 이 은혜는 내 평생 잊지 않겠습니다!"

하고 소리치듯 말했을 만큼, 정말 꽤나 열성적으로 도와주었었지. 인쇄는 물론 거의 공짜로 맡아서 해주다시피 했고, 신문기사도 옛 날부터 써오던 내 글 솜씨로 써주었다. 「갈대싹 아가씨」란 제목으로, 센바 아가씨들의 미인투표를 하는 등, 별난 아이디어를 고안해 낸 것도 바로 나였다. 이것들이 꽤나 적중해서 신문은 날개 돋인 듯 팔려나가고 유료광고주들도 차츰차츰 늘었다.

그렇다고 뭐 내가 이렇게 말한다고 해서 별로 생색을 내려고

하는 것도 아니다. 게다가 원래가 이 센바신문으로 너도 크게 재미를 본 것은 없었으니까. 어디 그 뿐인가? 모 사건의 적발과 공격의 기사가 화근이 되어 신문조례위반으로 발매금지 처분은 물론, 백 엔의 벌금을 물었다. 거기에 더하여 모 은행의 내부를 중상하는 기사가 원인으로 벌금 삼십 엔, 그 후에도 그런 일이 계속 반복되다 보니, 결국 너는 본전이고 뭐고 몽땅 날려버리고 폐간할 수밖에 없었다.

너는 몹시 낭패하여 폐간의 원인이 된 나의 신문기사에 대해 우스울 정도로 원망스럽게 투덜거리는 바람에 내가 무심코 히죽히죽 거리기라도 하면, 너는

"당신은 참 잔인한 사람이네"

하고 질렸다는 표정을 지었지.

"너무 그러지 말게나. 폐간이야 했지만, 뭐 그리 대단한 신문사도 아니잖아?"

하고 웃고 있으면, 너는 잠시 내 얼굴을 응시하고 있다가 무슨 생각을 했는지, 갑자기

"자꾸 헛소리하면 그냥 안 둔다"

하고는 나가버렸고, 그 후론 내게 얼굴조차 내비치지 않았는데, 그로부터 상당히 시간이 지나 손해배상이라며 오십 엔을 청구해 왔다.

그 편지를 읽으며 나는, 세상에 나한테 손해배상을 하라니... 어이없다, 지금까지 저를 얼마나 열심히 도와주었는데...하는 생각이 들어, 그 즉시 큰소리로 욕을 해줄까도 했지만 그것도 한심하다는 생각이 들어 그만 두었다. 사실 화가 난다기 보다는 우스꽝스러웠다. 오십 엔은 무엇을 기준으로 산정해 낸 액수일까 하고 잠시 생각하니, 역시나 벌금 액수에서 인쇄비를 뺀 것이라는 사실에, 난

122

솔직히 말해 그만 웃음이 터져 나왔을 정도로 우스웠다. 한심스러워서 화도 나지 않았다. 게다가 내 쪽도 사실 큰소리로 욕을 할 수 없는 약점이 있었다. 그건 다른 게 아니다. 뭐 폐간시킬 생각으로 그런 위험한 기사를 쓴 것은 아니지만, 그래도 은근히 네가 망하길 바라는 감정이 전혀 없었다고 말할 수는 없었기 때문이다. 그래서 폐간당하고 나니 꼴 좋다 하는 생각으로 나는 은근히 기분이 좋았던 것이다.

왜 그런 감정을 품고 있었는지, 지금이니까 솔직히 말하지만 원인은 오치즈루(お千鶴)다. 이렇게 말하면 너는 깜짝 놀라겠지만 당시 나도 아직 서른일곱 살로 젊었었고 그녀를 좋아했었다.

하지만 이 바쿠로마치(博労町)의 곤베토야(金米糖屋) 딸은 어지간히 모자란 여자로, 좋은 상대가 널려 있는데도 네 여자가 되어버렸다. 하기야 짚신도 짝이 있고 제 눈에 안경이란 말도 있으니, 어쩌다 널 잘못 판단하고 네가 좋아졌다고 한다면 몰라도, 예의 그 미인투표에서 일등을 시켜준다는 너의 감언에 아무 생각 없이 홀라당 넘어갔다는 걸 알았을 때, 나는 몹시 아쉽고 분했었다. 참 한심했지.

나중엔 몰라도 처음에 오치즈루는 너 따위에겐 전혀 관심도 없었다. 그 증거가 어쩌고 하는 건 지나치게 이치만 따지는 것 같지만 오치즈루는 나를 좋아했었다. 아니 적어도 나는 그렇다고 생각하고 있었다. 나를 보는 그녀의 눈빛이 그 증거라고 믿고 있었다. 물론 오치즈루는 미인이긴 하지만 일등으로 하기엔 좀 무리인가 할 만큼 사팔뜨기였고, 어쩌면 내가 잘못 생각하고 있는지 몰라도 어쨌든 너보다는 나를 좋아하고 있었던 것만은 분명하다.

그런데 기분 나쁜 표현을 쓰자면 네가 그녀를 가로채 간 것이다. 그것도 다른 이유라면 몰라도 내가 오사카 식으로 말하자면 유치한 잔머리를 굴려 생각해 낸 미인투표가 미끼가 되었으니, 말하자면 나는 한없이 사람 좋은 꼴이 되었으니, 샹하이 까지 가서 중국인 동료들에게도 얼굴이 알려졌다는 내가 꾸준히 곤베토(金米糖)의 포장지를 염가로 인쇄해 주고 있던 것 등을, 나 자신도 잊어버리고 싶을 만큼 한심하고도 부끄러웠다.

보통 같으면 질투에 불타 네 얼굴 따위 보고 싶지도 않다고 그걸로 거래를 끊어버릴 것을, 그렇게 하지 않은 것도, 우선은 그런 감정을 간파당하고 싶지 않았기 때문이다. 아니 간파 운운 하는 것은 다음 문제고, 그런 어른스럽지 못한 자기 자신이 부끄러웠기 때문이다.

그렇지만 나는 역시 네 놈은 내 덕에…라고 해도 별로 지나친 말은 아닐 네가 오치즈루를 손에 넣고 센바신문사 사장으로 떡 버티고 있는 것을 보면, 새끼 꼴값 떨고 있네, 한 번 호된 맛을 보여 주면 어떤 낯짝을 할 지 보고 싶다고 남몰래 생각 안 한 것도 아니었다.

어떠냐? 놀랐냐? 황송해 졌냐? 사람 좋다고 네 놈이 생각하고 있던 내 마음 속은 이랬던 게다. 그런 것을 손해배상을 청구한다는 식으로, 상대를 몰라도 한참 모르는 귀여운 행동을 너도 참 잘도 해댄 셈이지. 보통 은혜를 아는 놈이라면 그런 오십 엔의 손해배상 따위 청구할 엄두도 못내는 것인데, 그렇게 했다는 것을 보면 너도 날 어지간히 우습게 봤다는 것인데, 미안하지만 난 그리 호락호락하지 않지. 아니 그냥 쉽게 생각하진 않았겠지. 그게 네 스타일이다. 다른 사람은 좀 따라 하기 어려운 신경이지. 뻔뻔스러운 것과는 좀 다른 신경. 다시 말해 일종의 좀 소심한 것과 같은 것인지도 모르겠다. 어쨌든 우스웠다. 물론 나도 그 따위 손해배상 청구엔 응하지 않았다. 그냥 무시하고 내버려 두니까 너도 더 이상은 이러쿵저러쿵 하지 않았지.

3

센바신문이 폐간되자 넌 무일푼으로 금새 생활이 곤란해졌다. 어떻게 할지 두고 보니까, 오치즈루는 집에서 가내수공업 일을 하고 너는 다시 인력거를 끌고 나가는 등, 마치 신파극의 회전무대가 바뀐 것 같았다.

당시 안도지하시(安堂寺橋)에 순항선 타는 곳이 있어서 니혼바시(日本橋)까지 가는데 이 전 오십 리에 손님을 태워다 주고 있었는데, 너는 그곳에서 순항선을 타는 손님을 가로채서 인력거로 태워갈려고 열심히 목청을 높여 호객을 하고 있었다. 순항선에 빨간 깃발이 달려 있는 것을 보고, 너도 꾀죄죄한 인력거에 그와 비슷한 깃발을 달고 흉내를 내기는 했지만, 손님들은 솔직해서 이 전 오십 리로 같은 값이면, 역시 빠른 순항선을 택하기 마련이었다. 그 사실을 알게 되자 넌 바로 나가서 쪽으로 돌아섰다. 하지만 어느 정도 단속도 심했고 떠돌이 인력거도 무허가인지라, 할 수 없이 흥이 안 나는 얼굴로 십 리 거리를 팔 전 정도에 달리고 있었던 모양인데, 과연 언제까지고 그런 일을 하고 싶지 않았다는 것을 알 수 있는 증거로.... 이 부분은 「진상을 폭로하다」도 의외로 오탈자도 적고 시간도 줄일 겸, 그대로 차용해 쓰기로 하면---

어느 날, 다마즈크리(玉造)에서 태운 손님을 테라마치(寺町)의 무료지(無量寺)까지 태워다 주니, 문 입구에 사람들이 두 줄로 늘어서 있었다. 얼핏 안쪽을 들여다보니 그 줄이 본당 앞까지 이어져 있어서, 대단히 거창한 장례식이다 싶어, 도대체 어느 집안 누

구의 장례식인가 물어 보니,

"---어리석긴.... 장례식이 아니오. 오늘은 말이요, 쑥뜸 뜨는 날이오"

하고 웃는 것이었다. 하지만 단조는 어색한 웃음도 짓지 않고 그 얘기가 뭔지를 꼬치꼬치 물으니, 후, 미, 오, 무, 나.(이 삼 사 육 칠 일의 첫 음)가 뜸뜨는 날로 이 날은 무료지의 기념일이라 하며, 이 절의 뜸이 어쩌고 하는 설명을 듣는 순간 단조의 머리에 떠오른 것은, 당시 그가 살고 있던 고즈(高津) 사변가 사탕가게 골목 입구에 조용히 홀로 이층 방을 얻어 살고 있는 오카네 할머니였다.

이름은 오카네(=돈)였지만 할머니는 비지 이외의 식품을 사간 적이 없을 만큼 가난에 쪼들렸다. 이웃의 여자 아이들에게 싼 수업료를 받고 샤미센(三味線)을 가르치며 살아가고 있었는데, 들려오는 것은 일 년 내내 「높은 산봉우리에서 계곡 밑을 바라보면...」 이란 구절 뿐, 다시 말해 배우는 아이들이 오래 남아 있질 않는 것이었다. 그도 그럴 것이, 새로운 제자가 나타나면 이것저것 가리지도 않고 뜸을 떠준다고 집요하게 덤벼드는 통에, 병중이라면 몰라도 젊은 여자 아이들인지라, 몸에 함부로 뜸 자국이 남았다간 큰일이다 싶어서, 대부분의 여자 아이들은 「높은 산봉우리에서....」 가 끝나기도 전에 도망가 버리는 것이었다. 오카네 할머니는 옛날에 뜸쟁이 일을 한 적도 있고 해서, 제자를 붙잡아 그런 식으로 집요하게 뜸뜨기를 권하는 것도 수업료 외에 십 전, 이십 전 여분의 돈을 뜸 값으로 받아내고 싶은 계산이라고 하는 주위의 한결 같은 소문을 언젠가 단조도 들어서 알고 있었던 것이다.

그날 돌아가는 길에 단조는 곧 바로 골목의 오카네 할머니를 붙들고

"실은 할머니에게 긴히 부탁할 게 있어요"

하고, 돈 버는 일이라 하니 오카네 할머니는 그 말을 듣는 순간, 벌써 잇몸을 드러내며 생글생글 웃었다. 즉 아무 수단을 쓰지 않고도 설복시킬 수가 있었다.

그래도 그럼 어떤 식으로 실행에 옮길 것인가 하는 단계가 되면, 단조에겐 전혀 그 어떤 지혜도 없고 어디까지나 동업 상대가 필요한 것뿐이었다. 다시 말하면 재차 고자타니 아무개의 지혜가 필요했던 것이다…….

질렸다. 아니 솔직히 말하면 전에 있었던 일 따위 깡그리 잊은 듯한 얼굴로 정말로 태연스레 내 앞에 잘도 나타난다 하고, 나조차도 기가 막혔었다. 그런데 그 보다도

"사회봉사 일을 하나 해보려는 데요..."

하고 아주 유들유들하게 말하는 데는 더더욱 질려버렸다.

무슨 얼어죽을 사회봉사냐? 한마디로 방문뜸질로 한 건 벌어보자는 속셈 아니냐? 십 리길을 달려 팔 전 받는 인력거 일보다도 삼십 리 걸어 뜸질로 돈 버는 편이 편하다...라고 하면 끝날 일을, 사회봉사라니? 도대체 어디를 찌르면 그런 말이 나올 수 있는 건지 나는 어이가 없었지만, 그런 나 역시 그 이야기를 듣자마자,

"좋아! 하지!"

하고 몹시 흥분하여 승낙한 걸 보면 나도 참 손 쉬운 상대다.

보통 때 같으면 따귀라도 한 대 올려붙이고 나서

"너 같은 놈을 도와서 일하는 것은 이제 싫다"

하고 거절할 판이다. 그런데 그런 식으로 깨끗이 받아들여 버린 것은 내 욕심 때문이다.... 라고 생각하지 말기 바란다. 사실 그럴 생각도 없었다.

아무리 내 정신이 썩어버렸다 해도, 설마 연적인 너를 이용해서 금전욕을 채우려고는 생각지도 않는다. 실은 그와 반대로 연적인

네가 돈을 벌게 해주고 싶었다. 이 기분은 그만큼 오치즈루에게
가난의 고통을 겪지 않게 해주고 싶은 나의 갸륵한 마음과 연결
되는 것이었다. 이렇게 단정해 버리면 간단히 알기 쉽고 기특하기
도 하며 또 일반적으로 반응도 좋을 텐데 물론 그런 계산도 있었
다. 그러나 그것만은 너무나 신파조로 마음이 내키지 않는다. 있
는 대로 말하자면, 한 가지 이유는 나의 속물근성이 발동한 것이
다. 방문뜸질이란 말을 듣고

　"재밌겠다"

라고 생각했던 것이다. 방문 그 자체에, 그리고 그런 것을 생각해
낸 너란 인간에게, 흥미를 느낀 것이다. 너 같은 인간과 나의, 즉
질긴 악연이라고 하는 편이 좋겠지. 사회봉사라고 이왕 말하는 김
에, 또 쇠뿔도 단김에 빼라니까, 즉시 오카네 할머니를 데리고 셋
이서 미나미 가와치(南河内)의 사야마(狭山)로 나섰다.

　사찰에 교섭을 해보았지만 거절당했기 때문에, 상인들 숙소에서
가장 넓은 방을 두 개 빌려 장지문을 떼어내고 확 트인 넓은 방
으로 만들어 그곳을 회장으로 사용했다. 그리곤 바람몰이에 착수
했다.

　바람몰이라 하면 마치 코구시(香具師: 일종의 상품 사기집단)
같지만 그래도 여기에서는 이 말이라야 어울렸다. 그만큼 하나부
터 열까지 코구시(香具師)의 격식을 따랐다.

　우선 복장부터 달랐다. 꽤나 신경을 써서 꾸며 입은 것이다. 일
행 세 사람이 모두 흰 겉옷을 입고, 더구나 등 뒤에는 남묘호렌겍
쿄(南無妙法蓮花華経) 일곱 자를 새겨 넣는 등, 스스로 생각해도
수상한 옷차림이었다. 하지만 그것으로 마음이 켕기기는커녕, 오
히려 똥배짱까지 생겨, 마치 동네 연극잔치에라도 나가는 사람들
처럼 신이 나서 떠들어댔다.

너나 나나 뭘 생각하고 있었는지 더부룩한 수염도 깨끗이 밀고, 평소보다도 짧고 산뜻하게 이발을 했다. 네 얼굴도 이발하고 나면 의외로 봐줄만 하다고 느낀 것은 바로 이때였다. 나는 묘하게도 기분이 좋아져서 「일본 최고의 영험한 뜸! 생명의 구원자! 무슨 병이든 완치됨. ○○여관으로 왕림 요함」이라고 쓰는 전단지 문구에도 힘이 들어갔다. 전단지가 완성되면 너는 그것을 들고 나가 마을 여기저기에다 붙이고 다녔다. 그리고 이발소 잡화상 목욕탕 선술집 할 것 없이 사람들이 모일만한 장소의 주인가족에게는 미리부터 무료로 뜸을 떠주고 손님들이 모이기만을 기다렸다.

혹시 손님이 모이지 많으면 숙비 지불도 어찌해야 할지 걱정스럽다는 말은 입 밖에도 내지 않았지만, 말똥말똥 눈을 크게 뜨고 한 삼십 분을, 회장의 창을 통해 마을 길 쪽을 바라본 즉, 삼삼오오 줄줄이 걸어오고 있는 무리들이 눈에 들어오고, '아! 선전이 먹혀들었다'하는 생각이 들었을 때는 오히려 낭패스러웠다.

"할머니, 잘 부탁합니다"

하고 나는 곧 바로 접수 책상 뒤에 앉았고, 온 순서대로 줄을 세운 뒤 일일이 주소, 이름, 연령, 병명을 물어 장부에 기록했다. 언뜻 보아 별 거 아닌 것같이 보이지만, 이것이 묘한 구석이 있어 좀처럼 우습게 볼 수만도 없는 기발한 발상이었다.

너는 오카네 할머니의 조수가 되어 약쑥을 뜯기도 하고 향에 불을 붙여 할머니에게 건네주기도 하면서, 이따금

"넵!"

하고 우스울 정도로 기합을 넣기도 하다가, 나중엔 손가락으로 염주를 돌리면서

"남묘 호렌겍쿄!"

라고 주문을 외우는 시늉을 하는 등, 필요 이상으로 분주하게 돌

아가는 듯 했지만, 언뜻 머리를 보면 일꾼처럼 머리띠를 두르고 있었던 것이다. 나는 쿡 하고 웃음을 나와서, '모처럼 내가 그럴 듯하게 폼을 잡고 있는데 머리띠는 너무 가벼워 보여 어울리지 않는다', '무엇보다도 홑옷과의 조화가 안된다'하고 그런 시늉을 못하게 했다.

어이없을 만큼 장사가 잘되어 할머니가 변소 갈 틈도 없다며 투덜거려, 수입의 분배 액수를 올려주겠다며 구슬리는 등, 이런저런 신경을 써가며 사야마에서 나흘을 보내니

"이렇게 눈이 핑핑 도는 일은 늙은 나로선 무리요. 나는 역시 오사카에서 샤미센이나 켜는 게 좋겠소"

하며 일어서는 할머니를 사정사정해서 붙들었다. 이 마을에서 저 마을로 방문뜸질을 계속하다 보니, 이윽고 기슈(紀州:현재의 와카야마 현)의 유자키(湯崎)온천에 까지 이르렀다.

장소가 온천장이다 보니 병자도 많고 손님도 많을 것 같았기 때문에, 일 회에 이십 전 받던 요금을 삼십 전으로 올렸는데도 상당수의 환자들이 모여들었다.

"어떻소? 고자타니씨. 내 아이디어로 이런 대박 터진 게...."

과연 놀라긴 했지만, 그러나 누가 뭐라 해도 대박의 원인은 내 선전 문구가 경지에 이르렀기 때문이다. 내게 얼마나 뛰어난 선전의 재능이 있었는지는 나중에 가면 언제고 상세히 언급할 것이니까 여기서는 간단히 접어두지만, 예를 들어 유자키에 온 첫 날, 몰려든 환자들 중에서 입이 가벼울 것 같고 수다 떨기 좋아할 것 같은 할머니를 보면

"이 뜸은 천하제일의 명뜸이긴 하지만, 최고로 효과를 보려면 한 가지 만은 꼭 지켜줘야 할 게 있습니다. 아니 뭐, 그렇다고 대단히 어려운 걸 하라는 게 아닙니다. 뜸질을 하고 나서 삼십 분

정도 뒤에 꼭 온천물에 몸을 담그고, 열세 시간 탕 안에서 나오지 말아야 합니다. 뜸을 뜬 숨구멍에 계속해서 더운물을 쐬어줘야 좋다는 겁니다. 이것을 어려운 말로 하자면 온천뜸 요법이라고 하죠. 아니 뭐 말은 아무래도 좋고... 자, 알았죠? 열세 시간은 온천에 들어가 있어야 합니다."

'더운 뜸이란 말은 있지만 온천뜸 요법이란 웃기는 말이다'하고 나 스스로도 웃음이 터져 나오는 것을 억지로 참아 누르고, 엄숙하게 말했던 것이다.

병자들이란 대체로 말을 잘 듣기 마련이고, 더군다나 노인들이 광고에 이끌려 뜸뜨러 온 이상, 혹여 잘못된다 하더라도 내 말을 수상히 여길 일은 없을 것이다. 서둘러 온천에 가서 마냥 탕에 들어앉아 있다가, 탕 속에 들어온 목욕 손님을 붙들고는 세상사는 이야기를 하기 일쑤인데, 그 이야기의 서두에 '어디어디가면 신통한 뜸쟁이가 와 있다, 니치렌슈(日蓮宗)에서 온 뜸질 봉사라는데 고맙기도 하지, 나도 방금 거기 갔다 왔다'는 둥, 필시 뜸 얘기가 나올 것이고... 하면서, 불쌍하게도 노인들이 탕에 오래 있다가 혈압으로 쓰러질 지도 모를 걱정은 하지도 않고, 생각해 보면 나도 죄 값 치를 나쁜 짓을 한 셈인데, 우습게도 이게 또 기막히게 맞아떨어졌던 거다.

일주일 남짓 하는 동안 얼마나 벌어들였는지 지금은 기억나지 않지만, 오사카에 남겨두고 온 오치즈루에게 네가 몰래 돈을 수표로 바꿔 보내주고 있는 것만은, '이런 놈도 오치즈루 만큼은 걱정이 되는 모양이구나, 뜻밖에 기특한 구석도 있구나'하고 감동했던 만큼 아직도 또렷이 기억하고 있다. 하지만 아무래도 그 돈이 매상금(이라고 우리가 말하던 수입)에서 슬쩍한 돈 같다고 나중에 깨달았을 때는 좀 김이 새긴 했지만······

　어쨌든 꽤 돈은 벌었다. 너는 신이 나서

　"이젠 오카네 할머니만 꼭 붙들어 두면 한 재산 버는 건 문제가 아니다"

하고 아주 힘이 들어간 목소리로 내게 계속 말하며, 너무 지쳐서 허리가 아프고 몸이 나른하다는 할머니의 손발을 탕 안에서 주물러주기도 하고, 저녁 식사에 술 한 병을 곁들여 주기도 하면서 애지중지 대해주었는데, 유자키에 온지 꼭 닷새 째 되는 날

　"아이고, 정말로 허리를 못쓰겠네"

하고 할머니는 자리에 눕고 말았다.

　당황하여 안마사를 고용하기도 하고 옆에서 보고 배운 대로 뜸을 떠주기도 했지만, 이미 시기를 놓쳤고, 「무슨 병이든 완치됨」이란 간판을 내걸고서 부끄럽기 짝이 없는 얼굴로 몰래 의사를 불러 진찰을 받으니

　"신경통이네요. 자 그럼 느긋하게 온천에라도 들어가 요양하시죠. 온천뜸 요법이라도 하시면 되겠네요"

하고, 알고 하는 말인지 슬쩍 비꼬는 것이다. 너무나 황당해서 꼬박 사흘 간 둘이 교대해 가며 간병을 했지만, 사실 이미 중풍에 걸린 할머니 허리가 회복될 기미는 보이지 않았다.

　"이것도 다 따지고 보면 당신들이 날 혹사시킨 탓이야"

하고 오카네 할머니는 이젠 상당히 이상해진 말투로 투덜투덜 원망을 늘어놓고, 숙비와 진찰료는 쌓여만 가는 데다, 할머니가 중풍으로 드러눕게 된 것은 의사의 능력부족 이상으로 이 지역 사람들에게 창피스런 이야기라고, 나는 상당히 기가 죽어 있었는데, 너란 놈은 한 술 더 떠서

　"이렇게 된 바에야 여관 호객꾼 일을 하던지, 줄행랑을 치던지, 둘 중 하나다"

하고, 뭐라 표현할 수 없는 얼굴로 일그러져 있었다.

여관 호객꾼 일이든 줄행랑이든 어느 하나 덜할 것 없이 너에겐 잘 어울리는 말이라고 나는 우스워했는데, 그렇다고 설마 할머니의 중풍이 다 나을 때까지 호객꾼 일을 할 만큼 갸륵한 정성의 너도 아니라는 생각을 하고 있던 차에, 역시나, 어느 날

"기분전환하러 다나베(田辺)에 갔다 옵니다"

하고 설렁설렁 나가버린 것을 끝으로, 숙소엔 돌아오지 않았다.

증기선 기적소리를 듣는 순간, 네가 도망쳐 버렸다는 걸 깨닫고, '어지간히 박정한 놈이구나'하고 곧 바로 뒤따라가 붙잡아 두들겨 패주려고 일단 일어섰는데, 그렇다고 할머니를 내버려두고 갈 수도 없는 일인 데다, 때 마침

"고자타니씨, 미안하지만 소변 좀 보게 해주시겠수?"

하고 처량한 목소리로 말하는 할머니를 생각해서 마음을 고쳐먹고, 네가 늘 했던 것처럼 할머니 등 뒤에서 제법 무거운 몸을 겨드랑이 밑으로 안아 일으켜 소변을 받아냈다. 메마른 몸이었다.

그 후로 사오 일은 더 간병했던 것 같은데, 결국 숙박비와 진찰비를 감당할 수 없어서, 견디다 못해 할머니를 들쳐업고 스나시라즈(綱不知)을 거쳐 다나베(田辺)로 빠져, 거기서 배를 타고 오사카로 되돌아 올 때까지 나는 몹시도 처량한 신세가 되었다. 모두 네 놈 탓이다.

4

고즈(高津)의 뒷골목 이층 셋방에 돌아온 나흘 뒤, 오카네 할머니는 숨을 거두었다.

가까운 친인척도 없고, 또 옛날 함께 살았었다며 나타나는 기둥서방 같은 사람도 없이, 장례와 관련된 모든 일을 두세 명의 샤미센 제자와 셋집 이웃 사람들의 도움 속에 내가 모두 치러 주었다. 셋집 주인인 네 놈은, 이미 어딘가로 몸을 숨겨버렸다.

사람들에게 물으니, 유자키에서 도망쳐 온 다음날, 오치즈루와 함께 야반도주했다는 것이었다. 이쯤에 와서 나도 악취미 같은 「진상을 파헤치다」의 고풍스런 문장을 빌려 말하자면,

---그런데 오치즈루를 동반하여 야반도주하기로 마음먹은 단조는, 흘러흘러 고국의 달빛을 뒤로하고 조선의 부산항에 도착했다.

낯선 풍토의 찬바람은 한층 떠돌이 신세를 뼈 속 깊이 느끼게 하여, 사뭇 비육지탄의 감정을 억누를 수 없었지만, 이것도 다 자신의 업보라 생각하면, 낙백 신세가 되어버린 자신을 누구 탓으로 돌릴 수도 없는 일인지라, 이와 빈대에 물리는 고통에 막걸리와 고추를 빨아가면서, 이 온돌방에서 저 온돌방으로 떠돌았다.

그러나 빈손에 가진 기술도 없이 무엇 하나 할 수 있는 일도 없고, 추운 산길에서 해는 지고 갈 길은 아직 먼 꼴로, 대책 없이 오리무중으로 이리 저리 헤매던 끝에, 다행스럽게도 친누나가 대구에 살고 있다는 사실을 알았다. 그러나 누나를 찾아가 살아갈 대책을 상담하려는 순간, 느닷없이 매형으로부터 삼백 엔을 빌려 달란 말을 들었다. 누나부부도 가난의 밑바닥에서 허덕이고 있었던 것이다.

"삼백 엔 같은 소리 마이소. 묵구 줄을라케도 내사 일 엔도 없구마"
하고 의식적으로 오사카 사투리를 쓰며 있는 그대로 말을 하니, 매형이

"그러냐. 거 참 아깝네. 삼백 엔만 있으면, 큰 돈 벌텐데..."
하며 몹시도 안타까운 얼굴을 했다. 그 말에 이끌려
"뭐, 좋은 건수라도 있습니까?"
하고 물으니, 실은 사금 광구가 헐값에 나와 있다는 것이었다. 물
주를 잡아 채취해도 될 것이고, 전매하더라도 열 배는 남는 장사
라는 이야기에, 단조의 눈은 점점 더 빛났다. 눈물 한 방울 흘리
지 않고 샤미센을 켤 줄 안다는 것이 다행이라며, 오치즈루를 설
득하여 그럴 만한 곳에 일하러 내보냈다. 그렇게 사금 광구를 사
기는 샀지만……

고풍스런 문장을 베껴 쓰면서도, 정말로 너란 인간의 저질스러
움에는 이런 문장이 딱 안성맞춤이란 생각이 절로 드는데, 그건
그렇고 사금 광구를 사긴 샀지만, 여기에서도 아직 운세는 네 편
이 아니었던 것 같다.
네가 오사카에서 모습을 감춘 지 이 년가량 지난 어느 날, 미
타마(御靈)신사 앞을 걸어가고 있자니, 후줄근한 행색을 한 사내
가 전단지를 나누어 주려고 하는 듯 했다.
어차피 분라쿠(文樂:일본의 전통 인형극)광고용지려니 생각하며,
주머니에 찔러 넣은 손을 빼는 것도 귀찮고 해서 그냥 지나치려
다, 언뜻 얼굴을 쳐다보니, 넓적한 빈상의 윤곽을 한 얼굴에 유독
광대뼈만 툭 튀어나오고, 번뜩거리는 눈망울로 사방을 두리번거리
는, 이런 얼굴은 흔히 볼 수 있는 얼굴이 아니라는 느낌과 함께,
그게 바로 네 녀석이란 것을 알아차릴 수 있었다. 왜소한 체구에
마음가짐으로 인해 늘 어깨를 웅크리고 있는 것도, 이 년 전과 똑
같은 네 녀석의 버릇이었다.
"이놈 자식!"

하고 무의식중에 튀어나오려는 말 대신에, '어어!'하는 소리와 함께 황급히 전단지를 받아들었는데, 전단지는 읽어보지도 않고,

"어떻게 된 거냐? 이런 데서 만나다니"

너 길거리에서 전단지를 뿌리는 신세로 전락한 거냐? 하는 뉘앙스의 말투로 말하는데, 의외로 전혀 창피하지도 않다는 듯, 유들유들하게도,

"여~어! 이거 정말로 오랜만이구만. 몇 년 만이지? 예전엔 참 미안했었네"

하며, 유자키 사건은 간단히 넘기고 계속 말을 이어서

"그 땐 말야. 사실 그 후로 조선으로 건너가서 사금 일에 손을 댔다가 쫄딱 망해서 말야. 뭐, 먹고 살기도 힘들고 해서, 다시 이리 돌아와 버린 셈이지"

"그래? 힘들었겠구만?"

나는 대범하게 유자키 사건은 잊어버린 듯한 얼굴로

"그런데, 그 사람은 어찌 지내나? 지금도 여전히..."

네 놈과 함께 지내냐? 는 뜻으로 일부러 얼버무려 묻자니, 너는 즉각 오치즈루 얘기라고 알아차리고,

"아아. 그 사람 말인가? 조선에 두고 왔지요. 이 일 하고 있어서..."

하고, 샤미센을 켜는 흉내를 내며 천연덕스럽게 말했다.

"그렇군!"

나도 아무렇지 않다는 얼굴로 대꾸를 한 셈인데, 어찌 보였는지는 모르겠다. 실은 내심 더 묻고 싶은 마음에 좀이 쑤셨지만, 길에 서서 언제까지고 오치즈루 얘기를 하는 것도 이상하고 해서, 말머리를 돌려버렸다.

"그럼, 자네는 지금 어떻게 지내고 있지?"

하고 물었더니,

　"약장수 합니다"

　"응? 약장수?"

넌 놀란 표정을 짓는 내 얼굴 가까이 바짝 다가와선

　"그게 말이요. 자가 제조한 특효약인데. 그 약, 내가 제조한 거거든"

　"그건 또 무슨... 좋은 약이면 나도 한 번 얻어먹고 싶은데... 도대체 무슨 약인데?"

　"폐병 약이죠. 놀라셨죠?"

　"놀랍군"

　배운 게 도둑질이라고, 뜸쟁이 노파를 이용해서 병자들을 상대로 돈벌이를 하던 계산으로 하는 짓이려니 하고, 문득 웃음도 나왔지만 놀랍기도 했다.

　예전에 도슈초(道修町)에 있는 약도매상에서 일한 적이 있다고도 하지, 또 조제법은 조선에서 누나가 폐병을 앓았을 때, 가까운 병원 의사에게 받았던 처방전을 똑같이 흉내내서 지어봤다고도 하니, 일단은 수긍할 수밖에 없었는데, 아무리 그렇다고는 해도 그 정도의 어깨너머 배운 조제법으로 번듯한 약제사라 자처하며, 갑자기 약사개업을 하다니, 과연 너답다 하고 잠시 동안은 감탄을 했었다.

　게다가 하나 더 놀라웠던 것은 너의 그 꾀죄죄한 차림새에, 스스로 약 광고 전단지를 배부하고 있었다는 것이었다. 그 사정은 「진상을 파헤치다」에 더 상세하게 나와 있다.

　---조선에서 살 길이 막막해 지자, 오치즈루를 유흥가에 남겨둔 채 다시 오사카로 돌아온 단조는, 우연한 기회에 얻은 힌트로 폐

병 약의 자가 제조와 발매를 생각해 내고, 어떻게 융통을 해온 것
인지, 가진 돈을 몽땅 털어 가와라마치(河原町)에 아홉 자 두 칸
의 작은 가게를 빌리고, 조선의 의사가 써 준 처방전을 근거로,
때 묻은 손으로 누에콩만한 엄청나게 크고 볼 품 없는 환약을 빚
어냈다.

　그리고 폐병이란 이토록 커다란 환약을 씹어 넘겨야만 할 정도
의 병인가 하고, 환자들이 당혹해 할지도 모른다는 생각은 전혀
하지도 못한 채, 어떻게 하면 이 약이 팔릴 것인가, 오로지 그 생
각만으로 머리를 짜내고 있었다. 약의 원가 대금을 지불한 다음,
거의 무일푼 상태에서 그 날 만든 환약을 그 날 팔아야만 먹고
살 수 있는 형편이었다.

　신문광고대금 따위는 지갑을 탈탈 털어 봐도 나올 리 없고, 간
판을 내걸거나 광고지를 인쇄하려고 해도, 그 비용이 나올 구멍이
라곤 눈을 씻고 찾아봐도 없었다. 갖은 방법을 다 찾은 끝에 생각
해 낸 것이 스스로 인쇄하는 것이었다. 간신히 목판과 갱지를 구
입해 적당히 잘라, 오십 매 또는 백 매 정도씩 대나무 껍질로 문
질러서 인쇄를 했다. 하지만 인부를 고용할 돈도 없었다. 할 수
없이 자신이 들고 나가 미타마신사 주변의 번화한 거리에 서서,
한 장 한 장 통행인에게 배부했다. 그리곤 재빨리 되돌아 와서 가
게에 들어앉아, 손님이 나타나기를 목을 길게 빼고 기다리는 것이
었다. 하지만 그다지 손님이 찾아들지도 않았다.

　손님이 없는 것도 당연하지. 약 제조법이 대대로 전수되어 오는
것도 아니고, 약 이름이 잘 알려져 있는 것도 아니니, 솔직히 말
해서 약효가 있는지 없는지 알 수도 없는 돌팔이가 만든 환약을,
뒷골목 셋집 같은 곳에서 팔고 있으면 누가 사러 온단 말인가.

　물론, 너 자신도 그런 상황은 충분히 알고 있을 터, 우선은 선전을 하는 것이 중요하다고 생각하고, 새빨간 거짓문구를 늘어놓은 광고지를 뿌리는 등, 뭐 할 수 있는 한의 노력은 다 한 셈인데, 하지만 그 광고지 자체에 문제가 있었다.

　나도 네 녀석에게서 받아들고 들여다보았지만, 인쇄가 조잡한데다가, 종이도 어린 아이들 습자 연습용으로도 쓸 수 없는 형편없는 것으로, 당연히 흑백 인쇄였다. 정말 나니와부시(浪花節: 오사카 대중적인 민요가락) 공연 광고지라도 이것보다는 좀 더 나은 것을 쓸 거란 생각이 들만큼의 괴상한 광고지였다. 어지간히 집중해서 읽지 않으면 판독하기 어렵다는 것은 접어두고라도, 그것은 마치 스스로 약의 신뢰를 떨어뜨리는 것과 같았다. 게다가 환약을 그럴듯하게 포장하는 것도 아니고, 밤거리 노점에서 하나 더 끼워 파는 사탕처럼, 흰 과자 봉지에 넣어서 팔고 있으니, 그래가지고야 팔리지 않는 것도 당연했다.

　그런 한심한 상태였으니, 그 때 네 녀석이 우연히 나와 마주친 것도, 말하자면 지옥에서 만난 부처, 네 입장에서는 그야말로 행운의 여신 같은 것이었다.

　잘 알겠지만, 나는 우선 내가 가지고 있는 활판으로 두 가지 색상을 넣어 잘 도안한 광고지를 만들어 주었다. 그 다음은 포장이었다. 당시로서는 꽤나 하이칼라의 의장으로, 상자에 넣어 파는 방법을 고안해, 겉보기만으로 비교한다면 어떤 약보다도 믿음이 갈 만큼 참신한 것이었다. 거기에다 오사카 시내로 한정되긴 해도, 신문에 삼행짜리 광고도 내주었다.

　물론 이것 모두 내 주머니에서 나온 돈으로 해주었는데, 하긴 나중에 그에 상응하는 대가는 받은 셈이지만, 그 당시는 전혀 그 대가를 기대하고 해준 것은 아니었다. 간단히 말하면, 친절 바로

그것, 나중에 번 것을 나누어 갖자는 식의 치사한 근성으로 도와
준 게 전혀 아니란 말이다.

매사를 계산으로 움직이는 너에게는 그런 나의 친절함이 이해
가 되지 않았을 텐데, 감사합니다, 감사합니다, 이 은혜는 평생 잊
지 않겠습니다, 어쩌고..., 눈물이라도 흘릴 것처럼 하면서도, 속으
론, 이 녀석은 도대체 어째서 이렇게 친절할 수 있는 거야, 하고
아마도 나한테 질리지 않았을까? 아니, 틀림없이 그랬을 거야. 그
건 그야말로 내가 하고 싶은 말이다.. 도대체가 왜 그렇게 친절하
게 해주는 건지, 나도 확실히 알 수가 없었다.

조선의 유흥가에 남겨두고 왔다는 오치즈루 얘기를 들으면, 정
말로 너무나 딱해서, 이번에 이렇게 해서 네가 한 밑천 잡게 해주
면, 너도 오치즈루를 데리러 가겠지. 하는 생각은 물론 있었다. 하
지만, 수도 없이 하는 말이지만, 단지 그런 감정 때문만은 아니었
다. 시체 말로 홀딱 반했다는 그런 감정이 있었던 것이다. 아, 그
렇게 말하고 보면, 정말로 너에게는 사람들이 반할만한 매력은 있
었다. 최소한 나 같은 인간에게는……

예를 들면, 전속 인력거꾼에서 느닷없이 신문사 경영을 하는
등, 벌써 보통 사람은 아니다, 라고 생각하고 있던 차에, 역시나
쑥뜸치료 순례 사업을 생각해 내는가 하면, 어딘가로 모습을 감추
어버렸나 싶으면, 어느 새 아홉 자 두 칸의 가게이긴 해도, 제약
사의 본점을 차리고 앉아있는 것이다. 이건 보통 인간들이 할 수
있는 일이 아니라고, 그 뻔뻔스러움이랄까, 강인함이랄까, 보통을
넘는 그 실행력에 난 홀딱 반했던 것이다.

게다가 얼굴이 빈상이긴 해도, 형형한 빛을 발하는 그 눈망울,
그냥 저냥 세상을 살아가는 사람의 것이 아닌, 내게는 그야말로
흥미로운 눈빛이었다. 간단히 무시해 버리기에는 아까운 사람이라

140

고 판단하고 있었던 것이다. 작은 분노 따위는 싹 잊어버리고……

옛날, 정당이 활발하던 무렵, 자기 자신이 각료가 될 생각은 털 끝만큼도 없이, 오로지, 아 이놈이다, 하고 장래성이 있다고 본 사람을 장관으로 만들기 위해, 계속해서 권모술책을 써가며, 암중비약을 하던 사내가 있었는데, 그게 좋은 예라고 할 수는 없어도, 일단 내 기분은 그런 거였다고 할 수 있을 것 같다.

물론, 광고지나 포장의 고안이 그렇다는 것은 아니다. 비슷한 권모술책의 예라도 들라고 한다면, 이윽고 나의 모든 지혜를 짜내어 생각해 낸, 지점장모집 같은 게, 그 한 예라고 할 수 있을 거다. 예의 그 「진상을 파헤치다」를 인용하겠다.

5

---어설픈 손놀림으로 빚어낸 수제 환약이긴 했지만, 설마 치약가루를 위장약이라 속여 파는 엉터리 약도 아니고, 처방전을 참고로 하여 제대로 만든 약이다 보니, 어쩌다 그 약이 효험이 있다고 나서는 사람도 나타났다. 시내신문의 한 구석에 삼행짜리 광고도 볼 수 있게 되면서 서서히 약이 팔려 나가기 시작했다. 팔리기 시작하니 판매량이 비약적으로 증가했다.

즉각 단조의 욕심이 발동하여, 폐병 특효약 외에도 위산, 치질, 각기병 관련의 약은 물론, 화류병 특효약이나 안약 등, 온갖 종류의 약 제조를 생각해 냈다. 소위 이게 안 되면 저거라는 식으로 수상쩍은 처방전에 의지해서, 일본 전국의 병자들은 한 사람도 남기지 않고 손님으로 잡겠다는 듯, 열심히 환약을 빚어댔다.

이윽고 가와라마치의 뒷골목 셋방 같은 가게를 처분하고, 가스

미마치(霞町) 부근에 「요나고 메디슨 전국총판 본점」간판을 내걸었다. 어차피 야마코오 하루나라 다카메니 하루호우가 요이토, 바로 코앞에 있는 츠텐카쿠(通天閣)를 비스듬히 올려다보는 방향의 이층 지붕위에, 터무니없이 거창한 간판을 높다랗게 세운 것이었다.

이렇듯 겉보기는 그럴 듯하게 갖추어졌지만, 도슈초(道修町)의 약재 도매상에는 상당한 액수의 빚을 지고 있었다. 아니 그 간판 대금만 해도 그렇다. 그런 상태에서는 총판 본점 간판을 아무리 크게 내세워도, 또 아무리 많은 종류의 약을 만들어 내더라도, 결국은…… 그 약재만 해도 그렇다. 슬슬 경계심을 갖게 된 약재상들이 약재를 제대로 공급하지 않게 되면서, 전국은커녕 가게의 소매용 약재도 충분치 않았던 것이다.

난감해진 단조는 자금조달의 수단으로서, 전국 신문에 지점장 모집 광고를 냈다. 「가족부양에 충분한 수익 보장」이라는 달콤한 문구를 머리말로 내세워, 점포임대료, 전기 수도세는 본점에서 대주며 약은 위탁판매 형식으로 얼마든지 보내준다. 거기에다 전부 효과 효능의 문제가 될 것이 없는 처방약으로, 도매가는 사 할이므로 십 엔 팔면 육 엔이 남는다. 또 팔리든 안 팔리든 고정급으로 사 엔은 지불한다 운운하는 조건에, 더할 수 없이 좋은 조건이었음으로 해서, 우체부가 우편물을 들고 오다 흘릴 만큼, 조회의 편지와 엽서가 쇄도했다.

단조는 즉각 답장으로 답하길, 귀하의 신청에 의해, 요나고 상회 지점장으로 귀하를 임명합니다. 따라서 신원 보증금으로 일금 육백 엔을 납부하시기 바랍니다, 하고 깨끗한 활판 인쇄의 지령서를 보냈다.

그런 다음 기다리고 있자면, 세상이란 참 넓은 것이다. 평생 처자를 부양할 수만 있다면, 육백 엔의 보증금 정도야 싸다고 계산했는지, 오사카, 교토, 고베를 비롯해, 동쪽으론 미토(水戸)부터 서쪽은 가고시마(鹿児島)까지, 대략 삼십 명 정도로부터 신청이 들어왔다. 없는 돈을 몽땅 털어 넣었는지, 무리한 출혈을 한 것인지, 그 어느 쪽이든 남아도는 돈이 아니라는 증거로, 송금증서에 덧붙인 편지에는, 모두가 피를 뽑는 것 같은 귀중한 돈을 내놓을 때의 표정들이 역력했고, 아무쪼록 잘 부탁합니다, 하는 간단한 문구에도 십이분 그 심정들이 묻어나왔다. 겨우겨우 오백 엔 밖에 마련할 수 없었습니다. 잔금 백 엔은 앞으로 열흘 이내에 송금할 테니. 아무쪼록 지점장으로 임명해 주시길……하고, 너무나 불쌍하게 서둘러 송금해 온 사람도 있었다.

그렇게 모인 돈이 일만 팔천 엔 가량, 이것으로 자금은 충분해졌다고, 단조는 그만 싱긋하고 웃었으나, 곧 떫은 표정이 되어,

"그래도 좀 부족하네"

하고 기분 나쁜 목소리로 중얼거렸다.

"내친 김에 보증금을 팔백 엔이라고 했으면 좋았을 걸"

하며 단조는 머리를 갸우뚱했다. 곧 바로 그는 삼십 명의 지점장에게 편지를 부쳐 하는 말이, 지점의 성적을 올리기 위해서는, 그에 상응하도록 점포를 꾸밀 필요가 있다. 그런 의미로 총발매원은 각 지점에 설합 달린 선반 둘과 종이 바른 가로액자 두 개, 금박지 병풍 한 짝을 송부한다. 따라서 그 실비로 이백 엔을 송금할 것. 그 대신 백 엔 분의 약을 무상으로 증정한다는 것이었다.

느닷없이 이백 엔을 청구 당한 지점장들은, 마치 물을 뒤집어쓴 것처럼 새파랗게 질려버렸다. 육백 엔의 보증금을 만든 것도, 할 수 있는 모든 방법을 동원했던 것이다. 그런데 더 이상 어떻게 이백 엔을 더 만들어내란 말인가, 하지만, 그 돈을 내지 않으면, 모처럼 지점장신청금으로 낸 돈 육백 엔이 그냥 날아가 버릴 지

도 모른다, 하고 물론 그렇게 위협적인 문구로 분명하게 못 박아
둔 것은 아니지만, 그들은 그런 걱정을 했다.

게다가, 잘 생각해 보면, 무리이긴 하지만 장식품 외에 백 엔
분의 약을 거저 받을 수 있다는 것이다. 결코 손해만 보는 이야기
는 아니다, 생각하고 결국 그들은 마른 걸레를 쥐어짜듯이 해서,
이백 엔의 돈을 마련하지 않을 수 없었다.

그 결과로 모인 돈이 육천 엔, 그 중 장식품의 실비가 한 점포
당 칠십 엔에, 무상으로 준 약 값인 십 엔씩을 계산한 이천사백
엔을 빼고 남은 사천 엔이, 단조의 수중으로 흘러들어 온 것이다.
미리 받은 보증금과 합하면 이만 이천 엔, 단 신문 광고료로 대략
삼천 엔 들어 간 것을 제하면, 일만 구천 엔의 돈이 들어왔다고
단조는 주판을 튕겼다.

거짓말 같은 성공이었다. 이토록 멋지게 성공한 것은, 너는……
아니, 나 자신도 예상치 못했다. 여간한 일엔 놀라지 않는 내가,
이 때 만큼은 스스로도 질릴 정도였다.

물론, 이것은 나만의 기분, 너를 보아하니 일만 구천 엔을 품에
안고, 도대체가 어찌 해야 할 줄 모르고 즐거워하고 있었다. 「떫
은 표정」이라고 쓰여 있는데, 그건 아니다. 그것은 말이 그렇다는
것이지, 다른 때라면 몰라도 이 때 만큼은, 너의 떫은 표정 같은
건 한 번도 본 적이 없다.

내친 김에 말하자면, 이 「떫은 표정」이란 말뿐만 아니라, 적어
도 이 부분에서 「진상을 밝히다」의 필자는 중대한 실수를 하고
있다. 이 지점장 모집을 모두 네 머리로 짜낸 아이디어로 쓰고 있
는데, 하긴 그렇게 써두는 것이 너의 진상을 밝히는 효과를 더욱
배가시키게 되기도 하겠지만, 당연히 여기에서는 내 이름을 써넣

었어야 하는 것이다. 아니, 좀 더 정확을 기한다면, 그 모든 것이 나의 밑그림으로 만들어진 것이라고 썼어야만 했다.

그런 실수가 있기는 하지만, 그 대신(이라고 하면 이상하지만), 그 부분에 이어지는 한 구절에선, 필자의 각색 능력이 앞의 사실을 간과한 실수를 보충하기에 충분할 만큼 힘이 있고, 필세도 갑작스럽게 날카롭다.

---말이 부드러운 자는 가슴에 칼을 품고 있다. 일인당 팔백 엔씩 받아내긴 했지만, 과연 신문의 광고 문구처럼 약속을 지켰는지 어떨지.

과연 처음의 한 달은 일체의 약과 고정급을 사십 엔씩 교부했지만, 그 후는 구실을 붙여서 보급약도 고정급도 보내지 않았다. 집세, 전기세도 모른다는 얼굴을 하고 있었다.

그런 식으로 일처리를 해나가면, 지점장들도 자연히 자멸의 방법을 택할 수밖에 없다고, 절박한 항의의 편지를 거의 매일 같이 보냈지만, 전혀 효과가 없었다. 이제 겨우 답장이 왔나 싶어 보면, 고정급을 청구하고 싶으면 매상을 더 올리고 나서 하라는 내용이었다.

그리곤 갑자기 점원을 보내어, 지점장이 외출 중임을 확인하고 쳐들어가게 해서, 중요한 장사를 내버려두고 외출을 하다니 무슨 짓이냐, 그렇게 하고도 지점장으로서의 책임을 다할 수 있다고 생각하느냐, 이런 꼴이니까 매상이 안 오르는 거다, 하면서 불의의 역공을 펼치는 것이다. 그리곤 매상 대장을 조사하여 트집을 잡는 것이다.

예를 들자면, 등으로 배를 대신할 수 없는 법, 너무나 곤궁해진 나머지, 그만 장부를 허위로 기록하기도 하고, 매상액을 비용 처리(---했다고는 해도, 그 중에서 고정급이나 집세를 무단차용 했을 뿐이니까, 형식상으로는 비용 처리이다)한 것을 발견하면, 그것만으로 목을 칠 구실로도 보증금 몰수의 이유도 되는 것이었다.

이렇게 해서 쫓겨나간 지점장이 스물세 명에 그치지 않았는데, 그런데도 악랄한 단조는 그 자리에 새로 보증금을 납부한 신청자를 앉히는 교묘한 수단으로, 제 배만 불려갔기 때문에, 거리로 내쫓긴 지점장들의 원성은 당연히 높아만 갔다.

어느 지점장의 경우는, 어떻게 여비를 마련했는지, 아예 시즈오카(静岡)로부터 찾아올라와 거의 발광상태로 가스미쵸(霞町)의 총판본부에 처들어와서는, 단조의 얼굴을 보자마자 너무나 격앙된 나머지 코피까지 흘리며,

"가와나고! 너, 이새끼, 이 피를 빨아먹어! 이 피를. 내 피를 한 방울도 남기지 않고 빨게 해주마!"
하고 소리쳤다.

원래 겁 많은 단조는, 지점장 얼굴을 보자마자 벌벌 떨고 있다가, 코피를 보자마자, 앗! 하고 외마디 소리를 내고는, 작은 체구도 덕이라고, 상대의 가랑이 사이를 빠져나가듯이 하여, 맨발로 줄행랑을 쳐, 이틀 동안이나 행방을 감추어 버렸다.

여기쯤 와서, 「진상을 밝히다」도 서서히 폭로의 글다워지긴 했지만, 동시에 거짓말처럼 보이기도 한다. 특히 코피 부분에 와서는 과연 너의 겁 많은 성격을 간파한 것이 소득이라고는 해도, 누가 읽어도 거짓말이란 것이 드러난다. 또, 보증금 몰수건만 보더라도 그렇다.

일만 구천 엔을 손에 쥔 것으로 만사 끝났다고 생각하는 그런 쪼잔한 속셈이라면 몰라도, 아무리 그래도 그런 비합법적이면서 또 신용과 관련된 짓은 네가 하고 싶더라도 내가 하지 않았다.

그런 악랄한 수법만을 쓴게 아니란 증거로는, 제1기(라고 말하자면 진실이 들통나지만)지점장으로, 나중에 가와나고 메디슨의 수뇌부 자리에 오른 자들이 상당수 있었다. 물론 도태된 자가 전혀 없는 건 아니어서, 예를 들어 매상금을 비용 처리한 것이 확연한 자는, 잘못을 물어 퇴출시키고, 최초의 계약대로 보증금은 몰수했다.

그러나, 이런 경우도 처음부터 계획적이었던 것은 아니고, 냉혹하다고 한다면 할 수 없는 일이지만, 별로「밝히다」에 들어 갈만한 것들도 아니었다. 이왕 밝힌다면, 빠뜨린 부분에 더 효과적인 재료가 있었을 것이다.

즉, 성적이 나쁜 지점의 코앞에다 아무 통고도 없이 갑자기 총판본주 직영점을 설치한 것이 그 예다. 오사카로 말하자면, 난바(難波) 앞의 센니치마에(千日前), 도지마(堂島) 앞의 교마치보리(京町堀), 덴마(天満) 앞의 덴진바시(天神橋)라는 식으로, 사방에 직영점을 만들어 어릴 때부터 키워온 점원을 주인으로 앉혔다.

지점과 직영점이란 무엇보다 가게의 규모부터 차이가 나고, 직영점에 손님이 모여드는 것은 당연한 일, 지점의 자멸책으로서는 이것보다 좋은 방법은 없었다고, 지금도 난 자신하고 있다. 그러나 그래도 변명을 한다면, 결과적으로 하는 말이지만, 계획적으로 지점을 무너뜨릴 마음은 전혀 없었다.

있더라도 방해될 것이 없는 지점을 문 닫게 하려면, 일부러 직영점을 차릴 것까지도 없다는 건, 상식적으로 판단해서 알 수 있는 일이고, 말할 것도 없이 직영점은 더 많은 약을 팔기 위한 수단, 즉 영업정책이 있어야만 했던 것이다.

동시에 또, 이렇게도 말할 수 있을 것이다. 전국에 많은 지점을 거느리고 있으면서, 또 직영점 경영에 나설 만큼, 사업은 성대해져 가고 있었다……고. 사실, 지점수건 뭐건 간에 마구잡이로 망하게 한 것이 아니란 증거로, 제1기 지점장 모집 당시에 비하면, 저점수가 세 배로 늘어나 있었던 것이다. 그럴 만한 세월과 고심이 없을 수가 없는 것이다. 약효가 뛰어났기 때문에, 약은 잘 팔렸다……그런 어리석은 말은 너라도 하지 못할 거다.

6

---대체로 무엇 무엇이 추악하다 하더라도, 가와나고 메디슨 신문광고만큼 추악한 것은 어디에도 없을 것이다.

단조는 신문광고에는 돈을 아끼지 않았고, 전국 50여 개의 크고 작은 신문을 이용하여 빈번히 광고를 해댔다. 한 페이지 크기의 가와나고 메디슨의 광고가 어느 신문에도 실려 있지 않은 날이 없을 정도였다. 그것도 단지 방대할 뿐만이 아니라, 그 악질적인 면에 있어서 동서고금을 막론하고 그에 필적할 것은 아무 것도 없다.

우선, 그는 제약판매업자의 눈에 가시인 의사 정벌을 표방하고, 거기에 전력을 경주했다. 「인술을 모르는 악덕의사」, 「오진과 투약」, 「약값 20배」, 「의사는 질병의 전파자」, 「왕진비용의 불가해」, 「현대 의료계의 악풍」, 「오로지 돈만 안다」 등의 문구에다, 이것을 조금만 바꾸면, 그야말로 가와나고 메디슨에 적용시킬 수 있을 법한 제목 하에, 첫머리부터 느닷없이 ---현대의 의사는 도둑놈이다. 그들에겐 돈벌이를 위해서는 의리고 인정이고 없다, 운운하며 쓰기 시작해---그에 비하면 가와나고가 감수 제조한 약은…… 하며, 제멋대로 말을 늘어놓으며, 심할 때는 의사의 머리에 도깨비처럼 뿔이 난

풍자화까지 게재하고, 그것으로도 족하지 않아 「제약판매업자는 거짓말의 결정체」어쩌고 하며, 동업자들에게까지도 마구잡이로 분풀이를 해댔다.

　이렇게 베껴놓고 보면, 정말 나조차도 얼굴이 화끈거린다. 그도 그럴 것이, 너도 알다시피 이 신문광고는 여전히 나의 아이디어였기 때문이다.

　물론, 신문에 광고를 내는 정도의 것을, 새삼 내 아이디어라며 밝힐 만한 일도 못되고, 또 꼭 나의 지혜를 빌리지 않아도 누구라도 생각해 낼 수 있는 것이지만, 하지만 그토록 대담하게, 거의 눈에 아무 것도 뵈는 것이 없나? 할 정도까지는, 역시 내가 아니고서는 할 수 없었을 것이다. 비용만 해도 참 잘도 썼다고 생각할 만큼, 예를 들어 예의 그 일만 구천 엔도, 약재 도매상에게 지불한 것은, 고작 그 중의 이 할이고, 나머지는 전부 광고비로 썼던 것이다. 이만, 삼만 정도로는 먹히지 않았던 것이다.

　"---그렇게 광고비를 많이 내서, 어떡할려고 그럽니까? 적당히 합시다"

　결국에 너는 걱정......아니, 화를 내기 시작했다.

　"---바보 자식! 과거에 신문으로 먹고산 사람이 알아서 한다는데. 알지 못하면 가만있어! 광고비 삼천 엔으로 일만 구천 엔의 보증금을 거머쥔 맛을 벌써 잊었냐? 삼만 엔을 써도 사만 엔이 들어오면 될 거 아냐?"

　말 그대로였다. 싫든 좋든 가와나기 메디슨의 이름은, 대충 신문을 볼 정도의 사람들 기억 속에는 날마다 새록새록 강렬하게 각인되었다. 육백 엔의 보증금을 천오백 엔까지 인상시켜도 여전히 지점장 응모자가 줄을 이었다......는 좀 과장된 것이고, 어쨌든 끊임이 없었다는 한 가지 일만 보더라도 알 수 있듯이, 물론 약도 이상하리만치 잘 팔렸다.

효능이 있으니까 잘 팔린 것은 아니다. 말할 필요도 없이 광고의 덕이다. 거의 지면의 미관을 해칠 정도로 방대하고 악질적인 광고의 덕인 것이다. 하긴 일 년 내내 의사의 대한 공격만 하고 있었던 것은 아니다.

그토록 뭘 모를 내가 아니었다.

---그 후, 제약 판매의 규칙이 개비됨으로서, 의사에 대한 비방이 금지되자, 이번엔 폐병 완쾌의 사진을 매일 게재하여, 아무개 박사의 모 의원에서 투약으로 낫지 않던 병자가 가와나고의 약으로 완쾌하다 운운하며 써대기 시작했다. 세상 사람들의 마음을 기만하기는 이보다 더 좋은 방법이 없다. 왜냐고? 말하자면, 완쾌 사진은 거의 짜고 하는 내기인 것이다.

애초 단조가 이 사진 광고를 생각해 낸 것은, 폐병약 판매책으로서 완쾌 환자의 예를 발표하고 있던 어떤 사원의 교묘한 선전 수단에서 힌트를 얻은 것에서 비롯해, 여기에 백척간두 진일보시킨 셈인데, 하지만 아무리 눈을 씻고 찾아 봐도, 가와나고 제약을 복용하고 완쾌된 예는 찾아볼 수 없었다.

그래서, 단조는 직영점의 이누이(乾) 아무개가 과거에 호흡기 질환을 앓은 경험이 있는 것을 기화로, 주인의 위치를 이용한 압력을 써서 억지로 엉터리 감사장과 사진을 받아냈다. 이것이 다이쇼(大正) 10년(1921), 폐병완쾌 광고로 나타난 사진의 효시인 것이다.

이어서, 그는 전국의 지점, 직영점에 폐병상담소 간판을 내걸게 함과 동시에, 완쾌사진을 제공한 지점, 직영점에 대해서는, 미인은 한 사람당 이백 엔, 다수의 의사에게 치료를 받았던 자는 이백 엔, 보통은 백 엔의 비율로 보수를 지불한다는 내용을 통고했다.

이만큼 끌었으면 이제 된 것 같다. 이 정도로 충분히, 짜고 하는 내기 같은 장사의 내막을 알았을 것이다. 상세하게 알고 싶다면, 「진상을 밝히다」의 백육십 페이지부터 백칠십오 페이지까지를 읽어주기 바란다. 열 한 페이지에 걸쳐, 지점과 직영점이 얼마나 교묘하게 완쾌사진을 찾아내 모았는지를, 꼼꼼히 통계까지 내가며 들추어내고 있다.

또한 동서 백칠십육 페이지부터 백칠십구 페이지까지에는 완쾌사진의 주인공이 며칠 지나지도 않아 죽었다던가, 특히 마땅히 죽었을 병자가 어떤 실수에 의한 것인지, 백일 동안이나 신문광고에 사진 상으로 살아 돌아와, 덕택에 완쾌되어 이렇게 기쁠 수가 없다, 운운하며 말하고 있다던가, 약간 유머러스한 문투로 폭로하고 있는데, 설마 그런 일은 없었을 것이다. 설사 있었다 하더라도, 사람의 목숨이라는 것은 내일을 기약할 수 없는 것, 어떻게든 변병은 할 수 있다, 그토록 집요하게 추궁할 정도의 문제는 아닐 것이다.

그러나 어찌되었든 이 광고는 상당히 기분 나쁜 것이었다. 그런 만큼 또 선전이란 면에서, 그만큼 효과적인 것은 지금 생각해 봐도 달리 떠오르는 것이 없을 정도다. 잘 팔렸다. 한심할 정도로 잘 팔렸다.

당시, 아직 그런 말은 없었다고 생각하는데, 소위 지식계급……약효 같은 것은 전혀 믿지도 않고, 또 완쾌사진의 사기술 같은 것 정도는 뻔히 알고 있을 것 같았던 사람들도, 예를 들자면,

"실은 조금 가슴이 아픈데요, 아직 가와나고 메디슨의 신세를 질 정도로 나쁘진 않으니, 그나마 안심이죠"

정도의 말을 하면서, 좀 더 위태로워진다면, 정신적인 안정을 위해서라도 복용할 각오를 할 정도였으니, 일반 대중들이 가와나고

의 폐병 약에 대한 맹신으로 치자면, 정말로 매독엔 사루바루산을 떠올리는 것과 같았다……고, 해도 과언은 아닐 것이다. 병자에게 분명히 폐병이라고 알려지는 것이 두려워서, 몰래 상표를 떼고 가와나고 약을 먹였다는 이야기도 있었다.

따라서 그 인기가 어느 정도인지 짐작할 수 있다. 모두 이 광고 덕택에, 즉 내가 내놓은 아이디어 덕택이었던 게 아니냐? 그리고 하나 더, 이것도 내 머리에서 나온 거지만, 같은 약을 고급과 특제 두 종류로 구분한 것인데, 대단히 효과적이었다. 어차피 알맹이는 크게 다를 것도 없지만, 특제라고 하면 약효가 더 있는 것으로 생각되어서, 엄청나게 비싼 가격인데도, 아니 비싸기 때문에 더 잘 팔렸다. 어느 틈에 너는 엄청나게 많은 돈을 긁어모으고 있었다.

7

나의 목적이자 동시에 너의 숙원은 이렇게 해서 결국 달성된 셈인데, 그런데 너는 엄청나게 많은 돈을 거머쥐고 어떻게 할 것인지 보자 하니, 간단히 속물 냄새 풀풀 풍기는 졸부 근성을 발휘하고 있었다. 가미혼마치(上本町)에 호화로운 저택을 구입하고, 한 그루 일만 삼천 엔이나 하는 정원수를 심는다든지 하는 건 그렇다 처도, 찾아오는 사람마다 그 나무 옆에 데리고 가서,

"―이런 나무도 이만 엔이나 하니 말일세. 어이구 참…"

"―아예 나뭇가지에 「이 나무는 일만 삼천 엔입니다」라고 쓴 팻말을 걸어두는 게 좋지 않겠어?"

하고, 빈정거려 주면, 너는 역시나 불쾌한 얼굴을 했다. 「제사검약」

「기부일체사양」이라고 문간에 붙여두는 것보다야 아직 나은 편이지만, 예를 들어 여행을 가면, 짐꾼에게 이십 엔, 숙소 지배인에게 삼십 엔 정도 주는 것에도 악취미가 있었다. 그러나 그런 것은 많은 사람이 보고 있을 때에 한했다. 물론 아내도 얻었다. 내가 알고 있는 한, 열일곱 살과 서른 한 살의 아내 둘을 두었는데, 후자는 오치즈루의 사촌여동생이었다.

원래라면 그 무렵에는 벌써 몸값을 지불하고, 조선의 화류계로부터 불러들여, 가와나고 집안의 안주인으로 들어앉아 있어야 할 오치즈루는,

"---다른 일이라면 참을 수 있지만, 첩을 둘 사람이 없어, 그래, 내 사촌여동생을......"
하고, 그것이 마치 내 탓이기 라도 한 것처럼, 나에게 따지고 들었다. 너무나 억울하고 기가 차서,

"---자, 자, 너무 그리 화내지 마시게. 화내는 사람만 손해지. 자네도 가와나고가 어떤 인간인지 잘 알고 있었을 텐데. 이게 보통남자 같으면, 그 여자만은 그만두라고 충고할 일이지만, 상대가 가와나고이고 보니, 말해 봤자 소용없다 생각하고 내버려둔 거네"
라고, 상당히 직설적으로 비꼬아 주었는데, 오치즈루는 남편인 너보다도, 사촌 여동생에게 더 화를 내고 있었기 때문에, 내가 하는 말 따위 귀에 들리지도 않았고, 그로부터 이삼 일 지나서 사촌 여동생의 집으로 핏기 가득한 얼굴로 따지러 쳐들어갔다.

입씨름은 물론이고 상당히 거칠게 서로 머리채를 쥐어뜯은 증거로, 지금 돌아오는 길이라고 하며 내 집에 택시를 타고 찾아왔을 때는, 옷소매가 찢겨져 나가 있었고 머리카락도 한심스럽도록 어지럽게 흐트러져 있었다. 사팔인 눈도 신경질적으로 치켜 올라가 있었고, 입술에는 피멍이 들어 있었다.

"---이 여자가 내가 반했었던 사람인가?"

하고, 그런 오치즈루의 모습에 갑작스레 나는 실망스러웠지만, 문득 연상되는 일이 있어,

"---오치즈루씨, 곤란하네. 그런 모습으로 날 찾아오면, 뭣보다 남들이 보게라도 되면 무슨 오해를 받아도 변명의 여지가 없잖소"

하며, 이런저런 말을 하고 있던 중에, --- 지금이니까 고백하지만, ---나는 돌연 이상한 기분을 느끼고, 갑작스레 손을 쥐려고, ……생각하면 참 한심스런 일이었다. 그 때, 왜 그런 기분을 느꼈는지, 그 순간, 오치즈루가 너무나 추하게 보였다. 그 때문이었는지도 모른다. 아니, 그랬음이 틀림없다. 왜냐하면, 지금까지 그렇게 하려고 하면 충분히 기회가 있었는데도, 그 이전도 이후도 아닌 딱 한번, 그것도 그 때만, 그런 기분이 들었던 거니까…….

오치즈루는 놀라서 내 손을 털어버리고,

"---장난치지 말아요"

하며, 서둘러 돌아가 버렸는데, 엉덩이를 마구 흔들어 대며 걸어가던 그 뒷모습이 더 한층 흉하게 보여, 이미 그것은 나의 이상한 기분을 자극하는 것을 뛰어넘은 험상궂은 느낌이었기 때문에, 이후, 나도 그런 행동을 하는 일은 없었다.

그런데, 너는 첩을 둔 사실을 오치즈루가 눈치 챘는데도, 너무나 아무렇지 않은 듯했고, 그 뿐만 아니라, 가스미쵸의 본점에 이미 용모단정하고 예쁜 여사무원을 모집해, 거기에도 수작을 걸려고 하고 있었다. 우선 그 시작으로 광고 중개회사로부터 받은 연극표를 남몰래 숨어서 주기도 하고, 여자에게 필요도 없는 잎담배를 억지로 핸드백 속에 넣어주기도 하며, 기분을 맞추고 있었다.

그 뜻을 알아챈 상대가 안전할 때에 라는 생각으로 사직하겠다는 말을 꺼내면, 너는,

"---어째서 그런 말을 하지요? ×코 씨. 왜 있어 주지 않는 겁니까?"

하며, 눈물을 뚝뚝 흘리면서, 참 한심스럽다. 그 거짓 눈물의 진실은, 아마도 이제 막 꺾으려고 하는 꽃이 달아나 버리는 슬픔 때문이 아닐까? 설마, 하고 생각하지만, 의외로 그런 구석이 있는 것이 너였는지도 모른다.

사장의 눈물을 보고 여사무원이 사직을 단념했다......라고 하니까, 여자라는 존재만큼 알 수 없는 것도 없다.

그런 식으로, 너의 행실은 세상 사람의 눈에 날 정도였기 때문에, 졸부 근성에 대한 시기까지 더해, 이윽고 「가와나고 메디슨의 이면을 폭로하다」 등 등의 기사가 신문에 게재되기 시작했다.

물론, 대신문은 일 년에 몇 만 엔인가의 광고료를 받고 있는 입장이라, 그런 기사를 싣고 싶어도 싣지 못했는데, 모두가 광고를 의뢰받지 못한 삼류신문에 한정된 것이긴 하지만, 그래도 너는 낭패였다.

"---이거 어떡하지요?"

하며 내 얼굴을 보는 너의 눈초리에 왠지 나는 실망했다. 조금도 산뜻한 데가 없는 겁을 잔뜩 집어먹은 눈초리였다.

예전에 센바신문에서 상대를 가리지 않고 공격의 진을 치고 있던 무렵, 어딘가의 양아치들이 몰려들어 온 적이 있었는데, 그 때의 너는 방구석에서 묵묵히 팔장만 끼고, 다소 파랗게 질리면서도 그들을 노려보고 있었다--- 그 눈초리, 그것과, 미타마 신사 앞에서 광고 전단지를 배부하고 있었을 때의, 그럴 필요도 없었는데, 몹시도 분주하던 그 날카롭게 빛나던 눈초리를 기억해 내면, 나는 이토록 변하는 것일까?,하고 오히려 질려버려서 너를 업신여기게 되었다.

역시 인간은 돈이 생기고 나면 끝장이구나 생각하고,

"---어떻게 하긴, 뭘 어떻게 해? 내버려 둬. ---아니면 너, 무섭냐?"
단 한 마디 내뱉어 주고, 더 이상 말하지 않고 모른다는 얼굴을
했다. 그러자, 또 다시 불안한 듯이 슬쩍 올려다보는 네 나약한
그 눈빛!

"---아아, 뭐 좋은 생각이 없을까?"

너는 자꾸만 목을 갸우뚱거리고 있었는데, 얼마 지나지 않아 가
와나고 메디슨의 광고에는 완쾌사진의 모습이 사라지고, 대신 역
사상의 영웅호걸을 비롯하여, 현대의 정치가, 실업가, 문인, 유명
배우, 게이샤 등, 모든 계층의 대표적 인물이나, 대표적인 시사문
제에 대한 비난 비방의 글이 나타나기 시작했다.

자신이 공격당하지 않기 위해서 유명인을 공격한다고 하는, 소
위 상대의 무기를 들고 그것을 역이용하는 것과 비슷한 그런 방
법을 보고, 나는, 꽤나 궁리를 했구만, 하고 생각했지만, 그 공격
의 문장에 「국사 가와나고 단조(国士川那子丹造)」라는 서명을 보
고는, 솔직히 말하자면 눈물이 났다.

그러나, 이것도 약을 팔기 위한 수단이고 보면 어쩔 수 없겠지
하고, 나는 참고 있었는데, 급기야 그 서명의 활자가 점점 커지면
서, 거기에 상응하게 가문 문양이 달린 전통 정장을 연중 착용하
고 있기에 이르렀다. 그리곤 다양한 이름들을 알리기에 광분했다.
예의 그 「진상을 밝히다」에 상세히 적혀 있다.

--- 온갖 수단과 방법을 동원해 단조가 광고재료로 사용한 이
름 알리기 행위 중에서, 그래도 이것만큼은 어느 정도 세상에 도
움이 되었다고 말할 수 있는 것이 있다면, 빈곤한 병자들에게 베
푼 무료 시약일 것이다. 그러나 그것도 진정한 자선의 의지에서

나온 것인지 여부는 의심스럽다.

시약을 받을 사람은 구청, 동사무소, 경찰서에 증명서를 가지고 출두하시오, 시약과 위로비용 십 엔은 각각 구청, 동사무소, 경찰서를 통해서만 배부한다, 고 하는 번잡한 절차를 필요로 하는 까닭에 대해서는 잠시 접어두기로 하고, 그 허세만만의 시약광고는 도대체 무슨 일일까?

이 원고를 쓰는 중에도, 그는 의심스러운 시약결과를 전국의 신문지상에 광고했다. 즉 그것에 의하면, 지난 사 개월 간에 칠십 명의 가난한 병자에게 무료시약을 했다는 것이다. 전국 수십만의 폐병 환자 중, 겨우 칠십 명(하긴 지속적으로 하면 그 이상의 숫자에 달할 지도 모르지만)에게 시약한 것을 가지고, 도깨비 목이라도 베어온 것처럼 거창하게 떠들어 대는 것은, 지나친 과장이다.

지금 그 시약의 총액을 계산해 보면, 위로금이 칠십 인분으로 칠백 엔, 약이 이천백 엔, 원가로 치면 인지세까지 사백이십 엔, 결국 합계 천이백 엔이 실제로 쓴 금액이다. 그런데, 이 천이백 엔을 베푸는데, 단조는 몇 만 엔의 광고비를 쓴 것인가, 광고는 처음 일 회만으로 충분하다. 자화자찬의 결과보고를 위해 일만 엔에 가까운 광고비를 쓴다는 것은, 도무지 이해되지 않는다…….

제법이네. 생각보다 사태 파악도 잘 하는데? 나는 뭐 이제 와서 너의 자선행위를 헐뜯을 생각은 추호도 없다. 목적이 어찌 되었건 간에, 자선은 크게 환영한다. 광고비 몇 만 엔도 나라에 도움이 되는 방법으로 쓴다면, 참 잘했다 하고, 지금이라도 말할 수 있지만, 이제 와선 소용이 없겠지? 단지, 나는 이것만은 말해 두고 싶다. 나는 그런 네가 갑자기 싫어졌다--- 고.

그때까지 나는, 너의 이름 팔아먹기 행위를 약을 팔기 위한 선

전으로만 생각하고, 입을 꾹 다물고 있었는데, 뭔가 그렇지 않다
는 것을 알게 되면서 우울해져 버렸다. 우습게도 국사 폼을 잡는
데는 도리어 우스꽝스러웠다. 국사란 말이 울겠다.

　사실인 즉은, 넌 어떻게 해서든 명예가 필요했던 것이다. 졸부는
연줄을 좋아한다던데, 돈 다음의 야심은 명예라고 예로부터 하는
말도 있지. 그렇게 생각하면 별로 이상할 것도 없지만, 그래도 그
렇게 확실히 눈앞에 보이게 되면, 역시 참기 어려워지는 법이다.

　특히 네가 하는 짓은 무언가를 두려워해서 하는 짓이다. 그래서
난 더욱 더 싫었다. 졸부는 돈이 있다는 것만으로 충분하다. 그
이상, 뭘 더 바란단 말인가? 돈을 벌었다는, 엄청난 중압감 속에
서 꾹 참고 가만히 있으면 되는 것이다. 버둥버둥 발버둥 칠 필요
는 없다. 돈이 많아 고통스럽다면, 소리 소문 없이 국가에 헌금만
하면 되는 거다. 발버둥치는 것은 겁쟁이다. --- 나는 이제 더 이
상 참고보고 만 있을 수 없었다. 아니, 점점 더 입을 다물었다.

　나는 너를 성공시키게 위해, 수도 없이 뒤에 물러서거나 앞으로
나서서, 갖은 권모술책도 써왔지만, 그 목적을 달성한 이상, 이젠
내가 나설 자리는 없다, 고 생각했던 것이다.

　나는 내가 하고 싶은 것만을 해 온 것이다. 이 이상, 더 무슨
할 일이 있겠는가? 게다가 이제 그런 인간이 되어버린 너와 언제
까지고 관계하고 있다가는 제대로 될 일이 없다. 나는 너에게 돈
을 쥐어주고, 미련 없이 달아나려고 생각했다. 라쿠고(落語: 오사
카의 전통만담)에 나오는 너구리처럼…… 이윽고 기회는 왔다.

　--- 조용하던 저널리즘도 그 비리를 깨달았는지, 가와나고 메디
슨의 과대광고 게재를 거절하기에 이르렀다.

너는 즉각 가문 문양이 달린 전통 정장차림으로 신문사로 달려가,

"---광고부장 나오라고 해!"

소리치고, 광고부장이 나오자,

"---내 광고, 어디가 나쁜가? 너희들 내 말 한 마디에 그냥 모가지 되는 거 알아? 난 너희 신문사에 매년 팔만 엔이나 지불하고 있어. 사장 불러 와! 사장더러 이리 나오라고 해!"

사장은 면회를 거절했다. 넌 즉시 맥없이 돌아와 나에게 상담했다. 난 떨떠름한 얼굴로,

"---그럼, 지금 바로 그 신문사를 공격하는 글을 광고에 실어야지"

예의 그 추태를 털어놓고, 그리고 너와 절연했다. 너는 나를 잃는 것이 슬펐는지, 아니면 다른 이유가 있었는지, 소리를 내어 울면서, 내게 지불하기로 약속한 위로금을 삼분의 일로 깎았다. 하긴 그것만으로 평생을 먹고살기에 불편이 없는 액수였으나, 나는 웬지 성에 차지 않아, 일 년도 지나지 않아서 그 돈을 몽땅 다 써버리고 말았다. 주식이다. 남이 돈 벌게 해주는 데는 능했지만, 자신이 버는 데에는 전혀 재능이 없어, 악전이라고 까지 말하진 않더라도 돈이 따르질 않았다.

한편 너는, 나와 헤어진 것으로 운이 다한 것인지, 세상 사람들로부터 차츰 소외되기 시작하고, 약도 팔리지 않게 되었다. 그거야 폐병 약만 해도 더 좋은 신약이 나오기도 했고, 게다가 세상 사람들도 영리해지기도 하고, 이런 저런 일로, 이제까지 무리하게 벌려온 것들이 악재로 작용한 것이다.

요란한 신문광고를 낼 수 없게 되자, 네 이름도 세상에서 거의 잊혀져 버렸다......라고 할 정도는 아니라도, 분명 존재가 미미해졌다. 그러자, 너는 한 번 더 세상을 깜짝 놀라게 할 셈으로, 전망

도 불투명한 침몰선 인양사업에 전 재산을 쏟아 붓기도 하고, 정당에 기부금을 내기도 하면서, 결국은 점점 몰락의 길에 접어들었던 것 같이, 옆에서 보기에도 분명했던 것이다.

그렇다고는 해도, 설마 나와 헤어진 지 오년이 된 오늘, 네가 이 엔을 동냥하러 올 줄이야, --- 물론, 예상은 했다. 간파하고 있었다. --- 그러나 그래도 너무나 빨랐다.

8

이제 나이도 나이지만, 아무리 그래도 이전에 비해서 안색이 너무 좋지 않은 거 아니냐? 기침도 상당히 심한 것 같은데. 아니 뭐 그렇다고 해서, 어디 폐라도 아픈 거냐?, 하고 비꼬는 건 아니구. 넌 이제 폐병 약을 파는 것도 아니니까. 지금은 단돈 이 엔이 없어서 곤란할 뿐이지. 그래도 그것을 감추려고 하지는 않는다. 한심한 이야기다. 왜 가와나고 단조답게 이천 엔 빌려달라고, 허풍을 떨지 않는 거냐?

그러나 설령 네가 이천 엔 빌려달라고 한들, 이천 엔은커녕 이엔도 내겐 없었다. 싸구려 약초를 달여 마시며, 그 냄새로 다다미 색이 바랠 정도로--- 벌써, 병을 앓기 시작한지도 오래다.

결국, 너는 빈손으로 터덜터덜 돌아갔다. 다시 불러서,

"---그 사람은 어떻게 지내나?"

하고, 오치즈루에 대해 물어보고 싶었지만, 어차피 고생하고 있을게 뻔하다 생각하니, 물어보면 도리어 마음만 아플 뿐인 것 같아, 그만두었다. 오치즈루는 이젠 꽤 나이를 먹었다. 이유도 없이 그 쑥뜸 뜨던 노파가 생각나기도 해서, 생각해 보니 오치즈루도 참

불쌍한 여자다, 이제 색정 따위와는 상관도 없이 정말 마음으로부터 동정심이 생겼다.

그러나, 너도 너무나 힘이 없는 뒷모습이로구나. 너무나도 추워 보이는, 그 모습이 지금 나의 뇌리에 뜨겁도록 어른거려 어찌 할 수가 없다. 오른 쪽 어깨가 처져 있는 것은 예나 지금이나 똑같더구나. ---나도 이제 오래 살지는 못하겠지. 너하고 나하고 누가 먼저 갈까?

돌이켜 보면, 서로 다 나쁜 짓을 해서, 지금 그 벌을 받고 있는 거지. 이제 와서 후회해도 늦은 일이지만, 나쁜 짓은 하는 게 아니다. 나도 요즘은 영 기운이 없다. 너처럼 말이다......

실제로, 너는 기가 약한 사내였다. 그렇게 나쁜 사내는 아니다. 「진상을 밝히다」에 써있는 것처럼 타고날 때부터 악랄한 남자는 아니다. 내가 하는 말이니까, 틀림없다. 왜냐하면, 지금이니까 말하지만, 그 「가와나고 단조의 진상을 밝히다」의 필자는, 사실 바로 나였다. 그렇기 때문에 그토록 상세하게 폭로할 수도 있었던 것이다. 문장도 읽어보면 알 수 있겠지?

애드벌룬

오다 사쿠노스케(織田作之助) 作

그 당시, 내 수중에는 63전밖에 없었습니다.

10전짜리 백동전 여섯 개와 1전짜리 동전 세 개. 그것만을 손에 움켜쥐고, 오사카(大阪)에서 도쿄(東京)까지 선로를 따라 걸어갈 생각이었습니다. 생각해보면 제정신이 아니었지요. 하지만, 그런 나의 무모함은 원래 내가 태어날 때부터 지니고 있던 기질인 듯 했고, 게다가, 오사카에서 도쿄까지 몇 리나 되는 지도 모르는 그 길도, 후미코(文子)를 만나러 간다고 생각하니, 그렇게 멀게 만은 느껴지지 않았습니다 ———— 라고 말하긴 했지만, 적어도 기차 삯은 마련하고 나서...라는 생각을 물론 하지 않았던 것은 아닙니다. 그래도, 결국 그 길을 터벅터벅 걸어가게 된 것은, 돈을 이리저리 변통하느라 하루를 다 보내버릴 그 발걸음으로, 조금이나마 후미코가 있는 도쿄에 가까이 가고 싶다는 조급한 마음과, 또 한편으로는 방랑에의 향수 때문이기도 했습니다.

그러고 보면, 확실히 나의 방랑은 태어나던 그 순간부터 이미 시작되었던 것이었습니다......

물론 태어났을 때의 일을 기억하지는 못하지만, 어쨌든 어머니의 뱃속에 8개월 밖에 있지 않았던 것 같습니다. 소위 달수를 다 채우지 못한 팔삭둥이로, 세상에 흔히 있는 출생이었지만, 우연의 일치인지 내가 태어나기 열 달 전쯤인가, 라쿠고카(落語家=만담가)인 아버지가 큐슈(九州) 순회공연으로 한 달 넘게 집을 비웠던

적이 있었는데, 정상적으로 날짜 계산을 해보면, 아버지가 집을 비운 사이에 생긴 아이가 아닌가 하고, 의심을 하자면 못할 것도 없는 셈이지요. 정말 그런 건지 아닌지, 아버지는 갓 태어난 내 얼굴을 건성으로 들여다보고는, 하얀 피부와 오똑한 콧날, 아랫입술이 튀어나온 점 등, 어머니 닮은 곳만을 찾아내서 왠지 아주 떨떠름해 했다고 합니다. 아버지는 만담 무대에 오르면, 바로 자기의 얼굴색을 화제로 삼을 만큼 피부가 검고, 코도 납작한 편이었습니다.

그 당시, 어머니는 이에 대해 변명하는 것조차 어리석은 짓이라는 표정이었지만, 다른 한편으로는 변명할 힘도 없을 만큼 완전히 기력이 떨어져있어서, 내게 젖을 물리는 것조차도 힘들었던 상태였는데, 놀란 산파가 어머니의 젖을 빨고 있는 나를 떼어냈을 때에는, 이미 어머니의 얼굴은 납빛으로 변해 있었고 헤벌어진 이빨 사이로 혀를 내밀고 신음소리를 내고 있었다고 합니다. 그렇게 어머니는 죽고, 아베노(阿倍野)의 장례식장에서 장례를 치른 그 길로, 나는 쫓겨나기라도 하듯 양자로 보내졌습니다. 졸지에 홀아비 신세가 되어 어쩔 수 없었다고는 하지만, 분유를 먹여서 키우지 못하는 것도 아닌데, 아무리 그래도 초이레도 채 지나지 않아 양자로 서둘러 보내버렸다는 것은 좀 심했다, 역시 아버지가 아닐 수도 있다는 의구심에 그랬던 것은 아닐까? 라고 오키미(おきみ)할머니로부터 들은 것은 15살 때였습니다. 오키미 할머니의 말은 지나칠 만큼 정곡을 찌른 듯해서, 나는 어린 마음에도 그 말에 수긍하며, 그도 그럴 법하다는 듯이 조숙한 표정을 지어 보여주었습니다. 내가 그렇게 한 것도, 이미 그 무렵에, 나는 아버지에게 사랑받지 못하고 있다는 생각이 상당히 깊게 뿌리 박혀 있었기 때문입니다. 하지만 지금은 다릅니다. 지금의 나는 내가 분명한 아버지의 자식이라고 믿고 있습니다.........

잘은 기억나지 않지만, 처음에 양자로 보내진 곳은, 미나미카와치(南河内)의 사야마(狹山)로, 확실히는 모르지만 둘레가 약 십 리나 되는 커다란 연못 옆에 사는 농사꾼이었다고 합니다. 양자를 맡아 키울 정도로 원래부터 가난한 농민으로, 농사지을 소 한 마리도 없이 누추한 헛간살이를 하고 있었는데, 남편이 일하러 밭에 나가면, 그 사이 아내는 종이풍선에 풀칠 등을 해가며, 나하고 같은 해에 태어난 친자식에게 젖을 먹였는데, 내가 들어가고 나서 1년이 채 지나지 않아 러일 전쟁이 시작되어 남편이 출병하게 되자, 밭일도 아내가 나가게 되었습니다. 하지만 아무리 힘 좋은 아내라고 해도 양팔에 갓난아이들을 안고 밭일까지 하는 것은 역시 버거운 일이었겠죠. 어느 겨울날 아침, 오사카로 거름을 푸러 나간 길에, 코즈(高津)의 내 생가에 들러서 말하길, 4살 된 큰딸에게 아이를 보게 할 수도 있긴 하지만, 근처에 큰 연못이 있어서 아이들에겐 꽤 위험한 곳입니다. 그리고 들른 김에 거름 좀 퍼 가겠습니다하고, 퍼 담은 거름 대신에 나를 놔두고 갔다고 합니다.

퍼 담은 거름 대신에...... 라는 말은, 무심코 튀어나온 익살이지만, 이런 것이 아버지로부터 물려받은 것이라 할 수 있겠죠. 아버지는 의심하고 있었는지 모르지만, 나는 누가 뭐래도 만담가인 아버지의 자식이었습니다. 자랑은 아니지만 말재주가 뛰어나고, 아니 그보다 스스로도 짜증이 날 정도로 말하기 좋아하는 편으로, 천박한 여자들에게는 그것이 어느 정도 매력적으로 느껴졌던 것 같습니다. 또 사실, 이런 아무 도움도 안 되는 내 신세타령에 넋이 팔려 함께 밤을 샌 것이 인연이 되어, 떨어질 수 없는 관계가 되어 버린 여자도 없지 않았습니다. 나 역시 조금은 동정을 받으려는 의미에서였는지, 꽤나 여자들을 상대로 이런 이야기를 했던 것입니다. 하지만 동정을 산다고는 해도, 일부러 아주 처량해 보이도록 말을 꺼내는 것은 내 성격상 불가능했습니다. 어차피 처량한 이야기이기 때문에, 한껏 즐겁게 이야기해야지, 어릴 때 일이니 기억도 없고, 공상을 섞어서 지어낸 이야기로 하는 이상, 될 수 있는 한 재미있고도 우습게 각색하자 하고, 만사 '거름 대신에'라는 식으로 수다를 떨었습니다. 자신밖에 재미있어 하지 않는 어린 시절의 이야기를, 칙칙하고 어두운 말투로 이야기해봤자 별 수 없다, 지어낸 말이 아니라면 그 누가 어린 시절의 이야기 따윌 재미있게 들어줄까 하는 생각으로, 자연히 상대를 보고 그의 기분에 맞추어 천박한 말투로 지껄였던 것이죠, 하지만 나로서는 그런 말투로밖에 스스로를 위로할 방법이 없었다고, 그렇게 말하자면 말할 수도 있죠. 이런 식으로 말했던 것입니다.

"……그런데 말이다, 거름대신 놔두고 간 내를 바로 그 날 저녁으로, 종기 낫게 해준다는 이시키리(石切)신사 아래에 사는 농사꾼에게 맡겨부렀다카이, 아부지도 승질이 어지간이 급한 남자인기라, 카지만 내도, 8개월 만에 어무이 배속에서 튀어나올 정도니, 성격이 느긋한 편은 아니재. 그러니, 잽싸게 얻어묵을 젖을 찾아낸 셈인데. 재수엄는 놈은 할 수 엄는 긴제, 그 농가의 아지매가 말이다, 열흘도 안되가꼬 장티푸슨가 뭔가에 걸리뿌린기라. 제아무리 이시키리가 종기 신이라케도, 장티푸스는 전문분야가 아닌기라. 마른버짐은 나사줄 수 있을지 몰라도, 장티푸스는 마른버짐과는 차원이 다르다 아이가. 그러니, 돌팔이 의사가 달려왔제. 순사도 수첩 들고 조사하러 왔제. 모모야마(桃山:모모야마의 전염병 전문병원)에 가야한다, 소독해야 된다 해쌋코, 억수로 시끄러버졌는기라. 결국에는 아한테 젖을 물리믄 안된다 카질 않았나. 그것도 그른게, 아무리 그래도 장티푸스 걸린 사람의 젖을 우에 먹일 수 있겠노? 자, 배는 고파오재, 아무리 아가 울어도 내비두뿌제,

기저귀도 안갈아주재, 엎친 데 덮친 격인기라. 재수없게 똥 밟은 격으로 응아응아 죽어라 울어제끼고 있는데, 어깨에 천칭을 걸친 부뚜막 수리공이 들어와 사정을 묻더니마는, 거 참 가엾다카믄서 야마토(大和) 사이다이지(西大寺)에 그 부뚜막 수리공 친척집에 맡겨주지 않았겠나. 그래가꼬 간신히 젖을 얻어묵게 돼서 굶어 죽는 것은 면했지만서도, 그 집 아지매가 말이다, 이기 보통 질투가 심한 여자가 아잉기라. 수박 철이 되서, 남편이 오사카에 수박을 팔러 가각꼬 며칠씩 돌아오지 않는다 카문서, 대소동이 벌어지는기라. 냉중엔 서로 멱살을 잡고 싸움질을 하문서, 나가그라! 옹야, 내 몬나갈줄 아나? 카더니, 결국에 아지매가 집을 나가삐린기라. 집나갈 때는 말이제, 보따리에 짐을 잔뜩 싸들고 나가는 것까진 좋지만서도, 양자인 내는 기냥 내삐리고 갔는기라. 덕택에, 젖은 묵지도 모하제, 배는 고파오제. 기저귀는 갈아주지도 않제, 죽을 지경인기라. 재수없게 똥 밟았으니, 이 아재 얼굴을 보소, 아재요, 이제 내 우찌 해 줄낀데? 라는 식으로, 한없이 울어제끼니, 아재는 엎친데 덮친격이니, 결국엔 내를 등에 업고, 아부지가 있는 곳으로 데려가지 않았겠소. 그런데, 아부지는 곧바로 내를 이즈미(和泉)의 야마다키무라(山滝村)에 맡겨버리는 기라. 야마다키무라라카믄, 기시와다(岸和田) 산중의 단풍명소로, 폭포도 있고 경치가 좋은 곳이지만, 이번엔 내 발로 나와삣다. 그러다 보니, 어느 틈에 집나오는 게 버릇이 돼가꼬, 그 담부턴 어디에 맡겨놔도, 내 발로 튀어……"

"……나온다 케도, 보이소! 아재예. 그 때는 아직 갓난쟁이 아니라예? 억수로 조숙한 갓난쟁이구마……"

여자도 웃었을 정도로, 어디까지가 진실이고, 어디까지가 거짓인지 알 수 없는 신상 이야기 였습니다만, 그러나 7살 때까지 대충 세어보니 여섯 번인가 일곱 번, 양자로 맡겨진 집을 마치 부전 달린 엽서처럼 여기저기로 전전해 온 것만큼은 분명하고, 방랑의 습성은 그 때 이미 내 어린 몸뚱이에 배어 있었다고 할 수 있겠 지요.

일곱 살이 되던 해 여름, 집으로 돌아가게 되었습니다. 그렇게 매정했던 아버지도 양자로 떠도는 내 처지를 가엾게 여겼던 것이 겠지요. 하지만, 그 당시 지내고 있었던 시골 야오(八尾)까지 나를 데리러 와준 것은, 아버지가 아닌 샤미센(三味線:일본 전통 음악 에 사용하는 세 줄 현악기)을 켜는 오키미(おきみ)할머니였습니다. 다카츠 신사(高津神社)의 뒷문을 빠져나가면, 바로 우메노키하 시(梅ノ木橋)라는 다리가 있습니다. 다리라고 해도 어린이 걸음으 로도 두 세 걸음이면 될, 오사카에서 가장 짧은 다리라는 그 다리 를 건너서 바로 보이는 조촐한 가정집이 오늘부터 네가 살집이라 고, 오키미 할머니가 일러줬을 때는 가슴이 두근거렸습니다만, 그 러나 거기엔 이미 하마코(浜子)라고 하는 계모가 있었습니다. 나 중에 들으니, 하마코는 원래 난치(南地:難波新地의 약어, 오사카의 유곽의 하나)의 게이샤(芸者:기생)였는데, 아버지가 몸값을 치러주 고 빼냈다기보다, 하마코 쪽에서 홀딱 반한 손님에게 돈을 다 탕 진했지만, 그 사람의 변심으로 질려버린 하마코가 그 길로 아버지 에게 억지로 매달려 억지 춘향식으로 아내가 된 것이 4년 전 일 이고, 둘 사이에서 아들까지 낳았는데, 그 당시 세 살로 이름은 신지(信次)라고 했는데, 하얀 콧물을 두 갈래로 질질 흘리고, 놀란 듯이 큰 왕방울만한 눈은 아버지를 닮았습니다. 아버지는 얼굴이 전체적으로 둥글둥글해서, 예명도 마루단지(円団冶)였습니다. 그래 서 하마코는 신지를 작은 마루단지라고 부르며, 장래 이 아이를

예능인으로 만들 거라며 기뻐했는데, 오키미 할머니로서는 그것이 전부터 싫었던 모양입니다. 나를 데리고 들어선 즉시 대뜸 안으로 들어가 앉아서는, 몹시 빈정거리는 말투로,

"다카츠(高津)신사 경내에 있는 야스이 이나리(安井稻荷)는, 야스이상(安井さん=야스이님, 安い産 즉 순산과 동음)이라케서 출산의 신을 모시는 곳인데도, 이 아의 어무이는 야스이상(安井さん) 바로 옆에서 아를 낳았는데도, 산병으로 죽어 삐린 건 무신 조화일꼬......"

라며, 은근 슬쩍 나의 생모 이야기를 꺼내거나 하면서 하마코의 기분을 언짢게 했습니다. 그리고는, 아아, 이제 속이 후련하다 하는 얼굴로 오키미 할머니가 요세(寄席:라쿠고 극장)에 가버리자, 아버지도 곧 공연시간이 다되어 나가버리고, 나는 갑자기 불안한 마음이 들었습니다만, 밤이 되자, 하마코는 신지와 나를 후타쓰이도(二つ井戸)나 도톤보리(道頓堀)에 데리고 가, 태어나서 처음으로 야시장을 구경하게 해주었습니다.

그 당시 일을, 조금 상세하게 이야기해 보도록 합시다. 왜냐하면, 그 때 봤던 밤의 세계가 나의 일생에 조금은 영향을 주었기 때문인데, 첫 번째는, 뭐니 뭐니 해도 나에게 있어서 오사카의 거리들이 너무나 그립기 때문이며, 지금에 와서 보면, 더욱 그리워서 너무나 애석한 기분이라고 표현해도 좋을 정도이기 때문입니다.

집을 나서서, 신사 정문의 도리이(鳥居 : 신사 입구에 세운 기둥문)를 빠져나가면, 바로 다카츠(高津) 신사의 정문 앞 비탈길이 나오고, 그 비탈길을 따라 꼭대기까지 오르면 남쪽에 「가니돈(かにどん)」이라는 단팥죽 가게가 있었다는 것을 알고 있는 사람은 이제 거의 없을 겁니다. 후타쓰이도의 「가니돈」은 알고 있는 사람이 있을지 몰라도, 이 「가니돈」은 아무도 모를 겁니다. 그러나, 그날

밤엔 이 「가니돈」에 들르지 않고 바로 비탈길을 내려왔는데, 그 내리막길에는 신불에게 올리는 등불이 걸린 절이 보이기도 했고, 그 절의 하얀 벽이 보이기도 했으며, 꺾여 돌아가는 길모퉁이 사이로 이쿠타마신사(生国魂神社)의 북문이 보이기도 했습니다. 입구에 지장보살을 모셔둔 골목이 있는가 하면, 금속으로 만든 등을 파는 가게가 보이기도 하고, 이나리(稲荷:곡물의 신) 신에게 제사지낼 때 쓰는 두루마리를 물고 있는 여우 석상을 파는 가게가 있는가 하면, 도롱이벌레 집으로 만든 동전지갑을 파는 가게며, 빨간 유리의 처마 등에 상호를 써넣은 배달요리가게, 가게의 입구폭이 조금 넓은 기름가게, 그리고 공중목욕탕의 빨간 노렌(상점 입구에 걸어두는 상호가 써있는 천:포렴) 사이로 벌거벗은 사람들이 보이는 공중목욕탕이 있는 등, 오사카의 고지대에 위치한 우에마치(上町)와, 센바(船場)와 시마노우치(島之内)가 있는 시타마치(下町)를 이어주는 비탈길인 만큼, 마치 데라마치(寺町)의 회고적인 고요함과, 바글바글 북적이는 시정의 번화함이 뒤섞여 있는 듯한 정취가 있었습니다.

비탈길을 내려와 북쪽으로 접어들면 시장이 있고, 햇살 가리는 차양을 끝까지 끌어올려 놓은 비린내 나는 처마 밑에서, 이미 가게 문을 닫은 듯이 보이는 젊은이가 팬티만 걸친 알몸으로 흐릿한 처마 등 불빛 아래에서 장기를 두고 있었는데, 하마코를 보자,

"어데 가는기고?"

라며 말을 걸었습니다. 그러자, 하마코는

"잠깐 미나미(남부번화가를 가리키는 말)에"

라고 말하고서는, 그의 알몸을 가리키며

"니 벌금 50전이데이"

라고 말했습니다.

시장 안은 좁고 어두웠지만, 그곳을 벗어나 서쪽으로 접어들자, 길은 갑자기 넓고 환해졌는데 그곳이 바로 후타쓰이도였습니다. 검은 빛이 도는 물개고기를 파는 가게와, 원숭이의 두개골이나 해마(海馬)를 검게 쪄서 구운 약을 파는 구로야키 약방이 있기도 하고, 이질풀이나 삼백초를 파는 약방들이 있어서, 약방이 많은 곳이라고 생각하고 있자니, 자나 저울을 파는 가게도 몇 곳이나 있는가 하면, 밥풀과자 가게 앞에는 우물이 두 군데나 있기도 했습니다. 시모야마토(下大和) 다리 밑의, 움푹 꺼진 낮은 처마의 조그만 집에선 삼색 우이로(ういろ:찹쌀 가루와 설탕을 섞어 만든 과자, 나고야의 명물)를 팔고 있었는데, 그 건너편의 어묵 가게에서는 팔다 남은 하얀 한펜(はんぺん:다진 생선살에 마 등을 갈아넣고 반달형으로 해서 굳힌 식품)이 물에 둥둥 떠 있었습니다. 멧돼지 고기를 파는 가게에서는 멧돼지가 거꾸로 매달려 있었지요. 다시마 가게 앞을 지날 때는, 소금에 절인 다시마를 삶는 듯한 냄새가 폴폴 코를 찔렀습니다. 유리 발을 파는 가게에서는 유리구슬이 스치는 소리와 풍경 소리가 시원스레 울려오고, 빗가게 안에서는 어린 점원이 앉아서 졸고 있었습니다. 도톤보리(道頓堀)천의 기슭으로 내려가는 계단 아래의 파란 페인트칠을 한 건물은 공중변소였습니다. 감자를 파는 가게가 있고, 여성용 장신구 가게가 있고 포목점도 있었습니다. 「마카란야(まからんや)」라고 하는 오비(기모노의 허리띠) 전문점 앞에서, 하마코는 오래도록 서 있었습니다.

신지는 자주 와 본 탓에 익숙해져 있어서인지 후타쓰이도 같은 건 조금도 놀랍지 않다는 듯 줄곧 하품을 하고 있었지만, 나는 넋을 잃을 듯한 관능적인 밤의 세계로 인해 어린 마음이 저며 오고 있었던 것입니다. 그리고 눈앞에 펼쳐지는 도톤보리의 등불을 응시하며, 지금 지나온 후타쓰이도보다도 한층 더 밝은 저런 세계가

이 세상에 있었던 것일까 하고, 마치 여우에게라도 홀린 듯한 기
분이었습니다. 만약 하마코가 저곳에 데려가 주지 않으면, 틈을
보아 그곳에 달려가서는 그 빛의 홍수 속으로 뛰어 들어가 보리
라 생각하며, 「마카란야」 앞에 멈추어 선 하마코가 움직이기만을
기다리고 있자니, 이윽고 하마코가 다시 걷기 시작했기 때문에,
부랴부랴 그 옆에 달라붙어 사카이스지(境筋)의 전차길을 넘어서
자마자, 이미 도톤보리의 불빛은 눈 깜짝할 사이에 나의 몸을 휘
감아버렸고 나는 정신이 멍해져 버렸습니다.

　벤텐 좌(弁天座), 아사히 좌(朝日座), 가도 좌(角座)…… 그리고
조금 더 가면, 나카 좌(中座), 나니와 좌(浪花座) 순으로 동쪽에서
부터 차례로 다섯 개의 극장이, 당시에는 천천히 간판을 올려다보
며 즐길 수 있을 만큼 보였었는데, 하마코는 가도 좌 옆 과일가게
모퉁이에서 갑자기 센니치마에(千日前) 쪽으로 접어들어가, 안경
가게의 거울 앞에서 유카타(浴衣)의 옷깃을 바로 잡았습니다. 하
마코는 자노메가사(蛇ノ目傘:한가운데 둥근 원이 그려져 있는 우
산) 무늬가 새겨진 유카타의 옷자락을 짧게 치켜 올려 입고 있었
습니다. 그 때문일까, 나는 지금도 자노메가사를 보면, 이 계모가
생각나고 그리워집니다. 그리고 또 한가지 떠오르는 것은, 하마코
가 호우젠지(法善寺)의 좁은 골목 앞을 지날 때, 살짝 얼굴을 들
이밀어 보이곤,

　　"아부지가 나가시는 요세(寄席)가 바로 저기데이"
하고 가게쓰(花月:요시모토(吉本)의 극장)를 가리키며 우리들에게
말하고는, 갑자기 낼름 혀를 내밀어 보이던 모습입니다.

　이윽고 라쿠텐치(楽天地)의 건물이 보였습니다. 하지만, 하마코
는 우리들을 그 앞까지 데려가 주지는 않고, 뜻밖에도 니혼바시
가(日本橋一丁目) 쪽으로 꺾어서, 그리고 바로 초입에 있는 메야

스데라(目安寺) 안으로 들어갔습니다. 그곳엔 수없이 많은 봉납한 제등이 걸려 있었는데, 제등의 등불이 흔들리며 향의 불빛도 깜빡거렸기 때문에 여전히 밝기는 했지만, 그러나 문득 문득 어두운 구석이 남아 있기도 해서 도톤보리의 그런 휘황찬란함과는 전혀 달랐습니다. 하마코는 후도묘오(不動明王:8대명왕 중 5대명왕) 앞에 등불을 올리고, 뜻을 알 수 없는 말을 묘한 곡조로 읊는가 싶더니, 우리들에게는 아무 말도 하지 않은 채 이번엔 미즈카케 지장보살(水掛地藏) 앞으로 가서, 눈과 코가 닳아버린 지장보살의 얼굴과, 물 때 탓에 색이 변해버린 가슴 부분에 물을 끼얹기도 하고, 수세미로 문지르기도 했습니다. 나와 신지는 서로의 얼굴을 마주 보았습니다.

메야스데라를 나오자, 밖은 캄캄했습니다. 그런데 하마코는 곧 다시 우리들을 휘황한 불빛 속으로 데리고 갔습니다. 오우마(お午) 야시장이 선 것이었습니다. 오우마 야시장이란, 말의 날(午の日 : 음력에서 표기하는 12지 중 7번째 날을 오(午)라 하며 12일을 주기로 순환)마다, 도톤보리 아사히 좌의 한 모퉁이에서부터 센니치마에(千日前)의 곤피라도오리(金刀毘羅通り) 까지 남북으로 이어지는 길에 서는 야시장인데, 나는 밤 나방이이라도 된 것처럼 다시 한 번 이 세계를 동경하게 되어 버렸습니다.

장난감 장사 옆에는 이마가와야키(今川燒 : 밀가루에 팥소를 넣고 구운과자)장사가 있었고, 또 옆에서는 마술을 보여주며 그 요령을 알려주었습니다. 사방등 속이 빙글빙글 돌아가는 것을 마와리안도(走馬灯)라고 하는데, 벌레를 파는 노점의 빨간 사방등에도 방울벌레, 송충이, 철써기 그림 등이 그려져 있었습니다. 벌레 노점 옆의 경단장사는 꿀을 바른 기온(祇園) 경단을 팔고 있었고, 또 그 경단 장사 옆에 무슨 장사가 있었나 하면, 마메이타(콩엿)

장사, 곤페이토우(金米糖:별사탕)장사가 있고 가래엿도 유리 뚜껑 속에 들어 있었으며, 그 옆에서는 붕어빵장사가 꼬리부분까지 앙 꼬가 든 붕어빵을 금방 구워내 주어, 신문지에 싸도 집을 수 없을 만큼 뜨거웠습니다. 그리고 점토세공품, 집짓기놀이용품, 에조시(繪 草紙:에도시대부터 전해오는 조잡한 판화그림책), 딱지, 유리구슬, 불꽃놀이용품, 복어 모양의 초롱, 오슈(奧州:현재의 동북지방) 이 츠키가와(斎川)의 뱀잠자리애벌레, 쥘부채, 달력, 난금붕어, 왜나막 신끈, 풍경······ 다양한 색채와 형체들이 아세틸렌가스와 램프의 불 빛 속에서 어지러이 뒤섞이면서도 일련의 질서를 유지하며 늘어 서 있는 그 풍경은, 시골에서 자라 온 나로서는 마치 꿈의 세계와 같은 것이었습니다. 멍하게 넋을 잃고 걷고 있는 사이에, 마침내 아세틸렌가스 냄새와 푸른 등불이, 촉촉한 물기를 머금은 초록빛 을 생생하게 살려내는 화분장사 노점 앞까지 다다르면, 이제 거기 는 야시장의 끝이었습니다. 밑이 빠진 듯이 길은 어두컴컴하고, 거리의 악사인 엔카시(演歌師)가 연주하는 바이올린의 선율은, 바 로 야시장의 끝에 다다른 뜻 모를 슬픔이었습니다.

그러나 내가 한 번 더 되돌아가서 보고 싶다는 말을 꺼내기도 전에, 하마코는 다시 밝은 곳으로 되돌아갔고, 정원수 가게, 풍경, 왜나막신끈, 난금붕어, 달력, 부채, 오슈 이츠키가와의 뱀잠자리애 벌레, 복어 초롱, 불꽃놀이용품, 유리구슬 등을 보여주었기 때문 에, 나는 그녀를 참 좋은 엄마라는 생각했습니다. 게다가 하마코 는 내가 조르지 않아도,

"저것도 사자, 이것도 갖고 싶나? 아, 저것도 좋은 것 같네, 아저씨예! 이것도 싸 주이소." 마치 자신이 더 신이 난 모양으로, 신지와 내 것을 모조리 두 개씩 사 주었기 때문에 나는 어쩔 줄 모르고 있었습니다. 너무 기쁜 나머지 오줌이 나올 것만 같았기

때문에, 곤충을 파는 가판대 앞에서는 사타구니에 힘을 주고 허벅지를 마주 비벼대면서 나오려는 오줌을 참고 집에 돌아가길 기다렸지만, 하마코는 곤충 채집장을 물색하느라 좀처럼 움직일 줄을 몰랐습니다.

하마코는 살림살이가 서투른 편은 아니었지만, 물건사기 좋아하는 옛 버릇은 버리지 못했습니다. 게다가 의붓자식인 내가 돌아왔으니 내일부터는 주위의 시선도 고려하지 않으면 안되는 데다가, 시키지도 않았는데 나서서 돌봐주고 싶어하는 오키미 할머니의 입소문도 두렵고 해서, 생모도 해주지 못했던 자상함을 보여줄 심산도 조금은 있었겠지요————물론 그런 속사정은 어린 나로서는 잘 모릅니다. 돌아오는 길에 후타쓰이도에서 「가니돈」의 팥빙수를 먹고, 다카쓰의 비탈길을 올라가는 도중, 그때까지 한 번도 느껴보지 못했던 어머니라는 존재의 달콤한 기분에 취해, 몇 번이고 아름다운 하마코의 옆모습을 쳐다보고 있었습니다.

그런데, 그런 상냥한 어머니를 주위 사람들은 계모라고 말하고 있었습니다.

"이 아인 누구 아이. 소바 가게 의붓자식. 들어와 놀거라. 깨진 그릇 조각으로. 머릴 때려줄테니"

이런 노래를 의도적으로 가르쳐준 것은 오키미 할머니였습니다. 오키미 할머니는 항상 센니치마에의 도키와 좌(常盤座) 건너편의 일명 '오 할 할인(五割安)'이라 부르는 센니치토우(千日堂)에서 사온 5 리짜리 사탕을 나에게 주며 하는 말이,

"주키치(十吉)야, 니는 신지와는 다르데이. 의붓자식인기라. 에고, 어린 것이 참 딱한 팔자로 불쌍하기도 하제"

하고, 하구로(齒黑:에도시대 풍습으로 기혼 여성의 표시로 검게 물들인 이)를 한 기분 나쁜 입을 내 귀에 갖다 대면서 어느 새

눈물을 글썽이고 있는 것입니다. 그리곤 내가 영문을 몰라 멀뚱하게 있노라면,

"니, 기죽지 말고 씩씩해라 안카나?"
하고 나무라며,

"울고 싶거덩 내랑 같이 울재이. 그래, 실컷 울어삐는 기라"
하는 것이었습니다. 오키미 할머니는 옛날 오사카의 2류 배우의 아내였는데, 게이샤 출신인 첩으로 인해 두 아이가 있는 호리에(堀江)의 집에서 쫓겨나, 지금까지 25년 동안, 의붓자식으로 살아갈 두 아이의 운명을 걱정하며, 노도쵸(野党町)의 칫솔장인 집 2층을 빌려서 혼자 외롭게 살아온 여자였습니다. 그런 마음고생 탓인지, 부탁한 것도 아닌데 야오(八尾)의 시골구석까지 나를 데리러 와준 것이나, 또 마음에 맞지 않는 하마코가 거북해하는 것을 잘 알면서, 무슨 일이든 굳이 마루단지 집안일을 도와주러 오는 것은, 단순한 친절에서가 아닌, 스스로는 잘 느끼지 못하지만 뭔가 잔혹스러운 호기심에 의한 것이었을지도 모릅니다. 그래서 나에게는 의붓자식이라든지 계모라든지, 딱한 처지로 불쌍하다든지 하는, 처음엔 의미를 알 수 없었던 말들이 언젠가부터 귀에 익어버리게 되었습니다.

그러자, 점차 내 얼굴은 언제 학대를 당하게 될지 몰라 전전긍긍하는 의붓자식다운 얼굴이 되어가고, 그런 얼굴로 하마코를 쳐다보면, 이 젊은 계모는 상당히 계모다워 지는 것이었습니다. 하마코는 나란 존재가 신기하던 것도 슬슬 싫증이 나던 시기였던 것 같습니다. 밤에 아버지가 요세에 공연을 나가고 없는 사이, 신지가 오우마 야시장이나 에노키(榎) 야시장 구경을 가자고 졸라대면, 하마코는 집 볼 사람이 없다며 힐끗 내 얼굴을 보는 것입니다. 그럴 때,

　　"내는 졸려서 야시장은 가기 싫어예"

하고, 마음에도 없는 말을 하는 것은 물론 나였습니다. 그 이유 중 하나는, 낮에 오키미 할머니에게 받은 사탕을 혼자서 몰래 먹고 싶었기 때문이었습니다. 혼자서 몰래 라는 말을 가르쳐 준 것도 오키미 할머니였습니다. 하마코는 그 즈음 아버지와의 부부사이가 별로 좋지 않았기 때문인지, 점점 심술궂고 모난 목소리로,

　　"뭐 아런 아가 다 있노. 그라모, 주키치 니는 집이나 보고 있그라"

하는 것이었고, 점심때 내가 신지를 데리고 집 앞에 나와 놀고 있으면, 이웃사람들에게는 하마코가 내게 억지로 애보기를 시키고 있는 것으로 밖에 보이지 않았습니다. 그 정도로 풀이 죽은 얼굴을 하고 있었던 것입니다. 하마코는 신지가 울 때면, 언제나 그것을 내 탓으로 돌렸습니다. 그래서, 신지가 중이염에 걸려 하루 종일 울고 있을 경우와 같은 때, 될 수 있는 한 하마코의 눈에 띠지 않는 곳으로 피하려고 애쓰던 나는, 얼음을 사오라는 심부름에 안도하여, 언제까지고 신사 경내의 무대에 우두커니 멈춰 서있었습니다. 그러고 있자면, 들고 있던 얼음은 점점 작아지고 어느 틈에 얼음은 새끼줄에서 미끄러져 바닥으로 떨어져 깨져 버리는 것입니다. 깜짝 놀라서 얼음을 주워들었을 땐, 이미 새끼줄로는 묶을 수 없을 만큼 작아져 있어서, 앞치마에 감싸서 돌아가려고 하다가, 돌층계에 발이 걸려 넘어졌습니다. 손과 무릎이 까졌을 뿐이었지만, 나는 빈손으로 돌아가도 하마코에게 벌을 받지 않을 변명거리가 생겼다고 생각했던 건지, 때마침 지나가던 행인이 일으켜줄 때까지 죽은 듯이 엎어져 있었습니다.

　　그런데, 초등학교 3학년 겨울, 학교가 끝나고 집에 돌아오니, 신지의 울음소리가 들렸습니다. 반사적으로 하마코에게 잔소리 들

을 각오를 하고, 잔뜩 겁을 먹고 집에 들어갔는데, 다행스럽게 하마코의 모습은 보이질 않고, 아버지는 긴 화로 앞에 납덩이처럼 앉아, 울고 있는 신지를 멍하니 바라보며 담배만 피우고 있었습니다. 이윽고 날이 저물어, 아버지가 요세에 공연하러 나갔는데, 얼마 후에 근처의 도시락 가게에서 2인분의 도시락이 배달되어 왔습니다. 나는 신지와 둘이서 그것을 먹으며 신지에게 물으니, 이제 하마코는 돌아오지 않는다고 합니다. 나는

"웃기지마라"

하고 믿지 않았는데, 다음 날 오키미 할머니가 황급하게 달려와서는 아버지에게 하는 말이,

"잘했소. 억수로 잘했구마. 결국 쫓아내삐리꾸마"

하며, 하마코가 의붓자식인 나를 괴롭힌 댓가로 결국 아버지에게 쫓겨난 것이라고 말했지만, 나는 왠지 모르게 아버지가 그렇게까지 나를 걱정하고 있다는 생각은 들지 않았습니다.

하마코가 집을 나가고 얼마 후, 우리 삼부자는 가사야마쵸(笠屋町)로 이사를 했습니다. 스오마치스지(周防町筋)를 오십여 미터 남쪽으로 들어가서 동쪽 편으로 골목길이 있습니다. 그 골목의 가장 안쪽에 위치한 남향집이었습니다. 장어 침상 같은 좁은 골목길이었지만, 그 쪽은 소에몬쵸(宗右衛門町)의 유곽과 가까웠기 때문에, 우에마치(上町)나 나가마치(長町) 근처에 많이 있는, 소위 가난한 사람들이 모여 사는 나가야(長屋 : 칸을 막아서 여러 가구가 살 수 있도록 길게 만든 셋집)가 아니었습니다. 골목길 양쪽의 집들은 예를 들자면, 샤미센 지도라는 간판이 걸려 있기도 하고, 연극에 쓰는 소품을 만드는 집이나, 게이샤의 포주집(기생, 창녀를 두고 손님의 청이 있을 때 보내는 집)이 있기도 하고, 또한 독립해서 영업하는 기생이 어머니와 고양이 이렇게 셋(?)이서 사는 집이

있기도 했습니다. 셋방이지만 전화를 끌어다 쓰고 있는 집이 있을 뿐만 아니라, 깊은 밤에 더 흥청거린다는 점에서도 보통과는 달라서, 어딘지 골목길 전체에 요염한 분위기가 감돌고 있었습니다. 그 요염한 분위기라고 하면, 이삿날 도와주러 온 다마코(玉子)라는 처음 본 여자도 목덜미에만 흰 분을 바르고 있었고, 그리고 하마코가 입고 있던 것처럼 유카타(浴衣)의 옷자락을 짧게 치켜 입은 모습이, 어린 내 눈에도 어딘가 모르게 요염하게 보였던 것입니다. 다마코는 뒷정리가 끝나도 돌아가지 않는다 싶었더니, 그대로 눌러앉아 살게 되었고, 그렇게 우리들의 새 어머니가 되었던 것입니다.

다마코는 하마코처럼, 나와 신지를 야하타스지(八幡筋)의 야시장에 데려가 주었기 때문에, 아무 것도 모르는 신지는 다마코가 온 것을 기뻐하고 있는 듯 했지만, 과연 나는 어땠을까요? 야하타스지의 야시장을 설명하자면, 골목을 나와 십 보정도 걸어가면, 카사야마치(笠屋町) 도오리를 동서로 가로지르는 길이 나옵니다. 이것이 소품가게와 포구사와 골동품가게가 많은 야하타스지 입니다. 여기서 잠깐 도오리(通り)와 스지(筋)의 차이를 말씀 드리자면, 센바(船場)에서는 남북으로 이어진 길보다는 동서로 이어진 길 쪽이 거리가 번창하고 발달해 있기 때문에, 동서의 길을 도오리라고 부르고, 남북의 길을 스지라고 부릅니다. 하지만 시마노우치(島之内)에 오면, 반대로 남북 쪽이 발달하여, 남북의 선이 도오리, 동서의 선이 스지가 됩니다. 그런데 신사이바시스지(心斎橋筋)와 미도우스지(御堂筋)는 남북으로 이어진 길이지만 스지라고 부르는 것처럼 예외도 있습니다. 야하타스지는 동서로 이어져 있기 때문에 스지 하고, 바로 그 스지에 야시장이 서는 것입니다.

이 야시장은 신사이바시스지를 가로질러 미도우스지까지 늘어서 있는데, 다마코는 신사이바시스지의 모퉁이까지 와선 갑자기 남쪽으로 돌아 들어갔습니다. 그리고 에비스(戎) 다리를 지나, 다리의 남쪽 끝에서 도톤보리로 꺾어 들어가서, 나니와 좌(浪花座) 앞을 지나고, 나카 좌(中座) 앞을 지나, 카도 좌 옆의 과일가게 앞까지 오면, 하마코와는 다르게 센니치마에 쪽으로 들어가지 않고, 반대쪽인 다자에몬(太左衛門) 쪽으로 꺾어 들어갔습니다. 그리고는 다리 위에서 잠깐 땀을 식히고, 북쪽으로 곧장 카사야마치 골목길까지 돌아오는 것이었습니다. 나는 처음으로 본 신사이바시스지의 등불 빛에 정신이 멍해졌습니다만, 그러나 그보다도, 에비스 다리와 다자에몬 다리 위에서 본 천 양쪽의 등불 빛으로 마음이 더 흔들렸습니다. 소에몬쵸의 청루(유곽)와 도톤보리의 시바이 차야(芝居茶屋 : 가부키 등의 극장 근처에 차를 마시거나 휴식을 취하는 가게)가 강을 사이에 끼고 서로 등(건물의 뒷면)을 마주하고 있었습니다. 그리고 천변 양 쪽에 모두 여름용 발이 쳐져 있어서, 가게 안에서 부채질을 하고 있는 사람들의 모습이 마치 그림자그림을 보고 있는 것 같았고, 그 불빛이 그대로 도톤보리 천의 완만한 흐름에 비치는 것을 보고 있자니, 나의 천성적으로 타고난 다감한 가슴은 쿵쿵 뛰었습니다. 그러나 그런 풍경을 보여준 다마코를, 그 언젠가의 밤 하마코를 쳐다봤을 때처럼 좋은 엄마라구나 하는 눈으로 바라볼 만큼 나는 어리석지 않았습니다.

'뭐꼬, 천상 계모아이가'
라는 식으로 다마코를 보며, 그리곤 다이호지(大宝寺) 초등학교에 들어갈 나이가 된 신지를 붙잡고,

"잘 듣거래이. 니는 의붓자식인기라"
라고 말해 주는 것으로, 잔혹한 쾌감을 맛보고 있었습니다. 하마코가 있었을 때, 그토록 부러워 보였던 신지가 이제는 나와 똑같

은 의붓자식이라고 생각하니, 왠지 모르게 고소했던 것이겠지요.

그러나, 신지는 이상한 아이여서, 하마코를 그리워하는 기색도 보이질 않고, 그저 괴물처럼 키가 큰 다마코를 잘 따르고 있었던 것 같았습니다. 그러나, 이윽고 다마코가 딸을 낳자, 신지는 내가 들려주는 의붓자식이란 말에 수긍하며 우울한 표정을 짓게끔 되었습니다. 그래서인지 나도 신지가 그 여자아이를 돌보고 있는 모습을 보면, 조금 불쌍해 보였습니다. 그러면서 아버지 쪽을 살펴보면, 아버지는 그 여자아이를 귀여워하려고도 하지 않고 다마코와 다투기만 했기 때문에, 나는 특별히 나와 신지가 아버지에게 귀여움 받지 못해도, 조금은 체념이 된다고 조숙한 생각을 했습니다. 그러나 다마코는 구두쇠라서 전혀 군것질할 돈도 주지 않았기 때문에, 나는 문득 마음씀씀이가 좋았던 하마코를 떠올리고, 신지와 둘이서 그 이야기를 하고 있노라면, 하마코가 마치 생모처럼 느껴져 훌쩍훌쩍 울었던 것을, 지금 생각해보면 정말 알 수 없을 만큼 묘한 일이었습니다. 다마코는 키만 클 뿐, 뭐 하나 자랑할 만한 것도 없었고, 얼굴도 하마코에겐 상대가 안될 만큼 추녀였습니다.

그런데, 이윽고 다이호지 초등학교의 고등과를 졸업할 즈음, 불단 서랍 깊숙이 들어있던 생모의 사진을 발견하게 되었습니다. 그리고,

"아, 바로 이 사람이데이, 이 사람인기라"

하는 오키미 할머니의 말을 들으면서 물끄러미 그 사진을 보고 있는 사이에, 나는 집을 나와 고용살이를 할 결심을 하게 되었습니다. 그렇게 하는 것이 훨씬 비장한 기분이 들었던 것입니다. 오키미 할머니에게 결심을 털어놓고 이야기하자, 할머니는 눈물을 흘리면서 찬성해 주었습니다. 나 자신도 허풍스러웠지만, 오키미

할머니도 역시 허풍스러웠습니다. 그 당시 다이호지 초등학교 4학년 꽃 반에 우루시야마 후미코(漆山文子)라고 하는 다타미야쵸(畳屋町)에서 통학하는 게이샤의 딸 같은 아이가 있었는데, 학교에서도 커다란 연보라 빛 등꽃모양이 있는 유카타를 입고 있었고, 학교가 끝나고 집으로 돌아가면 얼굴에 분을 바르고 연지를 찍었습니다. 이제 고용살이를 하러 가게 되면, 그 아이의 모습도 더 이상 볼 수 없게 된다는 아련한 이별의 감상은, 오히려 나의 결심을 강하게 만들어 주었습니다. 그러나, 무엇보다도 나의 마음을 굳히게 한 것은, 아버지가 나의 결심을 듣고도 전혀 반대하지 않았던 것입니다. 나는 그것을 아버지의 냉담함이라고 인식할 만큼 눈치 있는 아이였지만, 그러나 그 당시 오사카에서는 양가집 도련님이 아닌 이상, 대부분의 아이들을 고용살이 점원으로 보내버리는 것이 풍습이었기 때문에, 여기저기 수고스럽게 소개를 부탁할 필요는 없었습니다.

대체로 나는 사물을 과장되게 생각해 버리는 체질이라, 내가 지금까지 장황하게 어릴 때의 이야기를 해 온 것도, 즉 양자로 보내지거나 계모의 손에서 자라거나, 고용살이를 나가거나 한 것이, 나의 운명을 싹 바꾸어버린 것처럼 생각하고 있기 때문이지만, 그러나 지금 문득 생각해 보면, 내가 현재 나와 같은 인간이 된 것은, 환경이나 처지의 탓이 아니라는 생각도 듭니다. 나라고 하는 인간은 어떤 환경과 처지에서 자라더라도, 결국 지금의 나같이 밖에 될 수 없었던 것은 아닐까요? 아니, 나 같이 평범한 남자가 어떤 식으로 자라왔는가 하는 이야기는, 생각해보면 아무래도 상관없는 일이고, 그러고 보면 이제 더 이상 이야기 해 보았자 아무 소용없는 일이라고 생각하니, 지금까지 긴 이야기를 해 온 것도 후회가 됩니다. 하지만, 이것도 수다쟁이로 타고난 기질로 인해

벌어진 일, 나로서는 빨리 덴노지(天王寺) 서문(西門)에서의 만남
까지 말한 다음에 이야기를 끝내버리고 싶지만, 어린 시절의 이야
기부터 시작한 이상, 이미 벌려놓은 좌판이니까 도중에서 그만 둘
수도 없으니, 재미있지도 않은 이야기이긴 해도 조금 더 계속해야
만 할 것 같습니다. 그러나, 가능한 한 이야기를 빨리 전개시키도
록 하겠습니다. 그렇게 말은 해도, 역시 오사카의 이야기만 나오
면, 여전히 그리워지는 마음 때문에, 자꾸만 자질구레하게 이야기
하고 싶어져서 말이죠……

그럼 이야기를 시작해 볼까요, 내가 니시요코보리(西橫堀)의 도
자기가게에서 견습점원으로 고용살이를 시작 한 것은 15세의 봄
이었습니다. 거기는 흔히 말하는 세토모노(瀬戸物:세토지방 도자
기) 거리로, 고라이바시 도오리(高麗橋通り)에 가설한 스지카이(筋
違) 다리 옆에서부터 요쓰바시(四ツ橋)까지, 니시요코보리 천을 따
라 천오백여 미터 정도 거리엔 거의 모든 집들이 도자기 가게였
습니다. 내가 고용된 집은, 히라노초(平野町) 도오리에서부터 두,
세 집 남쪽으로 들어가서 서쪽으로 쓰쿠다니(佃煮:생선, 조개, 해
초 등의 조림)가게 옆집이었습니다.

나는 하얀 끈이 달린 두꺼운 무명 앞치마를 걸치고, 아침은 죽
과 저린 야채, 점심은 반자이(バンザイ:반찬)라고 해서 야채를 익
힌 것이나 곤냐쿠(蒟蒻)을 넣은 싱거운 스마시지루(すまし汁:맑은
장국), 밤엔 다시 저린 야채에 오차즈케(お茶漬け:더운 차에 말아
서 먹는 밥)였습니다. 급료는 없고, 용돈으로 받는 것은 1년에 50
전, 한 달에 5전 조금 안 되는 돈을 받았습니다. 고참 견습점원이
라도 그것과 별 차이가 없는 듯했는데, 동료들은 그 용돈을 내내
소중하게 지니고 있다가, 16일 밤마다 서는 히라노초(平野町) 야
시장에서, 1꼬치에 2리(厘) 하는 도테야키(ドテ焼)라는 돼지 비계

살을 된장양념해서 구운 것이나, 1개에 5리 하는 야채 튀김을 사 먹기도 하며 영양보충을 했습니다만, 나는 신참이기 때문에 야시 장에도 가지 못하는 신세로, 밤에는 가게 문을 닫아 놓고 연습을 했습니다. 게다가, 아침엔 가장 먼저 일어나야만 했습니다. 일어나 바로 가게 문을 열고 청소를 했는데, 이 청소가 꽤 힘들었습니다. 버리는 새끼줄과 쓰레기는 땔감이 되므로, 흙이 섞이지 않도록 살 살 비질을 하지 않으면 꾸중을 듣습니다. 주인은 볏 짚 한 가닥에 도 눈빛이 변하는 사람이었습니다. 청소가 끝나도 바로 밥을 주는 것이 아니라, 여기저기 심부름을 다녀와야 했습니다. 아침 식사 전에 심부름을 보내면, 용무를 빨리 보고 온다는 이유에서였습니 다. 그러나 심부름 갔다 돌아오면 과식을 하게 된다는 이유로, 저 린 야채는 놀랄 만큼 맛없게 절여져 있었습니다. 저린 야채가 맛 이 없으면, 죽도 많이 먹지 못할 것이라는 계산에서입니다. 그러 나, 이것은 그 집만의 습관이 아니라, 나중에 여기저기 일을 해 보고 나서 알았습니다만, 센바(船場) 지역에서는 어딜 가나 모두 동일한 관습이었던 것 같습니다.

하나부터 열까지 견습점원으로 고용살이를 한다는 것은, 예의상 으로라도 힘들지 않다고는 말할 수 없었는데, 그러나 처음으로 맞 이하는 오본(추석 같은 것)에 집으로 가 보니, 본가는 그 2, 3일 전에 가사야마치(笠屋町)에서 우에노미야쵸(上ノ宮町) 쪽으로 이사 를 해버렸습니다. 우에노미야 중학교 옆, 조로안(蔵鷺庵)이라는 절 바로 맞은 편 골목의 두 번째 집이었습니다. 그리고 거기에서 이 미 다마코의 모습은 볼 수 없었고, 시게코(茂子)라고 하는 여자가 새 어머니로 와 있어서, 다마코가 두고 간 유키노(ユキノ)라는 나 의 여동생은, 신지와 함께 의붓자식이 되어 있었습니다. 나는 역 시 고용살이로 집을 떠나 있길 잘했다는 생각을 했습니다. 그 때,

나는 몹시 비통한 얼굴을 하고 있었던 것 같은데, 지금에 와서 생각해 보니 아버지는 자기 아내가 바뀌면, 즉시 이사해 버리는 버릇이 있는데다, 또 그것은 언제나 여름이었다는 것이 뭔가 이상하다는 생각이 듭니다. 아버지가 아내와 헤어지게 된 이유에 대해선 지금 와서 알 수는 없지만, 역시 아버지는 라쿠고카(落語家: 만담가)답게 매사에 태평스런 사내였다는 것입니다.

그것은 그렇다 치고, 가족이 우에노미야로 이사해 버린 것은 네겐 조금 쓸쓸한 일이었습니다. 그 이유는, 우루시야마 후미코가 있는 다다미야초는 가사야마치(笠屋町)에서 신사이바스스지 방향으로 큰 도로 하나 서쪽이기 때문에, 나는 마음이 내키면 언제라도 후미코와 만날 수 있다는 것을 즐거움으로 삼고 있었기 때문입니다. 나는 후미코를 만나지 못한 채 세토모노초(瀬戸物町)로 돌아왔습니다. 하지만 설사 그 때 집이 사카야마치에 있었다 하더라도, 견습점원인 자신의 모습을 돌이켜보면, 역시 부끄러워서 만나지 못했을지도 모릅니다. 그런데, 그 이듬해 7월 24일 세토축제, 일 년에 한번 세토모노초에 도자기로 만든 인형들을 전시해 놓고 일 년 중 가장 활기로 넘치는 도자기(陶器) 축제날에 나의 마음도 들떠 있었는데, 그 사람들로 북적되는 인파 속에서, 나는 우연히도 후미코와 딱 마주치게 되었습니다. 그녀는 어머니와 함께 축제 구경을 나왔던 것입니다. 후미코는 나의 얼굴을 보고도 모르는 사람처럼 시치미 떼고 있었는데, 그도 그럴 것이, 나는 지금까지 한 번도 후미코와 말을 해 본 적이 없었고, 더군다나 후미코는 아직 12살이었습니다. 그러나 16살인 나는 후미코가 모른 척 한 것은 내가 견습점원 차림을 하고 있어서라고 지레짐작하고는, 갑자기 세토모노초라는 곳이 싫어져 버렸습니다.

후미코에 대한 나의 감정은 흔히 사람들이 말하는 사랑이었던

것일까요? 아니면, 단순한 동경, 아련한 그리움 같은 그런 감정이
었을까요? 아니 뭐, 아무 분별력도 없는 소년시절의 감정의 천착
따위는 아무래도 좋습니다. 하지만, 어쨌든 그 일이 있고 나서부
터, 나는 견습 고용 일을 소홀히 하기 시작했습니다. 라고 말하면,
어쩌면 반 정도는 거짓말이 될지도 모릅니다. 그런 일이 아니더라
도, 나는 슬슬 게으름 피는 습관이 들고 있었던 것입니다. 심부름
을 가면 수다를 떨며 시간을 보냅니다. 우나기다니(鰻谷)의 국 가
게 앞에 자전거를 세워둔 채 국을 사먹고 돌아옵니다. 데이리(出
入) 다리의 긴쓰바(金つば:킨쓰바야키의 준말로 밀가루 반죽에 팥
소를 넣고 날 밀 모양으로 넓적하게 번철에 구운 과자)를 선 채
로 사먹고, 가네마타(カね又)라는 소고기 덮밥 가게로 이모누키(芋
ぬき)라는 스튜를 먹으러 갑니다. 가네마타는 신세카이(新世界:오
사카 나니와구 환락가)에도 센니치마에도 마쓰시마(松島)에도 후
쿠시마(福島)에도 있었는데, 전부 가 보았습니다. 하지만, 이런 식
욕보다도 나의 마음을 끈 것은 역시 야시장의 불빛이었습니다. 그
아세틸렌가스 냄새와 파란 불빛의 등. 브로마이드 가게의 진열장
에 반사되는 60촉짜리의 눈부신 등불. 점쟁이 가판대 위에 덜렁
놓여 있는 제등의 불빛. 그리고 다리 밑 어둠 속에 벌여놓은 반딧
불이 판매대의 반딧불이의 깜빡거림…… 내 꿈은 항상 그런 등불
주위를 무리 지으며 빙빙 도는 것입니다. 나는 1과 6이 붙는 날
마다, 히라노마치에 야시장이 서고 등불이 켜질 때가 되면, 안절
부절 못하고 결국 가게를 빠져나오는 것이었습니다. 그리고는 그
신세카이(新世界)의 쓰우텐카쿠(通天閣:1912년 에펠탑을 본떠 만
든 높이 75m의 탑, 56년에 103m로 재건)의 등불. 라이온 치약의
광고 등이 빨개졌다 파래졌다 노래졌다 점멸하는 그 남부 오사카
의 밤하늘이 내 가슴을 고통스럽게 흔들었고, 나는 꼭 성공해서

후미코와 결혼해야겠다며 중등상업 강의록을 펴기는 했지만, 내 마음은 곧 강의록으로부터 멀어지고, 어딘가에서 들려오는 다이쇼고토(大正琴) 소리에 이끌려, 불빛으로 화려하게 빛나는 밤하늘을 따라 방황하는 것이었습니다.

얼마 지나지 않아 나는 도자기가게 일을 그만두고, 도쇼마치(道修町)의 한약재 도매상의 고용살이를 하게 되었습니다. 세토모노쵸에서는 하얀 끈이 달린 전면 앞치마를 걸쳤지만, 도쇼마치에서는 갈색 끈의 앞치마였습니다. 그로부터 2년 후, 나는 다시 우쓰보(靭)의 건어물가게에서 파란 끈의 앞치마를 두르고 있었습니다. 이미 나의 방랑벽이 고개를 들기 시작한 거겠죠. 우선 나는 남보다 배로 일에 열중하는 대신에, 금방 그 일에 질려버리고 마는 난처한 성격의 소유자였습니다. 말하자면 모든 일이 용두사미 격이어서, 예를 들어 1000m의 경주를 한다고 가정했을 때, 처음 200m 정도는 있는 힘을 다 쏟아 달리지만, 그 다음부터는 녹초가 되어 더 이상 달리지 못하는 상태와 같은 것입니다. 그런 까닭에, 고용살이를 시작할 때는 주인도 감동할 정도로 부지런히 하지만, 조금씩 일이 질려온다 싶으면 더 이상 참고 견딜 수가 없어져, 그만 일자리를 바꿔버리는 것이었습니다.

15살 때부터 25살까지 10년 간, 흰색, 갈색, 파란색의 끈은 기억하고 있지만 나중에는 어떤 색의 앞치마를 걸쳤었는지 기억도 못할 정도로 빈번히 일터를 옮겨 다녔습니다. 양자로 보내졌던 시절에 여기저기 전전하던 것과 비슷한 셈인데, 그래도 그 당시 아버지가 행했던 과거의 일들은 모두 잊어버렸는지, 그런 나를 간단하게 양아치 취급을 하며 의절해 버렸습니다. 그러나 부모에게 의절 당하고 나니, 이제 어디에서도 날 써주는 곳이 없고, 그렇다고 일을 안 하고 먹고 살 수도 없는 노릇이라, 25세의 어느 가을, 그렇게도 동경했던 야시장 노점상에서 철지난 부채를 팔고 있는 나 자신을 발견하게 된 것은 이 또한 무슨 운명의 장난이겠습니까? '나 자신을 발견한다'와 같은 말투는, 아마도 조금은 강의록에서 접한 영어 문장의 영향이겠지만, 그 강의록 만해도 처음에 3개월 만 무아지경으로 열심히 공부했을 뿐, 나중에는 돈을 송금하지 않았기 때문에 책을 보내오지도 않았습니다. 하지만 나는 꼭 훌륭한 사람이 되어야겠다는 야심 -야심이라 한 것은 즉 훌륭한 사람이 되어서 후미코와 결혼하고 싶다는 희망- 만은 그래도 버릴 수 없었습니다.

  그런데 그 해 겨울, 자세히 말하자면 11월 10일에 천황 즉위식 대례가 거행되어 오사카의 거리거리엔 밤마다 요츠다케(대나무 조각을 양손에 두 개씩 쥐고 손을 폈다 쥐었다 하며 소리를 내는 악기)를 든 무리들이 떼지어 거리로 쏟아져 나와 춤을 추어대며 흥청거려 거리의 분위기 또한 들떠있었습니다. 이런 날은 야시장의 대목이라고 생각해서 팔고 있던 철지난 부채 대신, 쇼와(昭和) 4년(1929)도의 달력과 일력을 파는 가판대를 다니마치 9가(谷町九丁目)의 야시장에 벌려 놓았습니다. 그런 곳까지도 유곽에서 춤추는 무리들이 떼 지어 흘러 들어와, "얼씨구 좋다. 지화자 좋다"하며 춤을 추어대던 무리 중에, 머리는 안경이라 불리는 형태로 묶고, 목엔 콩알모양 무늬의 염색을 한 수건을 걸친 데코마이(에도 시대의 제례에서 남장을 한 여성이 수레와 가마의 선두에 서서 추었던 춤) 차림의 여자 한 명이, 갑자기 떠밀려나와 비틀거리며 나의 노점 위로 넘어지려 했습니다. 나는 상품이 더러워 질까봐 나도 모르게 얼른 쓰러지는 여자를 끌어안고 보니 뜻밖에도 그 여자는 후미코가 아니겠습니까? 후미코는 '어머나'하며 반가운 듯이

  "이기 누고? 쥬키치 아이가? 오랜만임네데이."

하며, 과연 카사야쵸 시절의 상급생인 내 얼굴을 기억하고 있었던 것입니다. 후미코는 그 무렵 이미 소에몬쵸(宗右衛門町)의 게이샤로, 그런 그녀의 직업과 함께 춤으로 들뜬 기분으로 인해 어릴 시절의 지인인 나에게 말을 걸었으려니 생각하지만, 그래도 나는 기뻤습니다. 그와 동시에, 10년 전에 만났을 때는 견습점원 차림, 오늘밤은 노점상, 흥청거리는 주변의 분위기에 비해 너무나도 초라한 나 자신의 모습이 부끄럽고 창피스러웠습니다.

나는 곧 다시 춤추는 무리들과 함께 멀어져가는 후미코의 뒷모습을 바라보면서, 야시장 노점상이 너무나 싫어졌을 뿐만 아니라, 왠지 후미코가 있는 오사카에 있는 것이 견딜 수 없을 만큼 싫어졌습니다. 툭하면 극에서 극으로 치닫기 쉬운 나의 감정이 결국 나를 오사카의 밖으로 몰아냈습니다. 그로부터 3년 후, 「나 자신을 발견했다」는 말을 한 번 더 쓰자면, 이리저리 흘러 다니던 끝에 난키(南紀) 시라하마(白浜)의 온천여관에서 호객꾼 일을 하고 있는 나를 발견하게 됩니다. 하긴 그 3년 동안, 부지런히 돈을 벌어서 근사하게 후미코를 만나러 가겠다는 생각을 하지 않은 날은 하루도 없었습니다. 여관의 여종업원과 관계를 가지면서도 결코 부부의 연을 맺지 않았던 것은, 말할 것도 없이 후미코란 존재가 머릿속에 있었기 때문이었습니다.

그런데 우연이라는 것은 한번 일어나면 끝없이 이어지는 것이라, 그리고 또 그것이 이 세상을 살아가는 재미이기도 하겠지만, 어느 날 후미코가 손님과 함께 멀리 시라하마로 여행을 와서 묵게 된 여관이 내가 일하는 여관이었다는 것입니다. 같이 온 손님은 도쿄에 있는 레코드 회사의 중역이었는데, 후미코는 그 사람이 별로 마음에 들지 않았던 것 같았고, 그 때문에 우연히 만난 어린 시절의 지인인 내가 그 여관에서 일하고 있다는 것을 다행으로 여기며, 기념품을 사러나간다는 것을 핑계로 내게 길안내를 부탁하는 것이었습니다. 우리 두 사람은 어렸을 적 추억이야기에 시간 가는 줄 모르고 있었는데, 문득 후미코는 나의 재미있는 말솜씨에 매료되었던 것 같았습니다. 그 여관은 정원에서부터 곧장 바다로 나갈 수 있었기에, 그 손님의 눈을 피해서 하얀 모래사장에 몰래 나와서 이야기를 했습니다. 설사, 발견되어도 손님을 안내하는 내 직업으로 변명이 가능했기 때문에 공공연하게 만날 수 있었습니다. 후미코가 시라하마에 있는 3일 동안 나는 거의 제정신이 아니었습니다. 지금 생각해 보면 참 그때가 그립기도 하고 또 부끄럽기도 할 만큼.

후미코는 사흘을 머물고 그 남자와 함께 오사카로 돌아갔습니다. 나는 얼빠진 얼굴로 보름 남짓을 안절부절하며 후미코 생각을 하다가 결국 견디지 못하고 오사카로 갔습니다. 그리곤 후미코가 있는 소에몬쵸의 깃쿄야(桔梗屋)에 찾아가 후미코를 불러달라고 하자,

"후미코예? 가아는 열흘쯤 전에 레코드회사 중역이 도쿄로 데려갔심더. 레코드 취입한다던 데예"
라는 대답만 돌아왔습니다. 나는 너무나 낙담하고 울컥 화가 치밀어, 그 화를 억누르기 위해 마신 술값과 화대로 시라하마에서 들고 온 돈을 거의 다 써버리고, 휘청휘청 깃쿄야의 문을 나선 것은 다음날 황혼이 질 무렵이나 되어서였습니다. 나는 다자에몬 다리의 난간에 기대어 서서 도톤보리강의 더러운 물을 바라보고 있다가, 문득 '그래, 도쿄에 가자'하고 생각했습니다.

그 당시, 내 수중에는 63전밖에 없었습니다.
10전짜리 백동전 여섯 개와 1전짜리 동전 세 개. 그것만을 손에 움켜쥐고, 오사카(大阪)에서 도쿄(東京)까지 선로를 따라 걸어

갈 생각이었습니다. 생각해보면 제정신이 아니었지요. 하지만, 그
런 나의 무모함은 원래 내가 태어날 때부터 지니고 있던 기질인
듯 했고, 게다가, 오사카에서 도쿄까지 몇 리나 되는 지도 모르는
그 길도, 후미코(文子)를 만나러 간다고 생각하니, 그렇게 멀게 만
은 느껴지지 않았습니다 ———— 라고 말하긴 했지만, 적어도
기차 삯은 마련하고 나서...라는 생각을 물론 하지 않았던 것은 아
닙니다. 그래도, 결국 그 길을 터벅터벅 걸어가게 된 것은, 돈을
이리저리 변통하느라 하루를 다 보내버릴 그 발걸음으로, 조금이
나마 후미코가 있는 도쿄에 가까이 가고 싶다는 조급한 마음과,
또 한편으로는 방랑에의 향수 때문이기도 했습니다.

한낮의 햇볕은 몹시 따가웠습니다. 밀짚모자 속에 뒤집어 쓴 수
건을 어깨까지 늘어뜨리고 햇살을 피해가며 터벅터벅 걸었습니다.
교토(京都)에 도착했을 때, 벌써 해는 졌지만 이시야마(石山)까지
계속 걸어가 노숙을 했습니다. 아침에 세타(瀬田)강에서 세수를
하고 역 앞 식당에서 아침을 먹고 나니 이제 돈은 15전 밖에 남
아있지 않았습니다. 그리고 담배와 성냥을 사고, 남은 3전을 성냥
갑 안에 넣고, 때마침 세타강에서 열리고 있던 보트 경기도 보지
않고 걷기 시작했습니다. 그런데 담배가 다 떨어졌을 때에는 어느
틈엔지 성냥갑 안의 3전도 잃어버린 뒤였고, 이젠 찹쌀떡 하나도
사먹을 수 없었습니다. 그 정도로 정신을 놓고 걸었던 모양입니
다. 배는 점점 고파옵니다. 설상가상으로 더위를 먹어 현기증도
일어납니다. 그럴 때, 농가에 들어가 울먹거리며 사정을 털어놓았
더니 고맙게도 밥을 차려주는 친절한 아주머니도 있었습니다. 하
지만 나중에는 그럴 수도 없었습니다. 그 이유는, 사정을 이야기
하면 동정해서 밥을 차려주기도 하겠지만, 그런 말을 할 기운조차
없었던 때가 많았기 때문입니다, 라고 하면 거짓말 같겠지만, 정

말 피로와 배고픔에 지치다 보면 입을 여는 것조차도 귀찮아집니다. '내사 모르겠다. 귀찮코로 사정을 해야만 한다면, 차라리 안묵구 말재'하는 심정으로. 그리고 그런 상태가 계속되다 보면 나중에는 말을 하려고 해도 입술이 움직이질 않게 되는 것입니다. 그렇게 해서 겨우 도요하시(豊橋)의 근처까지 왔을 때는, 더 이상 한 발자국도 움직일 수가 없었고, 눈앞이 하얘지는 것이 더 이상은 참을 수가 없어, 선로 공사를 하고 있는 인부의 도시락을 훔쳤습니다. 차라리 들켜서 경찰에게 잡혀갈 각오였습니다. 이상하게 들릴지 모르지만, 유치장에 들어가서 먹는 밥이 눈에 아른거려 견딜 수가 없었기 때문입니다. '사람이 이 정도까지 비참해질 수 있는 것인가'하는 생각이 들었습니다. 그러나 결국 선로인부에게 들키지 않았으므로, 말하자면 예상이 빗나가버린 셈이었습니다. 그 도시락을 먹고 어느 정도 기운을 차리고, 또 다시 터벅터벅 걸어서 시즈오카(静岡)까지 왔습니다만, 비틀거리는 몸을 이끌고 먼저 찾은 곳은 파출소였습니다. 간신히 파출소를 찾아서 도요하시에서 도시락을 훔쳐먹은 사실을 자수했습니다.

그러나 사람 좋아 보이는 순사는 도시락을 훔친 것은 신경 쓰지도 않고, 오히려 도시락을 내어 주며, 일할 수 있는 곳을 추천해 주었습니다. 아베(安部)강의 준설공사 일이었습니다. 나는 일단 일을 시작해 보긴 했지만, 어쨌든 처음엔 열심히 하지만 곧 지쳐 녹초가 되는 성질이기 때문에, 체력안배를 적당히 해가며 일할 줄을 몰랐습니다. 그래서 처음 두 세 시간은 지독스럽게 능률을 올려도 그 다음이 전혀 일의 진척이 없어, 다른 인부가 하루에 70전, 80전이나 벌어도 나는 34전밖에 벌지 못하는 것이었습니다. 당시 세끼 밥을 먹고 담배를 사려면 아무리 절약해도 하루에 45전은 필요했습니다. 닷새 그 일을 하고 난 뒤, 나는 다시 선로를

따라 걸었습니다. 그리고 밤이 되어 어떤 농가 뒤편의 숲에서 노
숙을 했습니다. 그 농가 뒤편의 숲에서는 모기장을 친 방안이 훤
히 보였습니다. 라디오가 있었는지 음악소리가 들려왔습니다. 모
기에 물려가며 그 음악소리를 듣고 있자니, 이윽고 음악방송이 끝
나고 라쿠고(만담) 방송이 이어졌습니다. 그런데 아나운서의 소개
를 듣는 순간, 나는 그만 눈물이 주르르 흘렸습니다. 출연자는 뜻
밖에도 아버지 마루단지였던 것입니다. 그리운 아버지의 목소리.
저 사람들은 모두 모기장 안에 들어앉아 깔깔거리며 듣고 있는데,
나만 혼자 이렇게 모기에 물려가며 눈물을 줄줄 흘리고 아버지의
목소리를 듣고 있구나, 라는 생각이 드니 한없이 자신이 처량해졌
습니다만, 그래도 후미코가 있는 도쿄도 이제 금방이라고 생각하
니 조금은 기운이 났습니다. 그렇게 울며 밤을 보내고, 나는 또다
시 걷기 시작했습니다.

　도쿄에 도착한 것은 오사카를 떠난 지 18일째 되는 저녁 무렵
이었습니다. 깃쿄야의 주인이 알려준 후미코의 거처, 즉 시바(芝)
의 시로가네 산코쵸(白金三光町)를 겨우 찾아낸 건 그 날 한밤중
이 되어서였습니다. 식모와 둘이 지내는 후미코는 그날 이미 잠들
어 있었는데, 잠결에 문 두드리는 소리를 듣고 남편이라고 생각했
던 것 같았습니다. 문을 열었을 때 거지같은 몰골을 한 남자가 초
라하게 서 있는 것을 보고 깜짝 놀란 듯 했습니다. 그러나 나라는
것을 겨우 알아채고는, 그래도 나를 반갑다는 듯이 집안으로 맞아
주었습니다. 그런데 내가 오사카에서부터 걸어서 만나러 왔다는
이야기를 하자, 갑자기 후미코는 내가 꺼림찍해진 모양으로, 그날
밤 집에 재워주는 것조차 곤란해하는 것 같았습니다. 나는 그런
여자의 마음에 정나미가 떨어지기도 전에, 무엇보다 나 자신에게
먼저 정이 떨어져 버렸습니다. 생각해보면 나는 정말 바보 같은

사내였던 것입니다. 그러나 더 더욱 바보 같았던 것은, 고통스러 웠던 그날 밤이 지나고 후미코의 집을 나설 때, 나는 후미코로부 터 오사카까지의 여비를 무심코 받아버렸던 것이었습니다. 도쿄 땅에서 내 주변을 어슬렁거리고 있으면 내가 곤란하다, 그러니 빨 리 오사카로 돌아가 달라는 의미의 돈이었겠지요. 물론 받지 않았 어야 하는 돈이었습니다. 아니, 날 우습게보지 말라며 내던졌어야 나도 남자였던 것입니다. 그것을 염치없게도...... 그러나 나는 돈을 받아들면서, 오사카로 돌아가면 죽을 생각이었습니다. 그런 돈을 받은 이상은 이제 죽는 것 외에 달리 방법이 없다고 생각했습니 다. 한 번만 더 오사카의 불빛을 보고 죽어야겠다고 마음먹었습니 다. 그때의 기분을 곰곰이 살펴보자면 몹시 복잡한 감정이 교차하 던 것이긴 했지만, 지금은 더 이상 그럴 흥미도 없습니다. 게다가 복잡했다고 한들, 별로 무슨 자랑거리가 될 것도 없습니다. 다음 이야기나 합시다.

자, 이제부터가 이 이야기의 핵심이 되는 셈인데요, 그러고 보 니, 이야기의 서두에서 너무 진을 빼서, 이젠 이후의 중요한 부분 을 세세하게 말하고 싶은 열정이 식어져버렸습니다. 항상 무엇을 해도, 처음엔 있는 힘껏 열성을 다하고 나서, 나중으로 갈수록 마 무리다운 마무리를 하지 못하는 버릇이, 이런 이야기를 하면서도 나타난 셈으로, 말하자면 자업자득입니다만, 그래도 이렇게 된 이 상에야 이제 어찌 해볼 도리도 없으니, 서둘러 이야기를 계속할 수밖에 없겠습니다.

오사카 역에 도착한 것은 밤이었습니다. 후미코가 준 돈으로 기 차 삯을 지불하니 조금밖에 남지 않아 식당 칸에서 끼니를 간신 히 해결할 정도였고, 기차에서 내려 담배를 사고나니 다시 무일푼 이 되어버렸습니다. 그러나 오히려 후련한 기분으로 오사카역에서

나카노시마(中之島) 공원까지 걸었습니다. 공원으로 들어가서 강가
에 앉아 담배를 피웠습니다. 강 정면 맞은편은 기타하마(北浜)3가
와 2가의 중간 정도에 있는 중국 요리집의 뒤쪽으로, 활짝 열어젖
힌 지하실 주방이 거의 강물의 수위와 닿을 듯 아슬아슬했습니다.
그 주방에서는 흐릿한 전등 불빛 아래에서 벌거벗은 요리사가 마
치 그림자그림처럼 꿈틀거리고 있었습니다. 그 위는 객실로 강 쪽
으로 면한 창가에서 젊은 남녀가 요리를 먹고 있습니다. 무언가
대화를 나누고 있었겠지만 말소리가 들리지는 않아서 마치 가부
키(歌舞伎)의 단마리(어둠 속에서 대사 없이 상대를 더듬어 찾는
장면)를 보는 것 같았습니다. 옆집은 치과의원인 듯, 2층 방에서
하얀 진찰 가운을 입은 의사가 묵묵히 서서 일하고 있는 모습이
보였습니다. 치료를 받고 있는 사람은 어느 집의 부인인 듯, 앗파
파(간단한 여름용 원피스)를 입고 슬리퍼를 신은 두 발을 가지런
히 모은 채 위를 보고 누워있었습니다. 무언가 나날의 일상에 대
한 그리움 같은 것을 생각나게 하는 정경이었습니다. 나는 문득
젖어오는 여정을 느끼며 갑자기 생에 대한 집착이 되살아났습니
다. 그리고 문득 생각해 낸 후미코의 얼굴은, 이마가 좁고 코끝이
약간 쳐들리고 부석부석하게 부어오른 눈꺼풀 등이 어딘지 모르
게 추한 얼굴이었습니다. 높고 가는 목소리도 스물네 살치고는 기
분 나쁘게 어린 것 같고……
　제등을 단 보트가 마치 살아있는 생물처럼 강물 위를 왕래하고
있었습니다. 나니와(浪花)다리 위로 전차가 지나가면, 그 전차의
불빛이 강에 떨어져, 물위에 거꾸로 뒤집혀 지나가는 전차의 형태
를 그려내고 있었습니다. 이윽고, 얼마나 시간이 지난 것일까? 중
국 요리집의 객실 등불이 꺼지고 2층의 치과의원의 등불도 꺼진
뒤, 전차도 끊어지고 보트의 그림자도 보이지 않게 되고 난 뒤에

194

도, 나는 그 자리를 떠나지 않았습니다. 밤은 밑바닥으로 점점 깊어져갔습니다. 나는 힘없이 일어나서 지긋이 강바닥을 응시하고 있었는데, 누군가 '어~이'하고 말을 걸어왔습니다.

뒤돌아보니 고물상, 즉 오사카에서 말하는 넝마주이인 듯해 보이는 사내였습니다. 뭘 하고 있느냐고 묻는 목소리는 나이 들어 보였지만, 나이는 나와 비슷한 스물일곱, 여덟쯤 됐을까? 비쩍 말라 멀쑥하게 키가 컸고 코 옆에는 큰 점이 있었습니다. 그 점을 쳐다보며 나는 잠잘 곳이 없어서 이러고 있는 거라고 대답했습니다. 아무리 그래도 죽을 생각을 하고 있었다고 말할 수는 없지 않겠습니까? 사내는 물끄러미 내 얼굴을 쳐다보더니, 이내 따라오라고 말하고는 걷기 시작했습니다. 나는 의지를 상실한 듯 그의 뒤를 따라 갔습니다.

공원을 벗어나서 기타하마 2가로 나오니, 사내는 끝없이 동쪽을 향해 계속 걸어갔습니다. 이윽고 텐마(天滿)에서 승마연습장 쪽으로 빠져서 니혼바시 도오리(日本橋通り)로 아베노(阿倍野)까지 가서는, 한와(阪和)전차(오사카후(府)의 마츠바라(松原)시와 와카야마(和歌山)현의 카이난(海南)시를 잇는 전차) 선로를 따라 비쇼엔(美章園)이란 역 근처의 철교 아래까지 오니, 그 곳에 함석과 거적으로 둘러친 마치 부랑자 집합소 같은 곳이 있었습니다. 사내는 그 속으로 들어갔습니다. 그 곳이 그 사내가 사는 곳이었던 것입니다. 사내는 이마미야(今宮)에 가면 시(市)에서 운영하는 무료숙박소도 있지만, 인간이 그런 곳 신세를 지게 되면 그것으로 이미 그 인생은 끝장이라면서 그 오두막집에 재워주었습니다.

다음날 아침, 사내는 가까운 쌀가게에서 4홉에 10전어치의 쌀과 채소가게에서 완두콩을 5전어치 사들고 와서는 콩밥을 지어주었습니다. 그리고,

"어떤노? 니, 넝마주이 할 생각은 없나?"

라고 묻길래, 나는 너무나 사람이 그리운 터였던지라, 문득 그에게 여자와 같은 마음의 반가움을 느꼈던 것이었는지도 모르죠. 그가 시키는 대로 양철 빈 깡통을 어깨에 둘러매고 함께 쓰레기통을 뒤지고 다녔습니다. 그 때가 바로 만주사변이 일어났던 해로, 세상의 경기는 이제 바닥까지 떨어졌다고도 하고, 도쿄에서는 법대 출신이 넝마주이가 되었다는 기사가 신문에 났다고도 하는 시대였기에, 넝마주이라고 해서 별반 부끄러울 것도 없었습니다. 게다가 나는 왠지 그 사내와 함께 일하는 기쁨에 마음이 들떠서, 후미코 따위는 완전히 단념해버렸습니다.

그런데 넝마주이를 시작하고 열흘가량 지난 어느 날 아침, 철교 근처의 농가로 우물물을 뜨러갔는데 그 집 주인이,

"넝마주이도 좋지만도 하루 37전밖에 몬벌어서야 우찌 살겠노?. 수레 끄는 일 함 해보지 않겠나?"

하는 것이었습니다. 그 주인의 친척 중에 거북영감이라는 노인이 기타다(北田) 부근에서부터 채소행상을 하러 나오는데, 이제는 몸이 많이 쇠약해져 수레를 끌어줄 만한 젊은이를 찾아달라고 부탁을 했던 모양입니다. 돌아와서 아키야마(秋山)씨 - 예의 그 사내는 아키야마라고 했습니다 - 에게 상담을 했더니 그도 찬성해주어서, 나는 아키야마씨와 헤어져 수레 끄는 일을 하게 되었습니다.

거북영감은 매일 기타다 부근에서 빈손으로 나와 고보레구치(河堀口)의 쌀가게에 맡겨놓은 빈 짐수레를 찾아서는, 그것을 끌고 가까운 청과물 시장에 가서, 거기서 사들인 청과물 즉 야채류를 그 수레에 싣고는, 이시가츠지(石ヶ辻)나 이쿠타마(生国魂)쪽을 돌아다니며 행상을 했습니다. 나는 그 쌀가게 2층의 다다미 석 장 깔린 방에 세들어 살며, 거북이영감의 얼굴이 보이면 같이 나가서

짐수레를 끌어 주었는데, 하루 짐수레를 끌어주고 70전을 받았습니다. 그러나 3개월 정도 지나 거북이영감이 갑작스레 죽어버렸기 때문에, 나는 다시 넝마주이가 될 양으로 철교 밑의 아키야마씨를 찾아갔더니, 그는 벌써 어딘가로 가버렸는지 볼 수가 없었습니다. 우물물을 얻어 쓰던 농가의 주인에게 물어봐도, 아키야마씨가 자주 드나들었던 고물상에게 물어봐도 알 수가 없었습니다.

하늘에는 애드벌룬이 떠있고 거기엔 백화점의 대 바겐세일 광고문이 매달려있었습니다. 터벅터벅 고보레구치로 돌아가는 길에 그림연극(紙芝居)쟁이가 자전거 앞에 아이들을 모아놓고 있는 것을 보고, 한참을 멈춰 서서 멍하니 듣고 있을 정도로 그날의 나는 어찌해야 할 것인지 방법을 찾지 못하고 있었습니다. 그런데 그림연극을 듣고 있는 동안, 문득 나라면 이야기를 좀 더 재미있게 할 수 있을 텐데 하는 생각이 드는 순간, 나의 눈이 빛나기 시작했습니다. 다음날부터 나는 그림연극쟁이가 되었습니다.

짐수레 끄는 일을 하던 3개월 동안 9엔 3전을 모았습니다. 그것을 밑천이 되었습니다. 니혼바시 4가의 고카이(五会)란 고물시장에서 5엔에 중고 자전거를 샀습니다. 그리고 오오이마자토(大今里)의 도키와회(会)라는 그림연극협회에서 3엔을 주고 그림과 도구를 빌렸습니다. 또 다니마치(谷町)에서 50전에 반바지를, 마츠야쵸(松屋町)의 엿 가게에서 엿을 50전 어치. 남은 3전으로는 감자를 사서 그것으로 빈속을 달래면서 자전거를 밀며 걸었습니다. 엿은 한 개에 5리로 오십 전에 사면 백 개를 줍니다. 보통은 한 개를 두개로 잘라 그것을 1전에 팔기 때문에 다 팔면 2엔을 벌수 있습니다. 그렇지만 나는 두 개로 자르지 않고 처음 산 그대로 긴 엿을 1전에 팔았습니다. 그 날은 전부 다 팔릴 때까지 동네를 돌았는데 내가 먹은 것도 있고 해서 매상은 97전이었습니다.

보름 정도 후에, 나는 고보레구치의 쌀집 2층에서 이마자토(今
里)의 우동집 2층으로 이사했습니다. 그 곳은 토키와회가 가까워
그림을 빌리러 가는 것이 편했고 아래층이 우동 가게라 직접 밥
을 지어먹지 않아도 되었기 때문입니다. 그런데 그 우동집에는 술
도 팔았기 때문에 추운 밤길을 피곤한 몸으로 돌아올 때쯤에는
그만 술 한 잔 하고 싶어질 때가 있습니다. 원래 잘 마시는데다가
외상도 가능했기 때문에 자주 과음하게 되었습니다. 나는 이제 이
렇다 할 야심도 없고 거부가 되려고 생각해 본 적도 없기는 하지
만, 부모로부터 의절당한 내 신세를 생각하면 역시 조금은 떳떳한
인간이 되어 당당하게 부모형제를 만나고 싶다, 그러기 위해 일단
은 돈을 모아야 한다는 생각을 하고는 있었지만, 술 때문에 그것
도 제대로 되지 않았습니다.

그런데 연말이 다가오던 어느 날, 밤에 일을 끝내고 돌아오다
보니 이마자토의 청년회관 앞에 금주캠페인의 입간판이 서 있기
에, 무슨 이야기를 하는 건지, 어떻게 연설을 하는 건지 한 번 들
어나 보자 생각하며, 들어가 연설을 들어보았습니다. 그리고 두
번째 강사의 연설이 끝났을 때, 원래부터 극단적으로 빠지기 쉬운
나는 벌써 금주회원 명부에 서명을 하고 있었습니다. 그 때 히가
시나리(東成) 금주회의 캠페인대장은 사각으로 모난 얼굴의 다니
구치(谷口)라는 사람이었는데, 나는 다니구치씨에게 부탁을 받고
이따금 연설회장에서 금주 캠페인의 그림연극을 공연하기도 하고,
히가시나리 금주회 부속의 소년금주회장이라는 직함을 맡아 동네
아이들을 상대로 금주 캠페인과 저금 캠페인의 그림연극을 보여
주기도 했습니다. 그리고 저금캠페인을 하는 이상 자신이 저금을
안 하는 것도 체면상의 문제가 있다고 생각해서, 매월 10엔씩 금
주저금을 하는 것 외에도 나는 아키야마 명의로 통장을 한 개 더

만들었습니다. 아키야마란 나카노시마 공원에서 나를 주워 준 바로 그 넝마주이입니다. 나는 그 사람을 생명의 은인으로 생각해, 지금은 행방을 알 수 없지만, 만약 우연히라도 만나는 날이 온다면 그 저금통장을 통째로 건네주려고, 명의도 아키야마로 하고 매월 10일에 1엔씩 넣기로 했습니다. 날짜를 10일로 한 것은 나카노시마 공원의 그날 밤이 8월 10일이었던 것과 나의 이름이 쥬키치(十吉)이기 때문입니다. 유치하다고 하면 할 수 없지만, 저금이란 건 결국 그런 순간적인 발상이 없다면, 나 같은 사람에게는 불가능한 일이었을지도 모릅니다.

나의 이 이야기가 그럴 듯한 미담(美談)이라고 한다면, 이제부터 이야기가 진짜 미담다워지겠지만, 미담이란 건 원래 재미없는 게 보통이니까 앞으로 남은 부분을 조금 더 참고 들어주셔야 할 것 같습니다.

그런데, 1엔씩 저금해 온 통장의 액수가 딱 40엔이 되었을 때, 나는 무척이나 아키야마씨가 보고 싶어졌습니다. 하긴 그때까지도 그림연극을 하며 오사카의 온 동네를 돌아다니면서 그의 행방을 찾아보기는 했었지만 찾을 수가 없었습니다. 그러던 어느 날, 캠페인대장인 다니구치씨에게 그 일을 털어놓았더니, 다니구치씨도 대단히 적극적으로 반응하며 다음날 도시락을 싸가지고 와서는, 둘이 함께 하루 종일 오사카 전체를 그를 찾아 돌아다녔습니다. 그러나 아키야마라는 이름과 전에 넝마주이를 했었다는 단서만으로는 그야말로 서울에서 김 서방 찾기로, 미아를 찾는 것과는 다른 일이었습니다. 서서히 그를 찾는 일에 지쳐버렸을 즈음에, 이마자토 보육원 일과 관계를 가지고 있던 제생회(済生会) 보육부장 다도코로(田所)씨가 이 이야기를 듣고 - 즉 다니구치씨도 당시 이마자토 보육원의 일을 도와주고 있어 다도코로씨와 친분이 있었기 때문에 - 그런 일은 경찰에 찾아달라 부탁하는 쪽이 나을 거라며 오사카 부청 경찰부에 말해주었습니다. 그러자 그것을 전해 들은 아사히신문의 부청 담당기자가 당장 그것을 기사화해서 「아키야마씨는 어디에. 생명의 은인을 찾는 인생의 종이그림연극」이라는 이상한 제목으로 기사를 올려버려서, 나는 '이거 참 난처한 상황이 돼버렸다'며 몹시 부끄러운 생각을 했습니다. 하지만 그 기사가 나와 아키야마씨를 만나게 해주었던 것입니다.

4년만의 대면이었습니다. 라고 말하면 마치 신문기사 같지만, 그때의 대면소식을 같은 아사히신문의 기자가 기사로 썼습니다. 나는 겸연쩍었지만, 역시 나 같은 평범한 사람이 신문에 나오게 되었던 것이 조금은 기뻤던지, 그 기사의 문구를 아직까지 기억하고 있습니다.

이미 본지에 실렸던 "인생그림연극"의 상대역인 아키야마 하치로(秋山八郎)군의 거처가 기묘하게도 본지 기사가 계기가 되어 판명됐다. 4년 전 -메이지6년 8월 10일 밤, 나카노시마 공원의 강가에 서서 죽을 각오를 하고 있던 나가후지 쥬키치(長藤十吉)군(당시 28세)을 구해주고, 갱생의 길로 이끌어 준 채로 표연히 자취를 감추었던 아키야마 하치로씨는, 그 후 떠돌이생활로 전전하며 보내던 끝에, 병고와 실업고로 지치고 초라해진 일신을 정착시킨 곳이 히가시나리구(東成区) 기타이쿠노쵸(北生野町) 1가 단추제조업 후루타니 신로쿠(古谷新六)씨 댁. 지난 22일 본지 기사를 본 후루타니씨는 "인생그림연극"의 상대역이 아무래도 자택의 2층에 있는 야키야마씨 같다는 생각에 깜짝 놀라서, 본지를 손에 쥐고 오오이마자토쵸의 미야케 슌쇼(三宅 春松)씨 댁의 나가후지 쥬키치씨(현재 32세)를 찾아갔다. 때마침 동네 아이들을 상대로 그림연극을 나갈 준비 중이었던 나가후지씨는 후루타니씨의 이야기를 듣고 몹시 기뻐하며, 곧바로 본지 "인생그림연극"의 보조역할을 해 준 제생회 오사카부 지부 주사인 다도코로 카츠야씨(48세), 히가시나리 금주회 캠페인대장인 다니구치 나오타로(谷口 直太郎)씨(38세)에게 알리고, 전원이 모여 앞서 기술한 후루타니씨 댁의 아키야마씨를 찾아가, 마침내 4년 만에 대면이 이루어졌다. "아, 아키야마씨." "아, 나가후지." 두 사람은 감격의 손을 맞잡고 4년 전의 이야기에 빠져들었다. 이윽고 나가후지씨가 아키야마씨 명의로 만든 저금통장을 선사하자, 아키야마씨는 이런 게 바로 도움 받은 사람이 도리어 도움을 준다는 일이라며 벅찬 감격의 눈물을 흘리면서, 그 통장을 새로운 삶을 사는 계기로 삼아 발분할 것을 맹세했다. 그리하여 "인생그림연극"의 대단원이 축복 속에 막을 내리는 이 기회에, 재차 "인생게임"의 제일보를 내딛으면 어떻겠느냐고 진언한 것은 다도코로씨이다. 두 사람은 『서로에게 의지하지 않고 독립적 독보적으로 열심히 일하여 상대방을 위해 1엔씩 저금해서 5년 후인 쇼와5년 3월 21일 오후 5시 53분, 히간(彼岸, 춘분·추분을 중심으로 한 7일간) 중간 날의 태양이 오사카 텐노지(天王寺) 서문 오오토리이(大鳥居)의 서쪽 정면으로 지는 순간, 토리이 아래에서 재회하자』는 서약서를 주고받고, 인생의 명암과 희노애락을 싣고 데굴데굴 구르는 인생게임의 주사위가 감격으로 떨리는 두 사람의 손 안에서 흔들리며, 두 사람은 동서로 헤어져 각각의 인생항로를 향해 떠나자고 맹세한 것이다.

이 밑으로도 열 줄이 더 쓰여져 있었지만 부끄럽기도 해서 이 정도에서 생략하기로 하겠습니다. 히간(彼岸)의 중간 날에 만나기로 한 것은, 정확히 그 대면의 날이 23일이었기 때문에 어차피 만난다면 23일보다도 히간의 중간 날인 21일 쪽이 좋다는 다도코로씨의 말에 따른 것입니다. 긴 눈썹의 다도코로씨는 불가출신으로 오랜 세월을 육아 사업을 해오고 있는 사람인데, 농담을 하고는 살짝 혀를 내미는 습관이 있는 재미있는 사람이었습니다. 다도코로씨의 딸은 일본 춤을 배우고 있다고 합니다.

신문에는 그 날 동서로 헤어진 것처럼 쓰여 있었지만 아키야마씨가 나와 헤어져 시코쿠 쪽으로 간 것은 그로부터 보름 정도 지난 후였습니다. 한편, 저는 여전히 오사카에 남아 그림연극 일을 했습니다. 그러나 세상이란 것은 참 묘한 것이어서, 그런 식으로 두 번이나 신문에 소개되어서인지 나는 갑자기 동네의 유명인이 되어버렸습니다. 여하튼 세상 모두가 자기선전의 시대. 어떤 큰 술집에서는 나를 보이로 고용하고 싶다고 전해왔습니다. 자칫 제 안에 응했다간 나는 또 신문의 기사거리가 되어 거듭 창피를 당했겠지만, 결국 응하지는 않았습니다. 어떤 여자는 결혼하고 싶다는 편지를 보내왔습니다. 자신과 내가 처한 처지가 너무나 닮았다는 것이었습니다. 두 사람이 손을 맞잡고 인생그림연극의 제 일보를 내딛어 보자며, 진심으로 그러는 것인지 놀리는 건지 판단할 수 없는 이야기였습니다. 그림연극 일을 하러 거리를 나서면 "인생그림연극"하고 속삭이는 소리가 귀에 들려옵니다. 신문은 나의 그림연극의 선전을 해준 셈이 되었지만, 그 때문에 오히려 나는 그림연극을 그만둬 버렸습니다. 도무지 부끄러워서 걸어 다닐 수조차 없었기 때문입니다. 그리고 다도코로씨의 주선으로 조선소의 창고지기 일을 하기도 하고 병원 잡역부 일을 하기도 하며, 얼마 되지 않는 급여에서 금주저금과 아키야마씨 명의의 저금을 계속 붙고는 있었지만, 아키야마씨로 부터는 아무 연락도 오지 않았습니다. 하긴 다음에 만날 때까지 서로 연락하지 말고 지내자고 약속한 것이었지만, 그래도 역시 전혀 소식을 모른다는 것이 걱정이 되었습니다.

5년은 눈 깜짝할 새에 지나갔습니다. 그리고 약속한 히간의 가운데 날이 가까워오면서 나는 점점 아키야마씨의 안부가 궁금하고 신경 쓰여, 과연 아키야마씨가 올까하고 다도코로씨 일행을 만날 때마다 묻고 또 물고 있던 중에, 히간에 들어가는 18일 조간신문이었던가? 인생그림연극의 기사를 특종으로 실은 아사히신문에 「출세게임, 5년 만의 만남을 기다리는 맹세의 날. 자, 상대는?」 과연 올 것인가 하는 머리기사로 또다시 기사가 실렸습니다. 약속한 날에 내가 다도코로씨 일행과 함께 텐노지 서문의 토리이 아래로 갔더니, 때마침 히간의 중간날이라 사람이 많은 탓도 있었겠지만, 토리이 부근은 새카맣게 몰려든 사람들로 몸을 움직일 수조차 없을 정도였습니다. 나는 신문기사로 촉발된 세상의 관심이 구경하기 좋아하는 사람들로 하여금, 텐노지 참배를 겸하여 5년만의 재회의 모습을 보러오게 했다는 것을 알고는, 갑자기 자신이 초라하게 느껴졌습니다. 신문에 쓰여진 출세게임이라는 말과 어울리지도 않는 내 모습이 너무나 부끄러웠고, 쥐구멍이라도 들어가고 싶은 기분이란 바로 이런 거로구나 생각했습니다. 그러나 그렇다고 도망칠 수도 없었고, 게다가 아키야마씨는 정말 오는 걸까 하고 생각하면, 자연히 빛이 나는 눈동자에 힘을 주면서 서문의 정류장 쪽을 향하게 되는 것이었습니다.

역시 아키야마씨는 왔습니다. 군중 사이를 헤치고 그는 나타났습니다. - 낡아서 너덜너덜 헤진 국민복 차림에 보따리를 들고 있었습니다. 「오후 5시 53분, 텐노지 서문 토리이의 바로 서쪽으로 태양이 지는 순간」이라는 제목의 신문은 나중에 쓰여졌습니다만, 10분 지나서였습니다. 그런 곳에서 선 채로 이야기 할 수도 없는 일이라, 미리 예약해 놓은 근처 오사카쵸(逢坂町)에 있는 춘풍장(春風莊)이라는 정신도장으로 가려고하자, 사진기자들이 사진을 찍을 테니 잠깐 기다리라고 했습니다. 그래서 우리들은 오랫동안 아키야마씨가 내 어깨에 손을 걸치고 나는 키가 큰 아키야마씨의 얼굴을 올려다보며 웃고 있는 자세를 취하고 있었습니다. 이윽고 기자가 사진을 찍으려는 순간,

"잠깐, 기다리이소!"

하는 소리가 들리더니,

"내도 함께 박아주소!"

하며 끼어들듯 뛰어 들어온 것은, 뜻밖에도 아버지 마루단지였습니다.

　이윽고 모두들 춘풍장의 한 방에 모여 앉고 나니,　아버지는,

　"내사 그때는, 젊은 혈기로 막 사는 니를 꾸짖는다꼬 의절했지만서도, 생각해보이 내야말로 젊은 혈기로 니한테 너무했구나 하고 후회 안했나? 신문보고 참고 있을 수 없어가, 이렇게 달려왔다 아이가? 이리 보니 내야 늙은이지만, 니도 인지 젊다꼬는 모하겠구마. 그래. 니도 벌써 서른일곱이가?"

하며, 과연 라쿠고카(만담가)다운 말솜씨를 보이고는 아키야마씨 쪽을 보며,

　"지 자슥 놈의 목숨을 구해 준 사람이 선생님이십니꺼?"

하며 백발의 머리를 조아렸다. 그러자 아키야마씨는

　"아입니더. 오히려 목숨을 구하게 된 건 지 쪽이라예"

하며 웃었습니다. 이야기를 듣자하니 아키야마씨는 그때부터 시코쿠의 쇼도지마(小豆島)로 건너가 마루킨(丸金) 간장공장의 운반일을 하다가, 그 지방의 여자와 깊은 관계가 되었는데 여자의 부모가 오사카에서 넝마주이 따위의 일을 하던 남자에게 딸을 줄 수 없다하여 억지로 둘 사이를 갈라놓았다는 것이었다. 자포자기의 심정으로 세상을 비관하던 끝에 차라리 이 세상을 등지려고도 했다고 합니다. 하지만 5년 후 나와의 재회를 생각해내고 다시 기운을 내서 큐슈(九州)로 건너가 다카시마(高島), 아라야시키(新屋敷) 등지의 광산을 전전하던 끝에, 작년 6월부터 사가(佐賀)의 야마시로(山城)광업소에 들어가 일하고 있는데, 만약 그 서약이 없었다면 지금까지 살아있을지 어떨지도 모른다고, 생각해 보니 나가후지가 내 생명의 은인과 마찬가지라며 흘리는 눈물이 코 옆 사마귀를 적시고 있었습니다. 그리고,

"나가후지, 니는 어떤노? 우리말이다, 한 번 더 여기서 동서로 헤어져서, 5년 후 오늘 이 시간 같은 장소에서 만나자!"
고 아키야마씨가 말했는데, 나 역시 그렇게 말하려고 생각하고 있었습니다. 그래서 우리들은 서로의 명의로 된 저금통장을 보여주기만 했을 뿐, 다시 서로가 지니고 있기로 했습니다.

다음날 저녁편의 배를 타고 아키야마씨는 큐슈로 떠났습니다. 아버지와 다도코로씨 일행과 함께 덴포잔(天保山)까지 배웅한 나는, 이윽고 아버지와 둘이서 센니치마에(千日前)의 아버지 집으로 갔습니다. 가부키극장 뒤편 지유켄(自由軒) 옆에는 간지로요코쵸(雁次郞橫町)라는 골목이 있습니다. 어째서 간지로골목이란 이름이 붙었는지 모르지만, 막다른 곳에는 지장보살을 모시고 있고, 덴푸라 가게나 초밥가게 등 먹거리를 파는 가게들이 마구 뒤섞여 있는 가운데에 격자문이 달린 작은 시모타야(아래층은 상가구조지만 가정집으로 쓰는 집) -그것이 바로 아버지의 집이었습니다. 아버지는 이제 일흔 다섯으로, 이제 라쿠고(만담)의 인기도 한물갔고, 그 자신도 만담을 할 수 없게 되어, 영락한 생활을 몇 번째인지도 모를 늙은 부인과 함께 하고 있었습니다. 이미 벌써 죽은 오키미 할머니처럼 이를 검게 물들이고 있던 그 할머니는 일본의 전통적 방식으로 머리를 묶고 있었고, 그 집의 처마에는 아버지의 필체로 「머리집」이라고 쓴 각등이 달려 있었습니다. 그러나 할머니는 2, 3년 전부터 오른손 불수가 되어버렸기 때문에 머리를 묶어주는 일도 그만둔 것 같았습니다. 남동생 신지는 만주로 떠났고, 여동생 유키노와 그 밑의 또 한 명의 배다른 여동생은 모두 시집을 가서, 세 사람이 보내주는 돈에 의지해 지내고 있다는 것을 알게 되고, 나는 아버지와 함께 살면서 효도를 해야겠다고 생각했습니다.

아버지는 내 몸에 배어있는 약 냄새를 싫어했기 때문에, 얼마

지나지 않아 병원의 잡역부 일을 그만두고, 어떤 저축회사의 외판원이 되었습니다. 저금홍보는 그림연극으로도 충분히 해보았고, 게다가 내 경력이 경력이니만큼 스스로도 쓴웃음이 나올 정도로 적임자라고 할 수 있겠지만, 나의 버릇 중 딱 하나 나쁜 것은 천성적으로 말투가 거칠고 촌스러워서 경어를 세련되게 사용하지 못하는 것이었습니다. 그것은 지금 이 이야기를 하는 것만 보아도 어느 정도 알겠지만, 정중한 말을 쓰고 있나 하면 곧 다시 난폭한 말이 튀어나와 버리는 것입니다. 그래서 외판을 돌아다녀도 고객을 화나게 하는 일이 종종 있었습니다. 그러나 그런대로 잘리지 않고 근무했기 때문에 아버지는 그런 나를 보고 안심한 듯, 2년 후 5월에 76세의 나이로 편안히 눈을 감을 수 있었습니다. 라쿠고카였기 때문에 아버지의 부고가 신문에 조그맣게 나왔지만 하마코도 타마코도 오지 않았습니다. 그들도 이미 죽었을지도 모릅니다. 나는 금주회에 들어가고부터 매월 10엔씩을 목표로 해왔던 금주저금이 그무렵 벌써 천 엔이 넘어서, 그 돈으로 장례를 치르고 묘를 세웠습니다. 그리고 8월 10일에는 아버지가 남기고 간 늙은 부인과 함께 고야산(高野山)에 분골을 봉납하러 갔습니다. 쇼와16년 8월 10일, 나카노시마 공원에서 아키야마씨와 만났던 그날 밤부터 딱 10년 후 그날을 일부러 선택한 나의 기분은 충분히 감상적이었지만, 한편으로는 10일이라면 오봉(お盆, 음력 7월 보름)에 들어가니까 좋다고 한 아버지의 늙은 부인의 말도 있었기 때문입니다.

달그락 소리가 나던 아버지의 뼈를 담은 분골함을 절에 봉납하고, 편안해진 마음으로 절을 나와 나카노인(中之院)의 찻집에 들어갔습니다. 찻집 안에서는 계절에 어울리지 않는 오래된 레코드의 음악이 걸려있어, 어쩐지 장소에 어울리지 않는 느낌을 주었는데, 오늘도 하늘에는 애드벌룬이~ 하는 노랫소리를 아무런 생각도 없이 듣고 있자니, 어딘지 그 목소리가 후미코의 목소리를 닮은 것 같았습니다. 하지만 어쩌면 내 생각 탓인지도 모릅니다. 별로 확인하고 싶은 생각도 들지 않았지만, 무언가가 소란스러운 듯한, 그리고 어딘지 슬픈 듯한 그 노래를 듣고 있노라니, 역시 10년 전의 일이 떠올랐습니다. 그것은 아주 먼 기억이었습니다. 그러나 지금의 나를 보더라도 그다지 출세게임이라고 떠들어댈 정도의 출세를 한 것도 아닙니다. 변함없이 저축회사의 고만고만한 외판사원 가지고야, 어디서 명함도 내밀지 못한다고 해도 그뿐이지만, 이젠 나에게 거창한 그 어떤 바람도 없습니다. 나를 유혹하던 오사카의 불빛들도 완전히 사라져버렸고, 이젠 오히려 마음이 차분히 가라앉았습니다. 외판사원 일로 돌아다니다 보면 떼돈 벌 기회가 없는 것도 아니고, 또 몇 년 후엔가 신문에 아키야마씨와의 두 번째 만남이 기사화될 일을 생각하면 조금은……하고 생각지 않는 것도 아니지만, 그러나 기사화 된다고 생각하면 도리어 자신의 행동을 조심해야겠다, 부정한 짓은 못하겠고 생각했습니다. 그리고 아키야마씨도 큐슈에서 나와 같은 생각으로 근근이 그러나 성실하게 일하고 있을 테니까……

　찻집을 나와 매미 소리를 들으며 케이블카의 승차장으로 걸어가다가, 내 뒤를 뒤뚱거리며 바쁜 걸음으로 따라오는 늙은 아버지 부인의 쪼글쪼글하게 주름진 얼굴을 바라보며, 문득 이 할머니에게 효도해야지 하는 생각이 들었습니다. 그러고 보니 어느 틈에 '오늘도 하늘에는 애드벌룬이~'를 혼자서 흥얼거리는 내가 있었습니다.

해 설

　무엇을 시켜 봐도 아니었다. 그 주제에 아무래도 상관없을 것 같은 데는 특기가 있었다. 어린 시절에는 줄다리기 하는 것이 장기였다. 재수생 시절엔 웬일인지 장기 두는 것만은 제대로 익혔다. 본시 운이 없다. 육백금성(六白金星). 대기만성형의 운세라고 하는데, 결론적으로 최후의 최후까지 운이 따르지 않는다는 얘기다.

　그 육백금성의 나라오(楢雄)가 우등생 타입인 형 슈이치(修一)와 매사에 맞서려고 하는 것이다. 승부는 처음부터 정해져 있다. 「타고나길 머리가 나쁘고, 근시에다가 무엇을 시켜 봐도 제대로 못하는 아이」인 나라오가, 학급에서 언제나 반장을 하는 슈이치를 이길 수 있을 리가 없다. 연애도 능숙하게 소화하는 슈이치는 마침내 오사카대학 의학부를 졸업하고, 잘 풀려가는 그 여세로 한때는 자산가 딸과의 혼담이야기까지 오갔다. 한편, 나라오는 어디까지나 제대로 하는 일이 없고, 고등학교(구제)에서 낙제한 끝에 의과전문학교 입학을 한다.

　현실의 레벨에서는 연전연패인 것이다. 그러나 또 하나의 다른 레벨이 있다. 유희의 레벨. 현실의 경쟁이 아니다. 반상유희의 세계에서는 어쩌면 이길 수 있을 지도 모른다. 소설의 말미에서 나라오는 슈이치에게 장기로 승부에 도전한다.

　「(나라오는) 갑자기, 이것 좀 봐봐, 하고 콘크리트 위에서 나막신을 벗었다. 바라보니 그 나막신은 장기의 말 모양으로 깎여있었고, 곁에는 각각 『각(角)』과 『용(竜)』같은 장기의 말을 표시하는 글자가 새겨져 있는 것이었다. 슈이치는 순간 숨을 멈추고, 한참동안 나라오의 얼굴을 쳐다보고 있다가, 이윽고 이 녀석은 무슨 말을 해도 소용없다고 단념하면서, 자, 덤벼라, 하고 장기 말을 늘어놓기 시작했다.」

　아직 승부의 결과는 나지 않았다. 현실의 레벨에서는 계속해서 패배해 왔다. 그러나 유희의 레벨에서는 아직 패배로 정해진 것이 아니다. 현실세계에서는 무적의 승자이지만, 이 레벨에서라면 어쩌면 이길 수 있을 지도 모른다……

　오다 사쿠노스케(織田作之助)의 소설에는 공공연하게 거론되지는 않더라도, 승부사 이야기를 모티브로 한 작품이 적지 않다. 실제로 『육백금성(六白金星)』의 나라오에게는 어딘가 모르게 사카다 산키치(坂田三吉)의 모습이 감돈다. 아내와 자식을 아사하기 직전까지 궁핍하게 만들었던, 오다 사쿠노스케가 말하는 「현실주의에서 본 <바보>」인 사카다 산키치에게 있어서, 유일한 희망이란 조강지처가 죽기 직전에 말한 「어리석은 장기두기는 그만두라」는 것 한 가지였다. 「(유희에 지나지 않는)장기만은 바보가 되지 않겠다. 그 외에는 바보로 좋다 - 이것이 사카다의 일생인 것이다.」(『오사카론』) 현실의 다른 국면에서는 「바보」로 있고, 장기의 승부에 혼신의 힘을 쏟아 붓는 사카다 산키치는 필시 나라오의 모델 표상으로 보아 틀림없다.

가와나고 단조(川奈子丹造)에게 호되게 배반당하는 『권선징악』의 고자타니(古座谷)도, 세상의 기준으로는 패자가 될 것이다. 그러나 이야기의 모두에서 이미 단조는, 왕년의 위세는 어디로 갔는지 찾아볼 수 없을 만큼 초라하게 영락한 모습으로 묘사되어 있다. 그렇게 보면, 이 작품에는 최후의 대반전이 설정되어 있었다고도 볼 수 있고, 이 날 어떤 것을 예감하고 있던, 구로코(黒子)처럼 뒤에서 단조(丹造)를 조종하고 있던 악은 오히려 고자타니(古座谷)였는지도 모르는 것이다.

내친 김에 덧붙이자면 이 삼각관계의 이야기는, 소설을 쓰기 전까지 연극청년이었던 오다 사쿠노스케가 쓴, 『시라노·드·벨쥬락』의 번안으로 생각된다. 단조는 잘난 사내는 아니지만, 돈의 힘과 밀어붙이는 추진력으로 오치즈루를 자기 여자로 만들고, 단조의 신문기사를 비롯하여 사업기획은 모조리 고자타니의 아이디어로 날조된 것이었으니, 고자타니(古座谷)=시라노, 오치즈루(お千鶴)=록사느, 단조(丹造)=크리스티앙이란 등식이 성립한다. 하긴, 오사카가 무대인만큼 분라쿠(文楽)의 인형잡이와 인형, 구로코(黒子)와 데쿠(木偶)의 관계를 보는 쪽이 이해가 빠를지도 모른다. 게다가 언론출판업을 소재로 진행되는 이 소설의 배후에는 가미가타(上方)문화에 정통한 오다 사쿠노스케의, 또 다른 소재가 숨겨져 있을 가능성도 있다.

제국문고판 『기세키 지쇼 걸작집(其磧自笑傑作集)』의 해제에서, 미즈타니 후토(水谷不到)는 하치몬지야본(八文字屋本) 작자들의 내부 뒷이야기를 기록하고 있다. 기세키(其磧) 즉 에지마야 이치로자에몬(江島屋市郎左衛門)의 생가는 교고쿠 세이간지(京極 誓願寺) 앞의 떡집으로, 대대로 부를 축적해 왔는데 기세키 대에 와서 유흥에 빠져 재산을 탕진했다. 그래서 문재가 뛰어난 기세키는, 사이카쿠(西鶴)의 작품을 모방한 오키요조시(浮世草子)의 힛트 작품을 차례차례 내놓았다. 그러나 작품에 자신의 이름을 밝히기는 꺼려했다. 그래서 출판업자인 주인, 하치몬지야 야자에몬(八文字屋八左衛門)이 작자명을 지쇼(自笑)로 하여 출판하던 중, 양자 사이에 좋지 않은 관계가 생겨버렸다. 마치 단조가 세상의 명리를 독차지하고 고자타니가 손해를 보는, 『권선징악』의 줄거리와 똑같은 분쟁이 일어난 것이다.

이렇게 보면, 오다 사쿠노스케가 하치몬지야본 작자들의 내부 뒷이야기와 관련시켜,『권선징악』을 썼을 개연성이 전혀 없는 것은 아니다. 그러나 지금은 소재의 근거를 찾는데 시간을 보낼 여유는 없다. 여기에서는 오다 사쿠노스케의 소설이 잠재적으로 승부사 이야기를 내포하고 있음을 이야기하고 싶을 뿐이다.

『부부단팥죽』도 역시 남자와 여자 사이의 승부사 이야기이다. 류키치(柳吉)와 쵸코(蝶子)의 부부사이에서는 류키치가 무시근한 성격으로 인해 자주 일을 저지르지만, 아내인 쵸코를 폭군처럼 지배하는 것은 아니다. 오히려 알뜰한 성격의 쵸코가 무시근한 남편을 교묘하게 조종하고 있다. 그러고 보면,『오사카론』속에 나오는 사카다 산키치(坂田三吉)도,「(내) 마누라는 기가 세고 야무진 여자였는데요...」하고 술회하고 있다. 그렇다,『권선징악』의 단조가 구로코(黑子)인 고자타니에게 조종당하는 인형이라면, 류키치도 제멋대로 하고 싶은 짓은 다하고 있는 듯해도, 실상은 쵸코의 뜻대로 조종당하고 있는 데쿠(木偶)인형에 지나지 않는 것이다. 말 그대로 데쿠인형 같은 남자. 오다 사쿠노스케의 작품속 사내들은 언제나 그렇듯, 무엇을 시켜 봐도 제대로 하는 게 없는 인물들이다.「마음 약하고 무시근한 사내, 능력도 없는 구제불능」(노사카 아키요시(野坂昭如)), 천성적으로 타고나면서부터 현실의 패배자. 여자, 그것도 자신의 아내인 쵸코에게조차도 꼼짝을 못하는 것이다. 의연한 남편으로서 체신을 세우지 못한다. 그도 그럴 것이 오다 사쿠노스케의 사내들은 경쟁사회인 현실의 투쟁국면에서 영락없이 패배하게 되어 있는 것이다.

패배의 뿌리는 깊다. 전후의 오사카를 다룬 소설 『세상』에는, 태평양전쟁의 패잔병 요코보리 센키치(橫堀千吉)가 전후 폐허가 된 오사카의 어두운 거리를 헤매고 다니는 모습을 잘 묘사하고 있다. 그러한 전후의 세상풍속을 묘사했다고 해서, 발표 당시 오다 사쿠노스케가 전후문학의 기수로서 평가되었던 것은 일단 당연하다 하겠다. 그러나 오다 사쿠노스케의 경우, 「전후」란 어느 때의 전후인가, 라는 설문도 가능하지 못할 이유는 없는 것 같다. 『세상』에 한때 좌익이었던 신문기자가 밤의 바에서 작자와 대화를 나누는 장면이 있다. 시대는 전전, 이라고 하기보다 전중이다. 이 경우 전후라고 하면, 좌익운동이란 사상전쟁의 좌절 뒤의 일을 의미할 것이다.

오다 사쿠노스케의 「전후」는 그러나 훨씬 거슬러 올라가, 도요토미(豐臣) 세력의 오사카성이 함락된 이후의 시대까지를 의미할 수도 있다. 아니, 더 거슬러 올라가 천성적인 패배자들 모두의 정신사를 몽땅 포함하는 전후가, 오다 사쿠노스케의 「전후」인 것은 아닐까? 하나의 전후에 몇 개인가의 전후가 중층을 이루고 있다. 『오사카의 은인』이란 에세이에서, 이 「몇 개인가의 전후」의 힌트가 될 것 같은 한 구절이 보인다.

「셋츠(摂津)지방 이쿠타마(生玉) 지역에 이시야마 혼간지(石山本願寺)를 짓고, 오사카를 조촐하지만 마을로 만든 렌뇨(蓮如)스님은 오사카의 초대 은인이다. 다음으로, 이 몬젠마치(門前町)를 죠카마치(城下町)로 변화시킨 도요토미 히데요시(豐臣秀吉)가 오사카의 2대째 은인이다. 3대째는 여름, 겨울 전투의 전화를 입고 황폐해진 오사카의 복구공사를 행한 죠다이(城代) 마츠다이라 타다아키(松平忠明)라고나 할까? 4대째는, 치카마츠(近松), 사이카쿠(西鶴)등 가미가타(上方)문화의 창시자와, 그 배경을 만들어 놓은 겐로쿠(元禄)시대 오사카의 초닌(町人)들. 그리고 5대째는, 고다이토모아츠(五代友厚)이다.」

오사카의 5대 은인. 문자의 의미만으로 보면 그렇다. 그러나 조금 비틀어 보면, 이 5대 은인은 오사카를 패배자의 도시로 만든 원흉 5인이 되는 것은 아닐까? 분명히 렌뇨(蓮如)는 이시야마에 혼간지 별원(別院)을 세웠다. 그러나 10대 쇼뇨(証如)의 아들 겐뇨(顕如)가 노부나가(信長)와 전투를 벌이고 조정의 중개에 의해 화의를 하고 개성(開城)은 했지만, 직후에 이시야마 별원 내에서 화재가 일어나, 불길은 사흘 낮밤동안 오사카 전토를 태워 초토화시켰다.

히데요시(秀吉)의 오사카성 축성도 또한 오사카를 천하의 일대 죠카마치(城下町)로 만들었다. 그러나 히데요시 일대에 그친다. 2대째는 성이 함락된다. 이에야쓰(家康)의 명에 의해 마츠다이라 타다아키(松平忠明)가 죠카(城下)를 복구하지만, 복구가 완료되자 갑자기 빛을 잃고 심각한 불경기가 도래한다. 그리고 동반자살이 빈발한다. 다음으로 겐로쿠(元禄) 오사카 초닌(町人)의 융성으로, 사이카쿠(西鶴), 치카마츠(近松)의 가미가타(上方) 문화가 육성되지만, 그 또한 1대 뿐이다. 이윽고 문화의 중심은 에도(江戸)로 옮겨간다. 최후의 고다이 토모아츠는 오쿠보 도시미츠(大久保利通)의 비호 하에서 오쿠보의 오사카천도설과 마찬가지로, 제국의 수도를 동경에 빼앗기고 맥없이 좌절. 또 한 번 동경에 밀리고 만다.

이렇게 보면, 다섯 명의 「오사카의 은인」은 각각 일대에 한해서는 영화의 극점에 이르렀어도, 그 1대째란 2대, 3대에 이르면 성을 함락당하고 빼앗기는 것 같이, 미리부터 패배를 가르쳐 가는 것 같은 나쁜 병원체라고조차 말할 수 있을 것 같다. 그렇게까지 나쁘게 말하지 않더라도, 어설피 1대째에서 자산을 남겨주었기 때문에 2대째는 몰락하기 쉽다. 1대째는 고생하여 자산을 모으고 성을 쌓는다. 2대째가 그것을 유흥으로 탕진하고, 3대째에 이르러서는 오사카(大阪)의 옛 이름(大坂)대로 정말 흙으로 돌아가는 것이다. 기세키의 『세켄무스코가타기(世間子息気質)』에서 말하듯, 「옛날 그 누가 말했던가? 부모는 고생하고, 그 자식은 편안히 살며, 손자는 걸인이 된다」와 같은 것이며, 또는 사이카쿠 『혼쵸니쥬후코(本朝二十不孝)』의 불효자라면, 「세상을 살아가는 벌이를 모르고, 오랫동안 부모가 모아놓은 금은보화를 자식이 훔쳐내어 탕진하며, 지역의 부호로 불리던 집안의 가세도 점차 기울어, 십년 남짓해서 초라하게 몰락하고 만다」는 것이다.

오사카인의 2대, 3대까지 지속되자 않는 이 지병을, 오다 사쿠노스케는 사이카쿠 문장의 흉내를 내며 회화적으로 묘사한다. 그 전형이 『부부단팥죽』의 류키치(柳吉)이다. 1대에서 부를 쌓고 1대에서 몰락하는 『권선징악』의 단조는, 1대로 2대의 역할까지 한 바리안트라고나 할까? 『육백금성』의 슈이치(修一)도, 일견 거침없이 출세가도를 맥진한 것처럼 보여도 한 순간에 맥없이 전락해 버린다. 자산가 딸과의 결혼으로 데릴사위가 되어, 그대로 「그 자식은 편안히 살며」의 꿈을 실현할 것 같았지만, 상대방의 모친에게 간파당하여 꿈은 물거품처럼 사라지는 것이다.

오사카의 상인집안에서는 일찍이 이런 일이 있을 것을 염려하여 여계(女系)가족을 형성하고 있다. 무능하고 방탕한 아들·데릴사위에게의 상속을 허락하지 않는다. 설사 2대째가 무시근한 자식이라도 똑똑하고 야무진 아내가 일가를 이끌어간다면, 어떻게든 지탱할 수 있다. 『부부단팥죽』의 류키치 집안도 쵸코가 야무지고 견실하게 살아감으로 해서 유지되는 것이다.

오사카성 함락 이후의 오사카는 이제 군사도시가 아니다. 그렇다기보다 철저하게 무장해제 당했다. 고다 시게토모(幸田成友)의 『에도와 오사카』에 의하면, 에도의 무가의 땅은 에도 총면적의 6할. 이에 대해서 절이나 신사의 땅과 초닌의 땅은 각각 2할을 차지했다. 한편 「무가의 저택은 에도와 비교하면 오사카는 거의 없다고 해도 좋을 정도였다」. 도쿠가와 시대 초기에 벌써부터 에도는 무가의 도시, 오사카는 초닌의 도시로 도시의 성격이 고정되었던 것이다.

그렇다면 오사카에서는, 남아상속이 당연한 무가처럼 가부장이 일가를 책임지는 것이 아니다. 설령 남자가 무능하더라도, 그렇다면 그런대로 여계로 유능하고 근면한 사위를 맞아들여 대를 이어가면 된다. 이것은 대점포의 젊은 안주인에 한한 이야기가 아니다. 실제로 오다 사쿠노스케의 오사카 여자들은 거의 신분에 관계없이, 예외 없이 사카다 산키치가 말하는 소위 「기가 세고 야무진 여자」이다. 남자는 현실에서의 오사카인은 몰라도, 오다 사쿠노스케의 작중인물에 한하여 말하자면, 이 또한 예외 없이 「마음 약하고 무시근한 사내, 능력도 없는 구제불능」으로 정해져 있다.

오사카 남자는 근본부터가 패배자인 것이다. 노부나가(信長) 세력에 패하고, 도쿠가와(德川)세력에 의해 성을 함락당하고, 무장 해제된 오사카인은, 그러나 패배함으로 해서 정장을 하고 그럴듯하게 뽐내는 무가적인 구속에서 벗어나는 뜻밖의 행운을 얻은 것이다. 비록 데쿠 인형 같은 남자로 행세하고 있어도, 실은 여자가 뒤에서 구로코로서 데쿠 인형을 조종하고 있다. 즉 여인 천정인, 그만큼 사내가 능력 없고 무시근한 구제불능으로 통용되는 구제불능 사내의 천국을 역설적으로 온존시킬 수 있었다.

그러한 소식은 도리어 근세 이후의 승자인 동경인들 쪽이 선망 섞인 시선으로 인식하고 있다. 다니자키 준이치로(谷崎潤一郎)의 『고양이와 쇼조(庄造)와 두 여자』에서, 쇼조의 지복하도록 무시근한 생활이 좋은 예일 것이다. 또 미나카미 다키타로(水上滝太郎)『오사카의 숙소』에서, 여관 「취월」의 화투놀이 상대로 밖에 쓸모가 없는 주인장이나, 싸구려 잔술에 흠뻑 취해 늘어져 자는 식객과 같은, 보기에 따라서는 변두리천국을 만끽하고 있는 사내들을 대신해서, 그런 남자의 무능을 감싸주는 엄처인 여관 여주인이나 야무진 게이샤 오요의 사는 즐거움은, 경쟁사회에서 어깨에 힘을 주어야만 하는 동경남자들에게는 군침이 돌만한 밑바닥 생활로 인식되었음이 분명하다.

그러나 오사카를 밖에서 보는 것과, 내부에서 그 생활을 살아내야 하는 것과는 이야기가 전혀 다르다. 패자가 패자인 것에는 다름이 없다. 세상으로부터 쫓기는 치카마츠(近松)의 신쥬모노(心中物)의 남녀는 사람의 눈을 피해 뒷골목으로 도망친다. 그러나 그 길은 이미 오사카성 함락 후 도요토미의 패잔병들이 저나간 길이다. 그도 그럴 것이 오다 사쿠노스케의 인물들은 들개처럼 뒷골목을 어슬렁거리는 것이 어떤 때보다도 어울리는 것이다.

「일찍부터 부모를 잃고 집을 잃어버린 나는, (중략) 현란한 은방울꽃등이나 샨델리아 등불, 화려한 네온의 불빛이 눈부시게 빛나고 있는 대로보다도, 길가의 지장보살 앞에 촛불이나 향불이 흔들리고 있거나, 격자문이 달린 가정집 이층의 모기장 위에 흐릿한 맨 전등이 깜박거리는 것이 보이거나, 시계수리점 수리대의 스탠드 불빛이 보이거나 하는 어두컴컴한 뒷골목을 즐겨 걸어 다녔다.」(『세상』)

위에 인용한『세상』의 뒷골목 묘사 뿐만이 아니다.『방랑』과 같은 작품은, 거의 「어두컴컴한 뒷골목」의 배회를 묘사하고 싶은 목적으로만 뒷거리의 광경을 열거하고 있는 소설이다. 전변하는 운명에 따라 거처를 전전하는『부부단팥죽』이나『권선징악』의 인물 또한 그렇다. 그들의 안전에 전개되는 것은, 단조롭고 따분한 고급주택가의 풍물이 아니라, 뒷골목 인생의 어두운 색채와 아기자기한 뉴앙스가 넘치는 다양한 모습들이다.

상업도시 오사카에서는 끊임없이 인간과 상품이 유통하고 있다. 인간도 물건도 들어와서는 또 나가기를 바란다. 에도와 같이 검문소의 조사가 그다지 엄격하지 않다. 때문에 지형에 상하고저가 있더라도 오사카의 거리는 본질적으로 평평하다. 토지의 고저가 바로 (무가의) 산쪽과 (초닌의) 아랫동네란 가치의 서열을 낳지 않는다. 거리는 옆으로 옆으로 병렬하고 있어, 그것을 묘사하자면 힘들여 열거법에 의존할 수밖에 없다. 그리고 열거의 달인이라 하면 사이카쿠를 능가할 사람이 없다. 사이카쿠 문장의 어떤 구절을 뽑더라도, 우선 눈에 띄는 것은 사물·명칭의 열거에 또 열거를 더해가는 형국이다. 예를 들어『사이카쿠 오키미야게(西鶴置土産)』의 실내무용 구경의 경우,

「그 무렵에는, 우선 사도시마야(佐渡島屋)의 다유조로에(太夫揃)가 있어, 다카마, 오슈, 아게마키, 가즈라키, 아즈마, 무라사키, 요시다도 후리소데를 입던 시절이었으며, 아타라시야의 긴다유는 조금 나이가 들었음에도 다유답게…」

여기에『부부단팥죽』의 한 구절을 늘어놔 보자.

「당연히 일류 가게는 제쳐두고, 잘 해야 고즈(高津)의 물두부집이고, 형편없을 때는 야시장의 도테야끼, 술지게미로 만든 만두로 시작해서 에비스바시(戎橋) 소고 옆의 시루이치(しる市)의 추어탕과 고래껍질국, 도톤보리(道頓ぼり)의 아이오이바시(相合橋) 동쪽 끝에 있는 이즈모야(出雲屋)의 장어, 니혼바시(日本橋)에 있

는 다코우메(たこ梅)의 문어, 호젠지(法善寺)경내에 있는 쇼벤단 고테이(正弁丹吾亭)의 꼬치오뎅, 센니치마에(千日前)의 도키와 좌(常盤座) 옆 스시샤(寿司捨)의 다랑어회 김말이와 초장 도미껍질, 그 맞은편 다루마야(だるまや)의 가야쿠메시(かやく飯:고기 야채 등을 넣고 지은 밥)와 술찌게미된장국 같은 것으로, 하나같이 별로 돈은 들지 않고도 별난 요리들뿐이었다.」

이 양자에 더해, 우노 코지(宇野浩二)의 『세이지로, 꿈구는 아이(清二郎 夢見る子)』나 노사카 아키요시(野坂昭如)의 『에로事師들』의 어딘가에 있을 법한 한 구절을 병기해 보면, 사물이나 명칭의 열거를 운명으로 여기는 오사카문학의 계보가 자연스럽게 떠오르게 된다. 나열, 그것도 가루구치(経口)・하야구치(早口)에 의한, 사이카쿠 오오야카즈(西鶴大矢数)의 그것과 비슷한, 연달아 나열하는 말의 열거. 사이카쿠의 『호토토기스 햐쿠인(郭公百韻)』에서 읊었듯이, 「가루구치에 내맡긴 채 울거라 너 두견새여」바로 그것이다. 그 가루구치를 소위 소설의 방법으로 자각하고, 앞에 인용한 사이카쿠, 우노 코지의 급소를 재빨리 간파한 것도 오다 사쿠노스케였다.

「사이카쿠의 화술을 렌파이(連俳＝렌가 하이카이)식이라고 한다면, 우노 코지씨의 특히 초기의 화술은 렌가(連歌)식이다. 둘 다 자유분방한 리듬을 가진, 연상의 꼬리를 따라가는 방법이지만, 사이카쿠는 천마와 같이 성급하게 따라가며, 우노씨는 봄날과 같이 느릿느릿 서술하는 것이다.」(『오사카론』)

앞서 거론한 한때 좌익이었던 신문기자와의 대화 중에, 작자가 말하는 다음과 같은 문장이 있다.

「우리들(사쿠노스케의 세대)은 당신들이 좌익사상 운동에 실패한 이후, 고등학교에 들어갔습니다. 좌익이었던 사람들은 우리들 눈앞에서 전향을 했고, 심한 경우는 우익이 돼버리기까지 했죠. (중략) 당신들은 어쨌든 사상에 정열을 가지고 있었지만, 우리들 세대에겐 이제 정열 따위는 없습니다. 전 말이죠. 지명이나 직업명이나 숫자를 엄청나게 작품 속에다 뿌려댑니다. 그건 말이죠? 애매한 사상이나 믿기 어려운 체계를 대신하는 것인데요, 이것만큼은 믿을 수 있는 구체성이라 생각하고 하는 것이거든요.」

216

(좌익)사상이란 철갑을 두른 관념적인 구축물은, 일찍이 이시야마 별원이 불타고 오사카성이 함락된 때에 아나로직하게도, 이미 붕괴해 버렸다. 이후, 전체로서의 구축물(성)은 소멸되고, 흩날리던 파편만이 누항의 여기저기에 아무렇게 나뒹굴고 있다. 그것이 믿을 만한 「지명이나 직업명이나 숫자」라고 한다.

그런 단편적인 사물·명칭은 그 자체에는 구축성이 없다. 때문에 그것을 소설로 쓰더라도 「소설 속의 사상」을 형성하지 않는다. 「소설의 사상」, 소설로서의 사상이 될 뿐이다. 마찬가지로 구축성은 없기 때문에, 그것은 확고한 문체를 형성하지도 않는다. 선도자로서 거론한 사이카쿠(西鶴), 우노 코지(宇野浩二)같은 작가를 논하더라도, 적당히 「사이카쿠의 화술」「우노 코지의 화술」이라 하며, 결코 「사이카쿠의 문체」「우노 코지의 문체」라고는 하지 않는 것이다.

문체는 동경(중앙문단)작가의 관학(官学)·관보적 스타일에 있을 뿐, 성을 함락 당하고 끝없이 유랑하고 있는 오사카인에게는 무관한 것이다. 대신에 오사카인에게는 그때그때 상황에 따라 변하는 화술·화예(話芸)가 있다. 그러나 규범에 얽혀 꼼짝달싹하지 못하는 관학적인 문체와는 반대로, 「연상의 꼬리를 물고 따라가는」 화술은, 자칫하면 천마가 하늘은 나는 자유자재를 획득할 수가 있다. 누구라도 알 것이다, 오다 사쿠노스케 문장의 진면목은 이런, 실로 천마가 하늘을 나는 것 같은 화술의 묘에 있다. 때문에 동시대의 문학자들 누군가를 오다 사쿠노스케와 비교하는 것은 어려워도, 가츠라 하루단지(桂春団治), 소가다이 이에고로(曾我廼家五郎), 전후라면 후지야마 히로미(藤山寛美), 가츠라 시쟈쿠(桂枝雀)와의 비교가 쉽사리 성립되는 것이다.

성이 함락되고 갑옷도 무사의 정장도 벗었다. 알몸뚱이 하나로 전국(戦国)시대 말기의, 그것도 천하를 얻은 도요토미 세력의 무가의 위치에서 보기 좋게 굴러 떨어졌다. 그러나, 그 전락 자체를 소재로 한 화술로 웃겨 보여주는 것이, 현실의 패배자로 존속하는 오사카인의 (최종 국면까지 감춰진) 유희적인 승리인 것이다. 그렇다면 관학출신인 의학도 슈이치(修一)는 연전연승 끝에, 어쩌면 개업의로 위장한 사카다 산키치(坂田三吉)일지도

모를 아둔한 승부사 나라오(楢雄)에게 이번에야말로 일패를 안겨
줄 수 있을지도 모른다.

　그렇게 생각하는 이유는, 나라오(楢雄)나 류키치(柳吉) 같은 「능
력도 없고 구제불능인 녀석」을 지켜보고 있는, 사카다 산키치 식
으로 말하자면, 「기가 세고 야무진」오사카 여자의 근성에 있다.
『오사카의 여성』이란 에세이 속에서 오다 사쿠노스케는, 오사카
여자의 결코 절망하지 않는, 집요하게 끝까지 살아가려고 하는
강인함, 때로는 「지독하다」고도 말하는, 「이『지독함』속에 감춰
진 미」에 대해 말하고 있다. 패전의 남자들을 지켜보아온 오사카
의 여자는, 진흙탕과 같은 「구제불능한 사내」의 무기력함 속에
손을 찔러 넣고 빛나는 구슬을 찾아낸다. 쵸코(蝶子)나 오치즈루
(お千鶴)가 그런 여자라는 것을 알게 되면, 그것만으로도 이미
오다 사쿠노스케 문학의 참맛을 맛보고 싶어지게 되는 것이다.

　　　　　　　　　　　　다네무라 스에히로(種村季弘)

　번역은 講談社의 오다 사쿠노스케 전집(1970년)을 저본으로
했다. 이해를 돕기 위해 수년 전 講談社文芸文庫로 간행된 문고
본『夫婦善哉』에 실린 다네무라 스에히로(種村季弘)씨의 해설을
번역하여 싣는다. 해설 속에서 다룬 작품 중, 『육백금성』을 제외
한 네 작품과 관련된 내용으로 되어 있어, 번역한 네 작품을 포
함하여 오다 사쿠노스케 작품과 오사카라는 문화적 배경의 전반
적인 이해에 도움이 될 것으로 생각한다. (옮긴이)

오다 사쿠노스케(織田作之助) 연표

다이쇼(大正) 2년(1913)
10월 26일, 오사카시 天王寺区 上汐町 4町目 27번지에서 부친 織田鶴吉、모친 타카에의 장남으로서 태어나다.

다이쇼 9년(1920)   7세
4월, 오사카 시립東平野제일尋常고등소학교(현 시립生国魂소학교)에 입학.

다이쇼 15년 · 쇼와(昭 和)원년(1926)   13세
3월, 소학교를 졸업.
4월, 오사카 부립高津중학교(현, 부립高津고등학교)에 입학. 「소년구락부」 「개미의 탑」을 애독했고, 소년 투서가였다.

쇼와 3년(1928)   15세
회람잡지 「산테이(燦蹄)」를 주재했다. 3학년D반에 소속했기 때문에, 3D를 풍자적으로 빗대어 붙인 이름이다. 애독서는 모리타 소우헤이(森田草平), 구니키다 독보(国木田独歩), 아리시마 타게오(有島武郎)등이다.

쇼와 5년(1930)   17세
3월, 제3고등학교의 입학시험을 치렀지만, 결과는 불합격이었다.
4월, 5학년으로 진급하여, C반에 편입.

쇼와 6년(1931)   18세
3월, 재차 제3고등학교의 입학시험을 치르고, 합격하였다. 高津중학교를 졸업.
4월, 제3고등학교(현, 쿄토대학 교양부) 문과 갑류에 입학. 문과 1학년 갑류 1반에 들어감. 학업성적은 영어가 우수했음.

쇼와 7년(1932)   19세
4월, 2학년으로 진급.

9월, 위암으로 부친 鶴吉를 여윔.

10월, 호주 상속을 하게 됨. 白崎礼三와 교류하면서, 문학적으로 개안 하게 되는 계기가 되었다. 白崎는 시집 「모밀잣밤나무(椎の木)」의 동인으로서, 프랑스 상징파의 흐름을 수용하였다. 사쿠노스케는 순수희곡을 주창하여, 루나루, 보르토르슈, 체홉, 岸田国土의 저작 등을 거의 독파하였다.

12월, 三高의 문예부 편찬 「嶽水会雑誌」에 「シング劇に関する雑稿」를 발표 하였다. 이 작품을 계기로 문예부에 들어가다.

쇼와 8년(1933)　20세

4월, 3학년으로 진급.

12월, 희극 「落ちる」를 「嶽水会雑誌」에 발표.

극작가로서의 목표를 세웠고, 학교의 출석상황은 나빠지다.

쇼와 9년(1934)　21세

1월, 극평 「二十六番館について」를 「劇作」에 발표.

4월, 재차 문과 갑류 3년1반에 편입.

같은 폐질환으로 휴학 중이던 시라사키(白崎)와 와카야마의 시라하마(白浜)온천과 쇼도지마(小豆島)로 전지요양을 떠남.

9월, 복학. 그러나 등교하지 않는 날이 계속됨. 영화감독 도쿠나가 후랑크가 경영하는 술집에서 일하는 宮田一枝와 알게 되었고, 동거생활을 시작 하였다. 금전적으로 곤란을 겪게 되었다.

쇼와 10년(1935)　22세

3월, 희곡「饒舌」을 「嶽水会雑誌」에 발표.

12월, 아오야마(青山) 등과 동인잡지 「해풍」를 창간. 창간호에 희곡 「아침」를 발표.

쇼와 11년(1936)　23세

3월, 졸업시험을 보았으나, 출석일수 미달과 성적부진으로 졸업을 인정받지 못하여 제3고등학교(현, 쿄토대학교양부)를 퇴학.

동경에 상경, 아오야마의 신세를 지며 지혈제를 자주 복용하며 긴자거리를 방황.

7월, 오사카 帝塚山근처의 아파트를 얻고, 이따금 宮田一枝를 만나며 오사카 유흥가의 고독한 방랑의 나날을 보냄.
10월, 상경하여 아오야마의 거처에 기거하던 중, 각혈.
12월, 희곡 「모던램프」를 「해풍」에 발표.

쇼와 12년(1937) 24세

동인들의 신세를 지며 동경유랑의 생활을 시작. 거리를 돌아다니며 맹렬한 독서삼매경에 빠짐. 스탕달에 매력을 느끼고, 「해풍」에 발표한 희곡이 좋지 않은 평가를 받으며, 소설로 방향 전환을 모색하는 계기가 되다.

쇼와 13년(1938) 25세

4월, 평론 「現代劇の一方向」을 「劇作」에 발표.
6월, 처녀작 소설 「독씨름(ひとりすまう)」을 「해풍」에 발표.
11월, 「비」를 「해풍」에 발표. 훗날 발표한 장편 「청춘의 역설」의 원형으로, 다케다 린타로(武田麟太郎)의 주목을 받다.

쇼와 14년(1939) 26세

4월, 동경생활을 접고 오사카로 되돌아 옴.
6월, 일본직물신문사에 입사.
7월, 宮田一枝와 결혼.
9월 「俗臭」를 「해풍」에 발표.
이 무렵 일본직물신문사를 퇴사하고, 일본공업신문사에 입사. 민완기자로서의 재능을 유감없이 발휘하다.

쇼와 15년(1940) 27세

2월, 「속취」가 제10회 아쿠타가와(芥川)상의 후보가 되고, 최종 후보까지 남다.
4월, 「부부단팥죽」을 「해풍」에 발표.
5월, 「방랑」을 「문학계」에 발표. 호평을 얻다.
6월, 「찾는 사람」을 「주간 아사히」 銷夏특별호에, 「소설의 사상」을 「오사카 아사히신문」에 발표.
7월, 「면회」를 「오사카 銃後뉴스」에 발표.

8월, 「오사카의 발견」을 「개조」에 발표. 이 무렵 제 1작품집 「부부단팥죽」
을 創元社에서 간행. 이 때부터 이하라 사이카쿠(井原西鶴)의 작품을 읽
기 시작하다.

10월, 「자장가」를 「문예」에 발표.
일본공업신문사를 퇴사하고, 전업 작가 생활에 들어가다. 시대소설「合駒
富士」를 野田丈六이란 필명으로 「석간오사카신문」에 연재.
11월, 「혼기놓치다(婚期はずれ)」를 「회관예술」에 발표.

쇼와 16년(1941년) 28세
2월, 「이십대의 문학」을 「문예」에 발표.
장편 「이십세」를 万里閣에서 간행.
3월, 「미담」을 「석간아사히신문」에 발표. (후에 「인정이야기」로 개제)
4월, 「오사카에서」를 「해풍」에 발표.
6월, 「허혼자(許嫁)」를 「詩原」에 발표.
「航路」「家風」을 「석간오사카신문」에 발표. 「샤레(洒落)」를 「都夕刊」에
발표.
7월, 「입지전」을 「개조」에 발표. 「잡담」을 「해풍」에 발표.
장편 「청춘의 역설」(「이십세」의 속편)을 만리각에서 간행하였지만, 발매
금지 처분을 받다. 「오사카, 오사카」를 「아사히 신문」(오사카판)에 발표.
12월, 「해풍」을 해산. 그 후 해풍의 동인들을 중심으로 한 오사카 통합동
인잡지「오사카문학」을 휘문각에서 간행. 창간호에 「동물집」을 발표. 「세
켄무네잔요(世間胸算用)」(西鶴작품 현대어역)을 「서일본」(12월-다음해 3월
까지)에 연재.

쇼와 17년(1942) 29세
1월, 「가을 깊다」을 「오사카문학」에 발표.
4월, 「천의무봉」을 「문예」에 발표. 「버너少佐의 수기」를 「오사카 팩」에
발표. 최초의 역사소설「五代友厚」를 「일본직물신문」에 발표. 후에 日進社
에서 간행.
7월, 평론「사이카쿠 新論」을 修文館에서 간행. 장편「月照」를 全国書房에
서 간행.

8월, 「사이카쿠 이백오십년기」를 「오사카신문」에 발표. 「誤植について」를 「오사카학사구락부회보」에 발표.
9월, 「권선징악」을 「오사카신문」에 발표. 「雷記」를 「오사카문학」에 발표.
10월, 「맨 얼굴」을 「新潮」에 발표. 「東京文壇に与う」를 「현대문학」에 발표. 작품집 「표류」를 휘문관에서 간행.
11월, 「우리 동네」를 「문예」에 발표.

쇼와 18년(1943) 30세
1월, 「시작」을 「현대문학」에 발표. 「주위」를 「신창작」에 발표. 「부인」을 「문고」에 발표. 「발리섬 야화」를 「오사카팩」에 발표. 작품집「맨 얼굴」을 撰書堂에서 간행.
2월, 「藤沢桓夫론」을 「오사카문학」에 발표.
4월, 「나의 문학수업」을 「현대문학」에 발표. 장편 「우리 동네」를 錦城출판사에서 간행.
5월, 「사락(社楽)」을 「현대문학」에 발표. 「안방연극(座敷芝居)」을 「부인공론」에 발표.
6월, 「안경」을 「令女界」에 발표.
7월, 「전신주의 전등」을 「현대문학」에 발표.
8월, 「聴雨」를 「신조」에 발표. 「杉山平一について」를 「오사카문학」에 발표. 장편「우리 동네」가 「벤겟트의 별」이라는 타이틀로 유라쿠쵸의 무대에 올려져, 오랜만에 상경하여 벗들과 즐거운 시간을 가지다.
9월, 「길」을 「문예」에 발표. 「승부사」를 「若草」에 발표. 장편 「오사카의 지도자」를 금성출판사에서, 「異郷」을 만리각에서 간행.
10월, 「십팔세의 신부」를 「令女界」에 발표. 사이카쿠의 현대어 번역인 「武家義理物語」를 「오사카문학」에 발표. 같은 호에 「吉岡芳兼様へ」를 발표.
11월, 「자매」를 「令女界」에 발표. 「소설의 몰락」을 「신창작」에 발표.
12월, 「적과 흑」(나의 명작감상)을 「현대문학」에 발표.

쇼와 19년(1944) 31세
3월, 「나무의 도시」를 「신조」에 발표.
5월, 원작「精楚」가 「마사히라(正平)의 결혼」이라는 타이틀로 라디오 드라마로 방송 됨. 후에 방송상 수상. 「清楚」와 「나무의 도시」의 주제를 합처, 스스로 시나리오를 집필. 「돌아온 남자」란 제목으로 영화화되다(후에 요절한 가와시마 유조(川島雄三)감독의 첫 작품).

7월, 「일하는 사람들이 바라는 것」을 「문예」에 발표.

8월 6일 오전, 부인과 질환으로 가료 중이던 아내 宮田一枝가 사거(死去).

9월, 「반딧불이」를 「문예춘추」에 발표. 「문예춘추」에 「영화와 문학」을 발표.

10월, 「전보」를 「주간아사히」에 발표.

11월, 「高野線」을 「신문학」에 발표.

쇼와 20년(1945) 32세

1월, 「니코친선생」을 「주간매일」에 발표. 연속방송극 「猿飛佐助」로 방송상을 받음.

2월, 방송 각본 「猿飛佐助」를 소설화 하여 「신조」에 발표.

3월, 다시 「猿飛佐助」(水遁巻)를 「신문학」에 발표.

4월, 「일어나는 오사카」를 「주간아사히」에 발표.

9월, 「몽상判官」의 각본을 소설화한 「십오야 이야기」를 「오사카신문」에 연재. 「영원한 신인」을 「주간 아사히」에 발표.

10월, 「길 없는 길」을 「주간아사히」에 발표.

11월, 「머리카락」을 「올 読物」에 발표. 「종전전후」를 「신생일본」에 발표. 「表彰」을 「문예춘추」에 발표, 「見世物」를 「신세계」에 발표.

쇼와 21년(1946) 33세

1월, 「기묘한 수기」를 「아사히그라프」에 발표. 「선착장의 딸」을 「신생활」에, 「荷風의 원고」를 「시사신보」에 발표.

2월, 성악가 笹田和子와 결혼.

3월, 「육백금성」을 「신성」에 발표. 「어제·오늘·내일」을 「킹」에, 「애드벌룬」을 「신문학」에, 「주사」를 「석간 신오사카」에 발표.

4월, 「신경」을 「문명」에, 「경마」를 「신조」에, 「世相」을 「인간」에 발표. 「夫婦善哉後日」을 「세계문학」에, 「그래도 나는 간다」를 「쿄토일일신문」에 발표. 「여자의 다리(橋)」를 「만화일본」에, 「武田麟太郎追悼」를 「문예신문」에 발표하다.

5월,「도깨비」를「신풍」에,「사월의 바보」를「光」에 발표.「야광충」을「오사카아일일신보」에,「밤의 구도」를「부인화보」에,「비의 도시」를「스타트」에 발표. 창작집「맨얼굴」을 瑤林社에서 간행.

6월,「향수」를「裏日本」에,「芝木好子論」을「신소설」에 발표. 작품집「분라쿠의 사람」을「백구사」에서,「이십세」와「청춘의 역설」를 합친 장편「청춘의 역설」를 三島書房에서 간행.

7월,「二十番館의 여자」를「신생」에,「온천마을」을「톱 라이트」에,「사이카쿠를 읽는 법」을「오사카시사신보」에,「허영의 거리와 뒷거리」를「주간아사히」에 각각 발표.

8월,「오사카의 우울」을「문예춘추」에,「사이카쿠의 눈과 손」을「리베라르」에 발표,「토요부인」을「요미우리신문」에서 연재하기 시작하다.

9월,「冴子의 외박」을「국제여성」에 발표, 작품집「육백금성」을 삼도서방에서 간행.

10월,「이류 분라쿠론」을「개조」에 발표.「쥴리안·소렐」을「세계문학」에서 간행.

11월,「무서운 여자」를「리베라르」에,「밤의 구도」를「부인만보」에 발표.

12월,「死神」을「사회」에 발표.「가능성의 문학」을 완성한 4일 밤 대량의 각혈을 하다.「토요부인」은 16회로 미완으로 끝나다. 중순에 동경병원(동경자혜회의과대학 부속병원)에 입원.「맨발의 문학(土足のままの文學)」을「문예잡지」에 발표. 작품집「世相」을 八雲서점에서 간행.

쇼와 22년(1947) 34세

1월,「오사카의 가능성」을「신생」에 발표. 吉村正一 郎와의 대담「가능성의 문학」을「세계문학」에 게재.

1월, 10일 오후 7시 10분, 동경병원에서 영면.

5월, 생전에 오사카부 문학계에 남긴 뛰어난 공적으로 오사카 문예상을 수여받다.